悪役令嬢ペトラの大神殿暮らし

~大親友の美少女が実は男の子で、
皇室のご落胤だなんて聞いてません!~

1

三日月さんかく
ill:二反田こな

Contents

プロローグ

「ねえ、ベリー。わたくしはあなたが一等大好きですよ。ずっとずっと、一緒に暮らしていきましょうね。この大神殿で、ずぅっと」

わたくしがベリーにそう声をかけると、彼女は自身の長く伸びた木苺《きいちご》色の髪のひと房《ふさ》を耳にかけて、美しく微笑みました。

「私もペトラが一等大好き。ずっとずっと、一緒に生きようね」

ベリーは本当にほんとうに美しい少女です。

初めてお会いした時はお互いまだ子どもでしたけれど、その時だってわたくしは『まるで薔薇《ばら》の妖精か、苺のお姫様のように可愛らしいわ』と、幼いベリーに対して思ったものです。

それから一緒に聖地ラズーの大神殿で暮らし、十六歳に成長した今でも、ベリーの美しさは損なわれません。日増しに強くなっているとすら思えるのです。

夕日が海へと沈む様子が、わたくしたちの暮らす丘の上の大神殿からよく見えました。

大神殿は白い石で造られていたので、この時間になると壁や柱や床が一斉に夕日の色に染まるのです。

わたくしはそれを見るのが好きで、よくこの時間になるとベリーを誘って庭園に出るのでした。

じきに紫色の夜が来てしまう前の、じんわりと滲《にじ》むような橙色の世界の中で、わたくしの大親友であるベリーは、今日もこの世のものとは思えないほどの美しさを放って立っています。

彼女の腰まで届く木苺色の髪が燃えるように輝き、ブルーベリー色の瞳が甘く蕩《とろ》け、見習い聖女が着る質素な白い衣装が潮風にひらひらと裾を遊ばせるその姿は、控えめに言っても女神でした。

――ああ、わたくしはなんて幸せ者でしょうか。

衣食住が整い、まだ見習いの身ですけれど社会貢献できる仕事があって、心から信頼できる女友達がいて、わたくしはとても幸運です。

ここにいれば何も怖いことなんて起こりっこないと、わたくしに信じさせてくれます。

ハクスリー公爵家で暮らしていた頃には感じたことのない、この感情。

これこそがきっと、安心感というものでしょうね。

「ふふ。ペトラ、すごく締まりのない表情をしているよ」

「ベリーの美しさに見惚れていたのです。あなたの木苺色の長い髪もブルーベリー色の瞳も全部大好きで、わたくし、見飽きませんわ」

「私もペトラのラベンダー色の髪が好き。銀の瞳が好きだよ。私たち、両想いってやつでしょう」

「まぁ！　それはとても嬉しいですわ」

ベリーが微笑んだまま「ペトラ」とわたくしの名前を呼び、手を差し伸べました。

「そろそろ夕方のお祈りの時間だね。早く本殿に行かないと、きみのレオがご主人様《ペトラ》を探して吠え始めているかもしれない」

「もうっ、ベリーったら。レオはわたくしの飼い犬ではありませんのよ？　彼は神殿騎士ですからね。みんなのレオです」

「でもこの間、レオに『私のことも守ってね』と言ったら、『誰がテメーなんか守るか。キメェ』って言われたよ」

「こんなに可愛いベリーに対して、レオは相変わらずですわね……」

「私はレオも好きだけれどね」

女の子にしては大きいベリーの手に、自分の小さな手を重ねました。

もちろん「あなたの手はとても大きいのね」なんて失礼なことは口にしません。

ベリーは女の子にしてはかなり背が高く、スラリとしたモデル体型です。

彼女は二の腕や足首もとても細くて、わたくしとしてはむしろ羨ましいくらいなのですが。もしかするとベリーは痩せている体がコンプレックスで、隠したいと思っているのかもしれません。

だって彼女が身に着けている見習い聖女の衣装は、いつも奇妙にダブダブなのです。

自分ではどうすることもできない身体的特徴をあれこれ言ってはいけないことくらい、わたくしは前世で学んでいます。

そう、前世。

わたくしは八歳の頃に前世の記憶を思い出しました。あれはとても悲しい出来事でしたね。

でも、今はこうしてベリーと一緒に見習い聖女として頑張っているわけですから、あのままハクスリー公爵家で暮らしているよりよほど良かったのでしょう。

「うふふ」

「どうしたの？　なんだか今日はとてもご機嫌だね、ペトラ？」

「ベリーと出会えた幸せを噛み締めているところですのっ」

わたくしはベリーと繋《つな》いでいた手を振りほどき、そのままの勢いで彼女の腕にぎゅうっとしがみつきました。

突然の行動に驚いたのか、ベリーの腕の筋肉がわたくしの腕の中で緊張したように固くなります。

……ベリーの腕はわたくしのぷよぷよの二の腕とは全然違って、無駄な脂肪の存在が感じられません。やっぱり羨ましいですわ。

「……柔らかい」

ぼそりとベリーが呟《つぶや》く声が聞こえます。

同性同士なのだから、少し胸が当たったくらいで気にしなくてもいいのでは？　と一瞬思いましたが、ベリーのぺったんこの胸元と、けしからん感じに育ってしまったわたくしの胸元を見比べてハッとしました。

ベリーのコンプレックスを刺激してしまったのかもしれません。

わたくしは恐る恐る尋ねました。

「……わたくしに腕を組まれるのはお嫌ですか、ベリー？」

「いやでは、まったく、ないよ」

ベリーは妙にきっぱりと言います。

わたくしはホッと胸を撫で下ろしました。

彼女のコンプレックスを刺激していなくて、本当に良かったです。

……そういえば昔の彼女は、こんなふうに自分の意見というものを持たない少女でした。

食事に楽しみを見いださず、眠ることすら必要ないと言わんばかりに夜通し星を眺めていました。

そのくせ、わたくしの傍では無防備に眠っていましたけれど。

わたくし以外の相手には滅多に声を出さず、無気力で、人形のように無表情だったベリー。

そんな彼女が今ではこうしてわたくしに打ち解けて、話し、笑い、規則正しく生活しようとしているのですから、彼女の進歩はものすごいものです。

「一緒に聖女になって、ずっとずっと大神殿で暮らしましょうね、ベリー」

わたくしが先ほどとまた同じことを口にすると、ベリーは柔らかく目を細めてくださいました。


本当はきっと心のどこかで、わたくしは予感していたのでしょう。

このままずっと大神殿で引き籠《こ》もっていることはできないのだと。

だって、わたくしはペトラ・ハクスリー公爵令嬢。

ヒロインである異母妹の恋路を邪魔する悪役令嬢として、この乙女ゲームの世界に転生してしまったのですから。

第一章　ペトラ八歳とハクスリー公爵家脱出計画

わたくしが八歳の頃、病弱だったお母様が亡くなりました。

お母様はとても美人で、信心深い方でした。

体調の良い時には皇都トルヴェヌの神殿へ向かい、いつもわたくしの幸福をアスラー大神に祈ってくださいました。

そんな優しい方だったからこそ、あまりにも早く神々のもとへと旅立ってしまったのかもしれません。

大好きなお母様を失った悲しみに耐えられず、わたくしは泣き濡れて暮らしていました。

そしてお母様が亡くなってちょうどひと月が経った頃、さらなる悲劇がわたくしの身に起こりました。

——なんとお父様が愛人と再婚し、異母妹とともに我がハクスリー公爵家へとやって来たのです。

「ペトラ、この子はお前の異母妹のシャルロッテだ。姉として可愛がるように」

「はっ、初めまして、ペトラお姉様……っ！　しゃ、しゃる、シャルロッテ・ハクスリーですっ。よ、よよよろしくお願いいたします……！」

緊張に震えるシャルロッテは、とても愛らしかった。

わたくしと同じラベンダー色の髪と銀色の瞳は、ハクスリー公爵家直系に出やすい色でしたが、わたくしの顔立ちがお母様に似てどこか近寄りがたい雰囲気があるのに対し、シャルロッテはくりくりとした瞳を持つ小動物のような可愛らしさがありました。

わたくしは美少女シャルロッテを見た瞬間、前世の記憶の蓋が開くのを感じました。

脳に流れ込む大量の情報の渦に飲まれ、わたくしはそのまま気を失って倒れてしまいました。

そして三日三晩、高熱にうなされ、前世の記憶と現《うつつ》の狭間からどうにか生還を果たした時。

わたくしはそれまでのペトラ・ハクスリー公爵令嬢とは、少し異なった人間になっていたのです。

＊　＊　＊

ここは神々や特殊能力が存在する乙女ゲーム『きみとハーデンベルギアの恋を』の世界です。

ハーデンベルギアは前世では「運命的な出会い」という花言葉を持つ、胡蝶蘭《こちょうらん》に似た可愛らしい花を咲かせるツル性の常緑低木で、ヒロインであるシャルロッテの背景によく登場していました。

ゲームのストーリーにはあまり関わりのなかった花なのですが、このアスラダ皇国では国花として大切にされています。それは、前世で存在していたハーデンベルギアとは異なる特殊な生態が理由でしょう。

ゲームの内容はありきたりなものです。

ヒロインであるシャルロッテ・ハクスリーは、異母姉であるペトラから長年虐げられてきました。

可愛いドレスを奪われたり、お茶会で仲間外れにされたり、周囲の人々に悪い噂を流されたり。

けれどシャルロッテはペトラを憎んだりはしません。

母のいないペトラは、きっと本当は寂しいだけ。

いつの日か姉妹としてわかり合える日が来るのだと信じていました。

そんなシャルロッテも十六歳になると、一学年上のペトラとともに貴族学園に通うことになります。

シャルロッテは学園内でもペトラにいじめられます。

けれど、めげずに勉強や学校行事に真面目に勤しむ彼女に、味方になってくれる攻略対象者たちが現れます。その中には、ペトラの婚約者である皇太子の姿もありました。

最終的にシャルロッテは攻略対象者とハッピーエンドを迎え、悪役令嬢ペトラは攻略対象者からの断罪ののち皇都トルヴェヌから追放されて、聖地ラズーにある大神殿に幽閉されるという末路でした。

そんな前世の記憶を思い出してしまったばかりのわたくしは、目の前の現実をうまく飲み込むことができずに途方に暮れました。

「ぺ、ペトラお姉様っ、いっ、いっしょにお茶でも飲みませんかっ!?　病み上がりのお体によく効くお茶をご用意したので、あの、あの、もしよろしければ……！」

「シャルロッテは優しい子だな。ペトラ、皆に心配をかけたのだからお茶くらい付き合いなさい」

「あなた、そんなふうにペトラさんに言わないで。……ペトラさん、まだ具合が悪いのなら無理をしなくてもいいのよ。でも、本当に体に良いと評判のお茶だから、家族みんなで飲めたら嬉しいわ」

高熱が下がり、ようやく普段の生活リズムに戻ることができたわたくしの前に、シャルロッテとお父様、そして新しいお義母様がそう言って現れました。

なんて絵に描いたような仲良し家族でしょう。

シャルロッテは銀色の大きな瞳をキラキラと輝かせ、『ペトラお姉様と仲良くできるかな？　仲良くなりたいな』という期待に、頬を薔薇色に染めています。

お義母様も、病み上がりのわたくしを気遣う優しい眼差しを向けてくれます。

……お父様は。

お父様は、一度もわたくしやお母様に向けてくださったことのない穏やかな微笑みで、シャルロッテとお義母様を見つめていました。

「……はい。皆様にご心配をおかけして大変申し訳ありませんでしたわ。ぜひ、お茶をご一緒させてくださいませ」

「じゃ、じゃあ、さっそく食堂に行きましょう、ペトラお姉様っ！　お茶菓子もいろいろ用意していただいたんですっ！」

「まぁ。シャルロッテったら。お姉さんができたのがそんなに嬉《うれ》しいのねぇ、ふふふ」

「おっ、おおおおお母さんっ、ペトラお姉様の前でそんな恥ずかしいことを言わないでぇぇぇ」

「シャルロッテは可愛い子だな」

「お、お父さんたらぁぁ」

くすくす、ははは、と笑い合う三人の親子の後ろについて行きながら、わたくしの胸は焼け焦げてしまいそうでした。

……わたくしの知っていたお父様は、いつも眉間に皺《しわ》が寄っていて、仏頂面で、口数少なく、近づきがたい人でした。

お仕事の予定が詰まっていて、あまり公爵邸に帰って来られない方でした。

病いがちなお母様の元にもなかなか顔を出せないほど、忙しいのだと……思っていました。

そうでは、なかったのですね。

わたくしはお父様のことを、何も知らなかったのですね。


食堂では四人でお茶を飲みました。

シャルロッテが選んでくれたお茶は、薬草の匂いがするけれどとても飲みやすくて、おいしくて、

――だからこそ、わたくしにはとても悲しい味がしました。

＊　＊　＊

お茶を一杯飲むだけの短く息の詰まる時間が終わったあと、わたくしは自室に戻りました。

その時にはもう心を決めていました。

「どうせ大神殿エンドなのでしたら、今すぐ大神殿に入ってしまえばいいのではないかしら……？」

シャルロッテはゲームのように良い子ですし、前世の記憶を思い出したわたくしは、もう彼女をいじめる気はありません。

思い出す前はやはり、『母親が生きていて、わたくしよりもお父様に愛されているシャルロッテが憎い』という気持ちが湧きましたけれど。もう消沈してしまいました。

今のわたくしならシャルロッテとうまく姉妹関係を築けるかもしれない、という気持ちはなくもな

いのですけれど。

……疲れてしまいました。

ちゃんと家族になりたいと、わたくしを気遣ってくれるシャルロッテやお義母様の気持ちを素直に受け取れないわたくしは、すごくすごく嫌な子でしょう。

けれど、大好きだったお母様はもうおらず、ここで浮気者のお父様が新しい家族と幸福に暮らすのを端から眺める気力はわたくしにはありません。

そんなことをしていたら、きっとわたくしの中に芽生えてしまったお父様に対する憎しみがどんどん育ってしまい、結局ゲームの中の悪役令嬢ペトラのようにシャルロッテの幸福な家庭を壊してしまうでしょう。

前世のわたくしは、平凡ながらも家族仲の良い家庭で暮らしていました。働き者の両親に愛され、姉妹とも笑いが絶えない毎日でした。

大学からはずっとひとり暮らしをしていましたが、社会人になってからも家族とは連絡をよく取り合い、大型連休には決まって実家に帰っていました。

そんなふうに家族から愛された前世を思い出し、そして今、ペトラとして亡き母を悼《いた》む心を持つわたくしに、ハクスリー公爵家のこの環境はつらすぎます。とても堪えられません。

今のわたくしの望みは穏やかに暮らすことだけです。

憎しみに囚われて、せっかくの二度目の人生を台無しにしたくありません。

公爵令嬢であるわたくしがハクスリー公爵家から消えても、大きな問題はありません。

アスラダ皇国では男性にしか爵位継承権がないので、五つ年上の従兄がハクスリー公爵家を継承することがほぼ決定しています。領地経営を学ぶために従兄も同じ屋敷で生活しているのです。

……そういえば、従兄も攻略対象者のひとりでしたね。

わたくしは他家に嫁がせて人脈を広げるだけの駒でしたが、シャルロッテが来たので問題はないでしょう。

むしろ、わたくしがいなければ、シャルロッテは最初から皇太子の婚約者になれるのでは？　彼は攻略対象者の中でもメインヒーローですし。

ハクスリー公爵家と皇室の関係を深めることができるうえに、シャルロッテと皇太子が婚約者として真っ当に愛を深めて結婚するならば、万々歳ではないでしょうか？

ゲームの悪役令嬢ペトラは皇太子を恋い慕っていましたが、わたくしはまだ彼にお会いしたこともないので、ふたりの仲を引き裂こうなどとは思いませんし。

「……決めましたわ。すぐにでも大神殿に入りましょう」

大神殿が皇都トルヴェヌからかなり離れた、聖地ラズーにあるというのも魅力的でした。お父様から物理的な距離が取れますもの。

ちなみにトルヴェヌにある神殿は、ラズーのものと比べるとかなり小さめです。限られた土地に建てたからでしょう。

こうして、わたくしのハクスリー公爵家脱出計画が始まったのでした。

大神殿に入るといっても、自然な流れというものは必要でしょう。

急にお父様に「わたくしを大神殿へ入れてください」と頼んでも、そう簡単に了承してくれるはずがないのはわかっていますから。

ハクスリー公爵家から嫁に出す娘はシャルロッテひとりで十分だとわたくしが思っていても、お父様にとっては駒は多いほうがいいはずです。

＊＊＊

「ハンス、お願いがあります。どうかわたくしを貧民街へ連れていってくださいませ」

わたくしはハクスリー公爵家の護衛の詰所に向かうと、お母様が神殿へ通う時によく護衛を担当してくれたハンスにそう声をかけました。

ハンスはそろそろ四十代に差しかかる男性で、若い頃は傭兵としてあちらこちらの国で荒稼ぎをしていたそうです。ですが片目の視力を失う大怪我をしてからは傭兵を辞め、ハクスリー公爵家の護衛として雇われています。

ハンスは視力の残っている右目をぐわりと大きく見開きました。

「ペトラお嬢様⁉　なぜ突然、貧民街などと……」

彼の疑問は当然のものでしょう。貴族令嬢の興味を引くものが貧民街にあるはずもございません。

治安も悪く不衛生で、わたくしがひとりでノコノコ出かけていけば、金目の物を根こそぎ奪われてしまうか、わたくしごと売り払われてしまうような恐ろしい場所ですから。近づかないのが正解なのです。

「実はね、ハンス。わたくしには治癒能力があるのですわ」

これは悪役令嬢としてのゲーム設定です。

治癒能力があったからこそ、悪役令嬢ペトラは処刑でも国外追放でもなく、大神殿への幽閉エンドで済んだのです。

この世界にとって、治癒能力自体はそこまで珍しいものではありません。治癒能力以外にも、様々な特殊能力を持っている者たちがこのアスラダ皇国には暮らしています。能力者が生まれる割合は、数百人にひとりとか、そんなものでしょう。

けれどこの特殊能力こそが、大神殿に入るために重要なのです。

大神殿が崇めている神々の頂点が、永遠の命を与えるといわれているアスラー大神なのですが、特殊能力者はそのアスラー大神の使いであるとアスラダ皇国では古くから考えられてきました。

そのため大神殿には、優秀な特殊能力者が神官や聖女として暮らしているのです。

もちろんすべての特殊能力者が神職に就く必要はありません。それぞれの家庭の事情もありますから。

けれど、突出した力を持つ特殊能力者には大神殿から直々にスカウトが来るのです。過去にもそういう事例がいくつかあり、その者たちは大神官や大聖女として崇められて歴史に名を残しているのです。

わたくしが狙っているのは、つまり大神殿からのスカウトです。

向こうから来てしまえば、いくらハクスリー公爵家といえども、わたくしを差し出さないわけにはいかないのです。

大神殿の力は、時に貴族や皇族をしのぐほどに強いものなのでした。

「ペトラお嬢様に治癒能力が……。それは実に素晴らしいことです。ですが、それでいったいなぜ貧民街へ行くという話になるんですかね？」

「わたくし、この治癒能力を使いこなせるようになりたいのですわ。貧民街には怪我や病気の方がたくさんいると聞きましたの。今はまだ小さな怪我くらいしか治せませんけれど、能力を繰り返し使っていくうちにレベルが上がるかもしれませんから」

「ふぅむ。心がけは立派ですが、ペトラお嬢様はハクスリー公爵家の大事な直系です。貧民街でもしものことがあっちまったら……」

「だからハンスにお願いしているのです」

ハンスはやはり難色を示しました。

ですが、こんな時のために、わたくしはハンスがきっと気に入るであろう決め台詞を考えておきましたの。

「修行を！　わたくしは修行がしたいのです!!」

「……修行か。懐かしい響きだなぁ。へへっ、その言葉を使われちまったら、断るに断れんでしょう、ペトラお嬢様」

「わたくしを貧民街へ連れていってくださいますか？」

「任せておきな、ペトラお嬢様。あなたの御身《おんみ》は俺が命に代えてもお守りしますよ」

「感謝いたしますわ、ハンス」

やはりハンスは『修行』という言葉が大好きなようです。

以前からそんな気がしていましたの。武者修行とか、道場破りとか、そういう武骨な感じの言葉が……。

＊　＊　＊

一番大事な護衛が決まったので、あともうひとりだけ声をかけることにしました。

噂話が大好きで、明るくて、病で寝たきりの幼い弟を持つ、メイドのリコリスです。

リコリスには貧民街へわたくしが出かける時に、動きやすい服を調達してほしいのです。

あと、できれば貧民街へ行く時に一緒について来てくれると嬉しいのですが。

わたくしの修行やその成果を見てもらって、大神殿まで届くように噂を流してもらいたいのです。

「え？　ペトラお嬢様が貧民街で治癒能力の修行をする？　あの、それって……うちの弟じゃあダメですかね？」

おさげ髪のリコリスは、期待の滲む表情でわたくしを覗きこみました。

「うちの弟は生まれた時から病弱で、お医者様から十歳まで生きられるかわからないって言われているんです。トルヴェヌの神殿に頼んでも、弟を治せるのは大神殿治癒棟所属の神官聖女様くらいだと言われまして。両親や兄弟たちと一生懸命お金を貯めているんですけれど、まだまだ目標額まで遠いんです。仮に今、大金があっても、大神殿は患者の順番待ちがすごいですから、うちの弟をいつ診てもらえるかわからないんです……」

レベルの高い治癒能力を持つ神官聖女は、ラズーの大神殿に所属しています。彼らに診てもらうには、それだけ高額の寄付をしなければなりません。それでも多くの人が彼らに診てもらいたいと、順番待ちをしています。

その上、高位貴族や大商人などが優遇されて順番が繰り上がることもしばしばで、ツテのない平民はさらに待たされてしまうのです。

ですから、リコリスがダメ元でわたくしに治癒を頼んでみようと考える気持ちは、よくわかりました。というか、わたくしはそれを狙っていた面もありました。

「ええ。もちろん構いませんわ、リコリス。わたくしの治癒能力はまだまだですけれど、リコリスの弟さんのことも治せるように頑張って修行いたしますわ」

だからわたくしの味方になって、という気持ちでリコリスに頷《うなず》いて見せました。

「ありがとうございます、ペトラお嬢様！　私、貧民街でもどこでも、ペトラお嬢様にお付き合いいたしますからっ」

「嬉しいですわ、リコリス。こちらこそお礼を申し上げますわ」

リコリスの弟さんも、ハンスの視力を失ったほうの眼も、いつか治療できるくらいレベルアップいたしましょう。

わたくしはぐっと拳に力を入れて、そう思いました。

＊　＊　＊

貧民街での修行の最初の頃は、住民の皆さんからひどく警戒されました。

まぁ、仕方がありませんよね。

見慣れぬ幼い少女が『治癒能力修行のために、皆さんを無料で治癒いたしますわ！』だなんて言って現れたのですから。我ながら怪しさ満点です。

もう少しうまく貧民街に溶け込んでから、徐々に治癒活動を開始することを、わたくしも考えなかったわけではありませんけれど。

貧民街に溶け込めないほどに、わたくしの存在は異質だったのです。

「仕方がないですよ。ペトラお嬢様は立ち居振る舞いが貴族令嬢の見本そのものですからなぁ」

「私もそう思います！　白いお肌は艶々だし、手荒れひとつないし、薄紫色の髪もキラッキラで、平民街で買ってきた洋服すら高見えしちゃってますもん。貧民街どころか平民街でも浮くと思います！」

護衛のハンスとメイドのリコリスは、わたくしを最初からそう評していました。

前世の記憶を思い出した分、庶民的な考え方もできるようになったと思っていたのですけれど。八年間の公爵令嬢としての教育はどうやら体の隅々まで染み込んでいたようです。

最初の頃は大人たちに相手にされなかったので、まずは年の近い子どもたちに声をかけることにしました。

途中で、これぞガキ大将という感じの少年とその取り巻きに、

「ここはアンタのようなオジョーサマのいるべき場所じゃねぇ！　ここから出ていけ！」

「「「そうだそうだ！」」」

などと、少々過激な一見《いちげん》様お断りを受けましたけれど。

何度もやって来るガキ大将たちをハンスが毎回追い払ってくれました。

子どもたちに何度も声をかけていくうちにようやく、小さな兄妹がわたくしの治癒能力を必要としてくれました。

「ほんとうにお金はいらない？　うちのおばあちゃんを助けてくれる？」

「はい。わたくしの力の及ぶ限り、治癒いたしますわ」

「……そっか。じゃあ、ぼくたちの家に来て」

わたくしよりもずっと小さくて細い体の男の子は、さらに小さな妹の手を繋いで、わたくしを手招きしました。

兄妹に案内されたのはドブ川のすぐ側にある、ボロ切れでできたテント……と呼ぶにもお粗末な様子の『家』でした。

出入り口となっているボロ布を捲《めく》ると、昼間にも関わらず室内は薄暗い状態でした。

床には藁《わら》や端切れが敷き詰められており、隅のほうで横たわっているおばあさんの姿が見えました。

「おばあちゃんは一昨日から腰が痛くて起き上がれないんだ」

「おねえちゃん、おばあちゃんをたすけて。おねがいっ」

兄妹がわたくしにそう言いました。

おばあさんは乱れた白髪の間から、ギョロリと目を動かしてこちらを睨《にら》みつけます。険しい表情でわたくしの顔を見つめ、そして兄妹を順々に叱りつけました。

「なんだい、お前たち。どこの小娘を拐《さら》ってきたんだい。元いた場所に戻してきな。あたしゃぁ、お前たちの世話で手ぇ一杯だよ。……それも今はロクにできないがねぇ」

「このおねえちゃんが、おばあちゃんを助けてくれるって！　おかねもいらないんだって！」

「何を馬鹿なことを言ってるんだい！　そういうのは詐欺だと昔から口を酸っぱくして教えてきただろうに。他人なんか信用しちゃならん。根こそぎ持っていかれるよ。金がない奴はね、代わりに人としての当たり前の尊厳まで奪われちまうんだよっ!!」

おばあさんは会話は問題なくできるようです。わたくしはホッとしました。

「初めまして、おばあさん。わたくしはペトラと申しますわ」

「帰っとくれ！　この子たちに何を言われたか知らないけれどね、見てのとおり、うちには払えるもんなんぞなんにもないんだからね！」

「お金は要りませんわ。わたくしは治癒能力持ちで修行中の身なのです。わたくしの能力向上のために、おばあさんの治癒をさせてくださいませ」

「アンタ、こんな貧民街の人間にそんな優しさを見せてどうするんだい？　うちの孫たちを人身売買の奴らに売り払おうっていうのかい？　それとも、このあたしかい？　はっは〜ん？　美しすぎるあたしを熟女専門の娼館に売るつもりだね。この悪魔めっ!!」

「……では、治癒を始めさせていただきますわ」

この世界のあまり知りたくない情報が聞こえたような気がしましたので、わたくしはおばあさんの言葉を聞き流すことに決めて、治癒を始めました。

おばあさんの腰の上に手をかざし、わたくしは自分の体内を巡るエネルギーを意識して、手のひらから放出します。

「《Heal》」

わたくしの両手から金色の光がふわりと溢《あふ》れだし、おばあさんの体を包み込みました。

「わぁ、すごい！」

「きれいな光だね、お兄ちゃんっ」

「これがペトラお嬢様の治癒能力か……。たいしたもんだなぁ」

「すごいですね、ペトラお嬢様！　私、治癒能力を初めて見ました！　感動です！」

わたくしの背後で小さな兄妹たちが喜び、ハンスとリコリスが感心したように眺めていました。

治癒が終わったおばあさんは驚いた表情のまま腰を摩り、「……治癒能力に関しては本当だったたってわけかい」と呟きました。

おばあさんは床から起き上がると、わたくしを胡散臭《うさんくさ》そうに見つめました。

「アンタが治癒してくれたのは確かだからね。お礼は言うよ。ありがとう。……だけれど、うちは本当に貧乏なんだ。アンタにくれてやるもんはない。孫も売る気はない。この子たちはあたしの老後の保険だからね」

「いいえ、本当に何も要りませんわ。わたくし、今現在は衣食住に困っておりませんから。……腰の状態はどうですか？　まだどこか痛いところや、治癒が必要な箇所はありますか？」

「痛くはないが……。ああ、もう、わかったよ！　隠しといた虎の子をくれてやるよ！　孫たちの将来のためにこっそり貯めといた小銭だがね。まぁ、仕方がない。生きていればまた稼げるからねぇ……」

おばあさんは家の隅にあった小さな瓶を取り出そうとしましたが、金銭をもらうつもりはありません。お孫さんたちの将来の資金なら尚更です。

わたくしはお金を押しつけられる前にと、立ち上がりました。

「おばあさん、どうかお大事になさってくださいませ。あなたたちも、おばあさんを大切にしてあげてくださいね。では、わたくしたちはこれで失礼いたしますわ」

「ちょ……っ、アンタ、お待ち……っ!!」

おばあさんや兄妹たちが追いかけてこないうちに、わたくしはハンスとリコリスと一緒にその場を後にしました。

初めて他人に治癒をしましたけれど、成功して本当によかったです。

＊　＊　＊

「ここから出ていきな、オジョーサマ！　ここはおキレーなアンタが生き延びられるような世界じゃないんだぜ！」

「「そうだそうだ！」」

今日も今日とて、ガキ大将とその取り巻きに絡まれていると。

ハンスが彼らを追い払う前に、孫連れの老婦人が颯爽《さっそう》とわたくしの前に現れました。

「クソガキども！　このお嬢さんの邪魔をするんじゃぁないよ！　そんなことをすれば、この美熟女マリリン様がアンタたちの尻をサンバのリズムで叩いてやるからね！」

「うわっ！　やべぇ、妖怪マリリンだ！」

「マリリン婆が現れやがった！」

「全員撤退だぁ！　裏界隈の女帝マリリンが現れたぞー!!」

ガキ大将一行はおばあさんを前に、蜘蛛《くも》の子を散らすように去っていきました。……おばあさんはどうやら貧民街では、なかなか序列の高い方のようですわね。

おばあさん改めマリリンさんが、ゆっくりとこちらを振り返りました。

前回会った時はボサボサだった白髪も、ひとくくりに纏《まと》められていてスッキリした様子です。

「こんにちは、マリリンさん。お元気そうで何よりですわ」

「ふんっ。おかげさまでねぇ。ピンピンしてるよ」

「あの子たちを追い払ってくださり、ありがとうございました」

「……別に。感謝されるほどのことでもないさ」

フンッと首を背けるマリリンさんに、お孫さんたちが「頑張って、おばあちゃん」「もっとわらったほうがいいよ、おばあちゃん」と声をかけているのが見えます。

「ああ、もう、お前たちはうるさいねぇっ」

マリリンさんはギョロリとこちらを見ると、「お嬢さん」とわたくしを呼びます。

「アンタ、治癒能力の練習台が必要なんだろう？　ジジババで良ければ紹介してやるよ。膝が痛いだの、肩が痛いだの、ブツクサ言ってる連中なら腐るほどいるからねぇ」

「本当ですか⁉　ありがとうございます、マリリンさん！」

こうしてマリリンさんに、治癒相手を紹介していただけることになったのです。


マリリンさんのおかげで、わたくしの治癒能力修行は順調に進んでいきました。

最初はご年配の方ばかりだったので、関節痛や内臓疾患などを治癒していきました。

ご年配の方の不調は老化が原因であることが多いので、わたくしが治癒能力をかけても一時的な回復しか見込めません。効果が持続する期間に個人差はありますが、だいたい一、二週間というところでしょうか。

なので皆さん、治癒能力の効果が切れると、再びわたくしのところにやって来てくれるようになりました。練習し放題です。

「ペトラちゃんが治癒してくれるおかげで、肺の調子がとても良くなったよ。本当にありがとう。ペトラちゃんはワシの天使様じゃ」

「こんなくそジジィより俺のほうが、もっともっとペトラちゃんに感謝しておるよぉ。あんなに調子の悪かった足が、ほれ、こんなに動くようになったからねぇ。ペトラちゃん、俺のことは気軽に『じぃじ』と呼んでおくれ」

「じゃあ私がペトラちゃんの『ばぁば』枠に収まろうかねぇ。マリリンにはちと悪いが、私もペトラちゃんのおかげで体が楽になったもの」

そんなふうに親しくしてくださるご老人たちも増えてきました。

そのうち、マリリンさんのお孫さんであるケントくんとナナリーちゃんのお友達もやって来るようになりました。

転んで傷ができてしまったとか、腐ったものを食べてお腹を壊したとか。子どもたちは一度治癒能力をかければ完治するような症状が多かったです。

そうやってたくさんの方を治癒し続けた結果、わたくしの治癒能力はぐんぐんレベルが上がっていきました。

最初のほうは一日二、三人も治癒すれば疲れてしまいましたけれど、今では何十人でも連続で治癒能力がかけられます。軽症なら何人か同時での治癒もできるようになりました。

持続効果もアップし、ご年配の方の関節痛なども一度治癒すればかなり長期間再発しなくなりました。

これならそろそろ、次の段階へ進んでみても大丈夫かもしれません。

＊　＊　＊

「ペトラお嬢様、ここが我が家です！　ボロっちい家で恥ずかしいんですけれど、掃除はしてありますからっ。こっちは私の家族です！」

本日はメイドのリコリスのご実家にやって参りました。難病の弟さんを治癒するためです。

貧民街での修行で自分の治癒能力が向上していることを実感できるようになったので、ついにリコリスの弟さんの治癒に挑戦してみることにしました。

リコリスのご実家は、平民街の中でも下町と呼ばれる昔ながらの地域にありました。煉瓦や石造りの小さな民家が軒を連ねています。ここは貧民街にはない活気に溢れていました。

リコリスのご実家の前には、彼女の家族がずらりと並んで待っていました。

ご両親やご兄弟、祖父母、近隣に住んでいるご親戚の方々まで勢揃いです。

「ようこそいらっしゃいました、ハクスリー公爵令嬢様！」

「こんなボロ屋までわざわざ来ていただいてすみませんねぇ。ここらの地域は道が狭いから、馬車も通れませんでしたでしょう？」

「歩いて疲れましたよね？　俺がお茶を入れてきます！　あっ、俺はリコリスの兄です！　大通りにある商家で経理をやってるんですけれど、今日はお嬢様が弟の病気を診てくれるって聞いたんで、休みをもらいました！」

「私は妹です！　クッキーを焼いたんで、ぜひ食べてください！」

ご家族の皆さんが次々に話しかけてくださいます。

わたくしが公爵令嬢であることに緊張しているみたいで、皆さんとても早口です。緊張するとたくさん喋《しゃべ》ってしまうタイプみたいですわね。

リコリスが恥ずかしそうに叫びました。

「もうっ！　みんな、一斉に喋るのはやめてよ！　ペトラお嬢様がびっくりされているでしょう⁉」

おさげ髪をぴょこんと揺らして、リコリスが頭を下げます。

「申し訳ありません、ペトラお嬢様……！　私の家族がはしゃいでしまって……！」

「構いませんわ、リコリス。謝らないでくださいませ。あなたのご家族がとても素敵な人たちだと知ることができて、わたくし、とても嬉しいわ」

お父様やシャルロッテの家族仲の良さを見た時は心が荒れるけれど。他人の家族仲が良いのを見ても、わたくしの心は揺れません。今もリコリスの家族を見て、微笑ましい気持ちになりました。

……良かったです。

仲の良い家族をだれかれ構わず憎み呪うような、寂しい心を、わたくしはまだ持たずにすんでいて、ホッとしました。

「お茶は大変嬉しいのですが、先に弟さんにお会いさせてください」

わたくしはそう頼みました。

リコリスたちも、弟さんの治癒を先伸ばしにしたいはずがありませんから。

わたくしの言葉にリコリスは頷きました。

「はいっ。弟の部屋へご案内いたします！」

弟さんは小さな部屋のベッドで、青白い顔をして目を瞑《つむ》っていました。

頬や唇はかさつき、布団から出ている腕がガリガリに痩《や》せ細っています。リコリスのお母さんがそっと彼の腕をマッサージするように摩《さす》りだしました。

リコリスが口を開きます。

「弟はベッドから起き上がることができません。立ち上がろうとするだけで酷《ひど》い頭痛に襲われてしまい、歩こうとしても手足が麻痺して満足に進めません。症状が悪化している時は体が硬直して、寝返りすら打てなくなるんです……」

「それは……大変ですわね」

なんと言っていいかわからず、結局わたくしの口から出たのはありきたりな言葉でした。

護衛のハンスも、わたくしの背後から痛ましそうな表情をしていました。

前世の最新医療で調べることができたら、病気の名前や治療法もわかったかもしれません。

けれどアスラダ皇国には、そんな高水準の医療など存在しません。あるのはまだ未成熟な医療と、わたしのような治癒能力者です。

正直、わたくしは自分の力や弟さんの病の状況を楽観視していました。

回数をこなすだけでレベルが上がっていたので、調子に乗っていたのです。努力と根性さえあれば、弟さんの病気も治癒できるのではないか、と。

これは努力と根性ではどうにもならないかもしれないと、わたくしは初めて恐怖を覚えました。

ベッドの前で立ち尽くすわたくしに、リコリスのお母さんが声をかけてくれました。

「ハクスリー公爵令嬢様、どうか気負わないでくださいませ。私たち家族はとうの昔に覚悟をしております。この子……アルの命が尽きるまでの一日一日を、せめて私たちの愛情で包んであげたいと願っているだけですから。アルの病が治せなくても、恨んだりなんかいたしません。アルのことをハクスリー公爵令嬢様に気にかけていただけただけで、とても嬉しいのです」

優しくて穏やかな、母親の笑顔でした。

……わたくしが自分の治癒能力の存在を知ったのは、前世の記憶を思い出した時でした。

悪役令嬢ペトラのゲーム設定にあるから、自分も使えるはずだと気付き、自分の指をナイフで切って治癒能力を試したのです。

その時わたくしが思ったのは、『もっと早く治癒能力があることに気付いていれば、お母様を助けられたかもしれないのに……』という虚《むな》しさでした。

お母様はすでに何度か、皇都の神殿の神官聖女に治癒能力をかけてもらっていたのですが、完治することはありませんでした。それだけ難しい病を抱えていたのです。

ラズーの大神殿に所属する神官聖女なら、また話は違ったのかもしれませんが、彼らに診てもらうにはお母様の時間が足りなかったのです。

わたくしのレベルなんて高が知れていますけれど、それでも、お母様に毎日でも治癒能力をかけてあげたかった。挑戦することもできずにお母様を失ったことを、心から嘆いたのです。

今のわたくしのレベルではまだ足りないかもしれません。

でも、挑戦もしないで尻尾を巻いて逃げるのは、悔しいです。

リコリスやそのご家族に、わたくしみたいに何もできずに大事な人を失う虚しさを、知ってほしくはありません。

「……精一杯やらせていただきますわ」

わたくしは弱気を振り払い、弟さんの体の上に両手を翳《かざ》します。

「《Heal》!!」

金色の光が次々に生まれ、弟さんの体へと吸い込まれていきます。

いつもなら長くても数分で、『治癒が終わった』という感覚になるのですが、十分経っても二十分経っても、その感覚が来ませんでした。

長丁場です。

わたくしはリコリスが急遽《きゅうきょ》用意してくださった椅子に腰を落ち着け、何時間も治癒を続けました。

ご家族の方々がお茶やクッキーを用意して、時々わたくしの口許へ運んでくださいます。気力体力を奪われていたわたくしは、糖分と水分を補給する度に生き返る心地でした。

「ペトラお嬢様、頑張ってください!!」

「すごいぜ、ペトラお嬢様！　根性ありますよ、アンタは！」

「ハクスリー公爵令嬢様、負けないでください！」

「すごいすごいっ！　見て、お母さん、アルの顔色がだんだん良くなってきているよ！」

「まぁ……本当だわ……」

「奇跡のようだ……」

リコリスやハンス、そしてご家族の応援を一身に背負って――なんと夕方近くに、わたくしはようやく治癒完了の感覚を感じることができました。

もはやフラフラで目を開けるのも大変つらい、という中で、わたくしはベッドから起き上がる小さな男の子の姿を見ることができました。

「あれ？　起きあがっても頭がいたくない……？　おかあさん、おとうさん、ぼく、頭がいたくないよ！」

「まぁ！　アル！　あなた本当に起き上がれるのね！」

「アルぅアルぅ、よかったねぇ、よかったねぇぇぇ、うわぁぁぁんっ」

「ありがとうございますっ、ペトラお嬢様……え？　ペトラお嬢様!?　大丈夫ですかっ!?」

「うわぁぁぁ!?　ハクスリー公爵令嬢様がぁぁぁ!?」

だんだん周囲の声が聞こえなくなり、わたくしはそのままブラックアウトいたしました。

ですが、あの時嬉しそうに笑っていた弟さんの笑顔は、きっと忘れません。

＊　＊　＊

リコリスの弟さんの治癒のあと、わたくしは気を失い、ハクスリー公爵家に帰ってからも丸一日屍《しかばね》のように眠り続けました。

その間リコリスはずっと、わたくしの看病をしてくれたようです。

せっかく弟さんの病気が治ったのだから、家族水入らずで過ごしたかったでしょうに。なんて心優しいメイドでしょう。

しっかりと睡眠を取り、心配するリコリスに言いつけられて一週間ほど貧民街での修行をお休みしたわたくしは、治癒能力がまた一段レベルアップしていることを感じました。

限界まで頑張って、休んで回復すると強くなる。まるで筋トレみたいですわね。

というわけで、わたくしはハンスを探しに護衛たちの詰所へ行きました。

ハンスは詰所ではなく、訓練場で剣の練習をしています。

「こんにちは、ハンス」

わたくしが声をかけると、ハンスは素振りを止めました。

彼は顎《あご》を伝《つた》う汗をシャツで拭いながら、明るい笑顔で振り返ります。

「おや、ペトラお嬢様。もう出歩いて平気なのかい？」

「はい。ずいぶんお休みしましたから」

「じゃあ、これから貧民街にお出かけですかい？　それにしてはメイドのリコリスちゃんがいないようですが」

「いいえ。今日はハンスに用事があって来たのです。ちなみにリコリスは今日はお休みですわ」

わたくしがそう言うと、ハンスはきょとんとした表情になりました。外出中の護衛以外の用事、というものが思いつかないようです。

なので、わたくしはハッキリと言いました。

「あなたの左目の治癒をさせていただきたいのです」

ハンスはあんぐりと大きく口を開け、そのまま時が止まったかのように固まりました。

彼の反応は無理もありません。

わたくしが彼に治癒能力をかけたいと伝えたのはこれが初めてですし、なにせ古傷の治癒はかなり難しいことだからです。

できたばかりの傷口なら、患者本人の体がもともと持っている自然治癒力との相乗効果で、簡単に治すことができます。

けれど、古傷はすでに治ってしまったあとのものです。これを怪我をする前に戻すのは、治癒能力者でも簡単なことではありません。

だからわたくしは余計な期待をハンスに抱かせてしまっては悪いと思って、これまで彼に提案しませんでした。

でも、リコリスの弟のアルくんを治癒してから、わたくしの力はさらに飛躍的に上がっています。

今ならばハンスに治療の提案をしても大丈夫だろうと、そう思えるくらいに。

もし何時間治癒してもダメなら、日を置いてまた何度でも治癒するつもりです。挑戦し続けます。

治せるかもしれないのに努力しないなんて、お母様を失った日のわたくしが許してくれませんもの。

「……この目は、傭兵だった頃に仲間を庇《かば》って負った怪我が原因で視力をなくしちまったんですが、
俺はそれをずっと、名誉ある勲章だと思って生きてきたんですよ。そうやって納得しとかねぇと、前

に進めなかったんでね……」

ようやく聞こえてきたハンスの声は、固く、弱々しいものでした。

「ペトラお嬢様……。本当に、治してくれますか……？　俺はもう一度世の中を、両方の目で、見ることができるんですか……」

「治しますわ。絶対に治してみせますわ」

わたくしが迷いなくそう言えば、ハンスはわたくしの前でゆっくりと膝をつきました。

それはわたくしが治療しやすいようにしてくれただけに過ぎないのですが、まるで忠誠を誓う騎士のような体勢でもありました。

わたくしはハンスの白く濁った左目に手を翳します。

「《Heal》」

アルくんの治癒の時よりも、もっとずっと強い光がわたくしの両手から現れます。

夜空を切り裂く彗星《すいせい》のようにまばゆい輝きがいくつもいくつも現れては、ハンスの左目に吸収されていきます。

あまりの光の激しさに驚いたのか、他の護衛や、庭師やメイドたちが近くに集まってくるのが視界の端に見えました。けれど、わたくしは集中力を途切らせずに治癒を続けました。

そして十分近く経った頃に、ハンスの治癒が終わりました。

白く濁っていたハンスの左目は、彼の右目と同じ赤褐色の虹彩を取り戻していました。

「……見える。本当に、両目で世界が見えるぞ……」

ハンスは何度も両目をしばたたかせて、辺りを見渡しました。その目からは涙がボタボタと落ちていきます。

「ハンスの目が治ったのか⁉」

「すごいぞ！　ペトラお嬢様がハンスの目を治してくださったんだ！」

集まっていた護衛やメイドたちが、自分のことのようにハンスの目の回復を喜んでいます。

拍手をし、口笛を鳴らし、ちょっとしたお祭り騒ぎをするみんなに、ハンスは嬉しそうに手を振りました。

わたくしもにこにこして尋ねます。

「ハンス、不調はありませんか？」

「あるわけないですよ、ペトラお嬢様……！」

ハンスはわたくしを見上げて、泣きながら笑いました。

「ああ、ペトラお嬢様、片目しか見えてなかった時はちゃんとわかってませんでしたけれど、アンタ、本当に別嬪《べっぴん》ですね。まるで天使様みたいですよ。俺があと三十歳若ければ惚れちまってるところです」

わたくしは首を傾《かし》げました。わたくしと同じ八歳のハンスなんて想像もつきません。

正直にそう言うと、ハンスは楽しげに答えました。

「それはそれはもう、紅顔の美少年でしたよ」

＊　＊　＊

「ペトラお嬢様がハンスさんの目を治癒するところ、私も見たかったですぅぅぅ！　まるで天使みたいだったって、使用人の間ですっごく噂になってますよっ。ああん、なんで私、休みにしちゃったんだろう～」

「ペトラお嬢様のすごいところなんて、いつも見てるだろうが、リコリスちゃん。一回見逃したくらい気にするなって。今日もこれから見られるだろ？」

「私、もうすっかりペトラお嬢様のファンなんですっ！　うちの家族だって！　だからちゃんと見て家族に話したかったんです～。あっ、ハンスさん、ペトラお嬢様に治癒していただいた時の感想を教えてくださいよっ。家族に報告するんでっ」

「うーん、感想……。俺はそういうの、言葉にするのは苦手だからなぁ……」

「お願いですよ、ハンスさん。キュキュッと、ひねり出してください！」

貧民街へ行く支度をして、玄関に向かう途中のことです。

リコリスとハンスがわたくしのことを話題にするので気恥ずかしくてたまらず、わたくしはお口をチャック状態で歩いていました。

すると玄関ホールで、シャルロッテに声をかけられました。

「ぺぺぺぺ、ペトラお姉様……！　あの、あの……っ！」

真っ赤な顔でもじもじと両手を組み合わせているシャルロッテは、まるで憧れの先輩に挨拶をする後輩のような初々しさに溢れています。……異母姉に対する反応としては、ちょっとおかしいですけれど。

シャルロッテからの純粋な好意は伝わってきました。

「どうしたのです、シャルロッテ？」

「ペトラお姉様が、ひ、貧民街の方々を治癒していると、メイドさんたちから聞きました……！　あ、あのっ、もしよろしければ……私もいっしょに連れていってくれませんか……!?」

「え……」

「ペトラお姉様のお邪魔はしませんっ。私っ、おとなしく見ているだけですから……！」

シャルロッテがそう申し出る理由がまったくわかりません。

表情に出さないよう気をつけましたが、わたくしは困惑してしまいました。

そんなわたくしの気持ちが伝わったのでしょう。シャルロッテはますますもじもじと両手の指を組み直し、言いました。

「治癒能力を使うペトラお姉様がとても素敵だったと、皆が言うので……私もぜひっ、ペトラお姉様の天使様みたいにきれいなところが見てみたいんです……っ！」

わりと七歳らしい理由でした。

シャルロッテはわたくしと同じラベンダー色の髪を揺らし、銀色の大きな瞳で見上げてきます。こちらの庇護欲《ひごよく》を刺激する表情でした。

姉を慕う様子を見せられて、「うっ……」と揺れてしまう気持ちもあります。

お父様へのくすぶる気持ちを忘れて、シャルロッテと本当の姉妹のようになれたら、いっそ楽なのかもしれません。

……そう思っているのに、シャルロッテからの気持ちを退けようとしてしまうわたくしは、本当に嫌な人間です。

自己嫌悪を感じるのならば、やめればいいのですが。

でも、どうしても、家族ごっこの輪に入ってお父様を喜ばせたくないのです。

お父様も執事から、わたくしが治癒能力を使ってハンスの左目を治したことや、貧民街で治癒活動をしていることは聞いているでしょう。

けれどその事に対する呼び出しは一切なく、食事の席で一緒になっても話題にされることはありません。

きっと興味がないのでしょう。――わたくしのことなんて。

わたくしは小さく息を吸い、気持ちを落ち着けてからシャルロッテに返事をしました。

「ごめんなさいね、シャルロッテ。あなたを連れていくことはできませんわ」

「あ……、え……」

できるだけ冷静な異母姉に見えるように、言葉を操ります。

「貧民街は危険がいっぱいですし、役にも立たず、自分の身も守れない幼いあなたは、どうしたって足手まといですの」

「…………」

「それにシャルロッテは平民から公爵令嬢になったばかりで、しなければいけないお勉強がたくさんありますでしょう？　わたくしと一緒に貧民街へ出かけることより、今はそちらのほうを優先しなければいけないわ。わかりましたね？」

「………はい。わかり、ました……」

目に見えてシュンとなったシャルロッテは、最後は寂しそうに笑って、

「いってらっしゃいませ、ペトラお姉様」

と手を振ってくれました。


「まぁ、仕方ありませんよね。お姉ちゃんについて回りたい年頃でしょうけれど、早く貴族のルールを学ばないと、困るのはシャルロッテお嬢様ご本人ですもんね」

一緒に馬車に乗ったリコリスが先ほどの出来事をそう評しましたけれど、やはり罪悪感は消えません。

シャルロッテはわたくしがハクスリー公爵家を去ったあと、きっと皇太子の婚約者になるでしょう。

「……ええ、そうですわね」

つまり未来の皇后です。

貧民街の見学はシャルロッテの将来のために、良い経験をもたらしたかもしれません。

……貧民街で治癒能力の修行をしているわたしは、とてもエゴイストです。

本当に彼らのためを思うなら、一時的な治癒よりもっと根本的な貧困問題に目を向けるべきなのです。

お年寄りが老体に鞭打《むちう》って働かずにすむように、年端もいかない子どもがゴミを漁って食べて体調を崩したり、犯罪の片棒を担ぐようなことをして怪我をせずにすむように、わたくしがしてあげられ

ることが何か他にあるのかもしれません。

それなのにわたくしは彼らを治癒の練習台にして、再び劣悪な環境に送り返しているだけなのです。

……せめて貧民街の方が綺麗《きれい》な水をもっと簡単に手に入れられるように、環境整備ができるといいのですけれど。感染症の予防をしたくても、手洗いやうがいさえ難しい状況ですし。

こんな酷いわたくしより、シャルロッテのほうが皇后にふさわしいでしょう。平民経験のある彼女なら尚更、国民のために公務に勤めてくれるはずです。

そんな他力本願なことを考えているうちに、馬車は貧民街へと辿り着きました。

さて今日も一日、頑張りましょう。

＊　＊　＊

わたくしの治癒活動は貧民街に浸透し、そのうち周辺の平民たちも治癒を受けたいと足を運んでくれるようになりました。

どこの家に寝たきりの病人がいる、あっちの建設現場で怪我人が出た、商家の娘さんの腕に古い火傷の痕があるせいでなかなか婚約が決まらなくて困っている、などなど。色んなお話をいただき、治癒に出向くこともありました。

貧民街の方からは一銭もお金は頂きませんでしたけれど、神官たちの仕事を奪わないために、平民の方からはきちんとお金を受け取るようにしました。同じサービスを無料で受けられるなら、そちらに流れていってしまうのが人間ですからね。

『凄腕の治癒能力者がいるんだって』

『どこかのご令嬢が貧民街で治癒活動をしているらしい』

『そのご令嬢はまだ幼いのに、難しい病気や古傷も治してしまったそうだ』

そんな噂が貧民街から平民街へ、そして貴族の間でも囁《ささや》かれるようになりました。

この調子で神殿にわたくしの噂が届き、トントン拍子で引き抜きに来てくださらないかしら、と夢想する日々でした。


その日はちょうど貧民街の『広場』と呼ばれている空き地に、仮設診療所としてテントを張り、近隣からやって来る人々の治癒をしておりました。

リコリスが用意してくださった椅子に座り、目の前の患者一人ひとりに治癒能力をかけていきます。

最近では、軽い症状の方なら百人治癒してもまだまだ元気という感じでした。

次にやって来た患者はマリリンさんでした。

「こんにちは、マリリンさん、ケントくん、ナナリーちゃん。今日はどこの調子がお悪いのですか？」

「こんにちは、お嬢さん。今日は患者として来たんじゃないよ。アンタにお裾分けを持ってきたのさ。……ほら、お前たち」

マリリンさんの後ろから、お孫さんのケントくんとナナリーちゃんが小さな木箱を抱えて現れました。

「みてみて、おねえちゃん。りっぱでしょう」

「庭の畑で、ぼくたち三人で作ったんだ」

ケントくんとナナリーちゃんが見せてくれたのは、二本のサツマイモでした。土がついたままですが、紫色の皮がとても綺麗です。

庭の畑とは、あのドブ川の周辺かしら……という考えが一瞬わたくしの頭をよぎりましたが、すぐに首を横に振って抹消しました。

「お嬢さんからもらった苗でね、こんなに立派なもんができたから。この子たちが『お裾分けしたい』って言って聞かなくてねぇ。参ったよ」

「え？　でも、おばあちゃんが……」

「おばあちゃんが一番さいしょに『おじょーさんに』……」

マリリンさんが皺だらけの両手でふたりの口を押さえたので、その先の言葉は聞くことができませんでした。

平民の方から治癒費を頂くようになって、わたくしはその使い道に悩みました。

だって公爵令嬢ですもの。お金には困っていないのです。

ただ貯めておいても良いのですけれど……。それならば貧民街の方々のために使いたいと考えました。

わたくしが稼いだお金をそのまま渡しても、貧民街の方々の根本的な貧困問題は解決しません。

老子曰く『授人以魚　不如授人以漁《人に授けるに魚を以てするは、漁を以て人に授けるに如かず》』です。

魚を与えれば一日で食べてしまうけれど、漁のやり方を教えれば一生食べていけるという考え方です。

一度試してみる価値はあるのでは？　と、わたくしは思い、貧民街の方に野菜の苗や種を与え、畑の作り方を教えてくれる方に先生をお願いしたのです。

マリリンさんたちはその成果をわたくしにお裾分けに来てくださったというわけです。なんて素晴らしいことでしょう。

他にもマリリンさんたちのように野菜の成果を見せてくださる方もいらっしゃいましたし、いつもわたくしの前に現れるガキ大将たちは、収穫した野菜を平民街で売りに出しているようです。ぜひ、このまま頑張ってほしいですわ。

……一部の方は、野菜の苗も貸し出した鍬《くわ》も全部売り払ってしまいましたけれど。

怠惰な性質によっての貧困には、わたくしもさすがに手の差し伸べようがありません。

「ありがとうございます。おいしく食べさせていただきますわね」

「うん！　たべてね！」

「つぎは大根が収穫できそうなんだ。そしたらまた持ってくるね」

「うふふ、楽しみにしていますわ」

「ふんっ。たくさん収穫できたらの話だよ。あたしたちも食べていかなくちゃならないんでねぇ？」

「もちろんですわ、マリリンさん。ご自分たちを優先なさってくださいね」

そうやって和やかに話していると、通りの奥から大声が聞こえてきました。

「助けて！　助けてくれ、オジョーサマ！　お願いだよぉ！」

「兄貴がっ！　兄貴が大通りで馬車に轢《ひ》かれちまった!!　血が大量に出ててっ、あしっ、足が……っ!!!　早く来てくれよ……！」

いつもガキ大将と一緒にいる取り巻きのふたりが、泣きながらわたくしのところへ駆けてきます。

彼らが兄貴と呼んでいるのは、きっとあのガキ大将のことでしょう。

「場所はどこですか!?」

「こっから平民街に行く大通りのほうだよ！　俺たち、野菜を売りに行こうと思って……、そしたら、横から急に馬車が……!!」

「お嬢さん！　大通りに行くんなら、そこの狭い路地が近道だよ！　アンタの馬車で大通りに出るよりずっと早く辿り着くよ！」

マリリンさんの助言に、わたくしはすぐさまハンスに視線を向けました。

「ハンス！　わたくしを抱えて事故現場まで走ってくださいませ！　わたくしが走るよりずっと早いですからっ」

「了解ですよ、ペトラお嬢様！　お任せください！」

ハンスはわたくしを抱えあげると、四十代近いとは思えぬ脚力で狭い路地を走り抜けました。

メイドのリコリスや、ガキ大将の取り巻きたちが後ろから追ってくるのが見えましたが、ぐんぐん彼らを引き離していきます。

マリリンさんの言うとおりに狭い路地を抜ければ、すぐに大通りが見えてきました。

横転した馬車と、たくさんの人だかりが見えてきます。

ハンスが叫びました。

「どいてくれ!!　どいてくれっ!!!　治癒能力者を連れてきたんだ!!　怪我人の元へ行かせてくれ!!!」

怪我人を取り囲んでいた人々が、ハンスの言葉を聞いて次々に場所を開けてくれます。

そしてその輪の中央に、血まみれで横たわるガキ大将の姿がありました。

彼の傍には、取り巻きのひとりが泣いて座り込んでいます。

「おっ、オジョーサマぁぁぁ、兄貴が……！　兄貴がぁぁぁ……！」

「ええ、もう大丈夫ですわ。わたくしが治癒いたしますから……」

ガキ大将は……、酷い状態でした。

えぐれた腹部から破裂した臓器が見え、右足は膝から下が失われていました。

おびただしい血の量から考えても、即死しなかったことが不思議なくらいです。

ガキ大将の顔は黄土色になり、微かに喉の奥からひゅぅひゅぅと呼吸する音が聞こえました。

わたくしは頭が真っ白になってしまいました。ここまで酷い怪我人を見たのは初めてだったのです。

何も考えられず、体が震えます。

どうしてこの状態で自分の両手が、ちゃんとガキ大将の上に翳されているのかわからなくなるくらい、思考と動作が噛み合いません。

目の前に迫った死が恐ろしくて、震えて、心臓がバクバクと高鳴って、息苦しくて、わたくしはただ無我夢中で叫びました。

「《High heal》!!!」

火事場の馬鹿力といえば良いのでしょうか。リミッターが外れたような光が現れ、ガキ大将の体を包み込みます。

まばゆい光に包まれた彼の体は、治癒というより、もはや再生しました。

破裂した臓器も骨も筋肉も皮膚もみるみるうちに元に戻り、欠損した足すら新しく生え替わりました。輸血したわけでもないのにガキ大将の顔色が戻ってきたので、血液も生成されたのでしょう。

自分のしでかしたことの大きさに、わたくしは言葉も出ずにガキ大将を見下ろしました。

ガキ大将がゆっくりと目を開きます。

彼の青みがかった黒い瞳が、呆然とわたくしを見上げました。

「……アンタ、本当にすげーな……」

ぽろりとガキ大将の目から涙が零《こぼ》れました。

こうして近くで見ると、彼は結構な美少年だったのだなと、わたくしは至極どうでもいいことを思いました。

「俺を……生かしてくれて、ありがとう、オジョーサマ」

「……どういたしまして」

わたくしは呆然としたまま、動かない口でどうにか返事をします。

するとようやく彼が本当に助かったのだという実感が湧いてきて、わたくしの目からも涙が溢れました。

「なんでオジョーサマが、泣くんだよ……」

ガキ大将は苦笑するように言いました。

「あなたを……助けられて、嬉しいのです」

「ほんと、変なオジョーサマだなぁ」

追いついた取り巻きたちも、ガキ大将に駆け寄ってわんわん泣いていいます。

リコリスとハンスが、座り込んだまま泣くわたくしを心配して、寄り添ってくれます。

観衆たちが「いやぁ、すごかった！　足まで生やしちまうとは、このお嬢さんは聖女様、いや大聖女様にもなれるのでは⁉」「未来の聖女様、ばんざーい！」「ばんざーい！」と興奮に沸いていています。

この日の出来事はたくさんの人々に目撃され、異例の速さで皇都中に話題が駆け巡りました。

そしてついに数週間後、ハクスリー公爵家に神殿から使者がやって来る事態となったのです。

＊　＊　＊

「はぁ……」

目の前の執務机に座るお父様が、低い溜め息を吐きました。

その様子を、わたくしは執務机の前に立って静かに眺めています。

お父様とわたくしとシャルロッテはハクスリー公爵家直系に出やすいラベンダー色の髪と銀の瞳をしているのですが、お父様だけはひどく寒々しい色に見えます。

それは、わたくしがお父様に対して冷え切った心を持っているからかもしれません。少しでもお父様に触れたら、こちらの指が凍ってしまいそう。

シャルロッテやお義母様の前で見せている温かな表情は、わたくしの前では生まれないことを改めて実感するばかりです。

お父様は眉間に皺を寄せたまま、重い口を開けました。

「……ペトラ、トルヴェヌの神殿から手紙が来た。お前を見習い聖女として、聖地ラズーの大神殿に迎え入れたいという内容だ。来週にも面談のために神官が来る。心構えをしておくように」

「承知いたしましたわ、お父様」

計画通りに物事が進んでいる喜びを隠し、わたくしはできるだけ平静な様子で頷いて見せます。

お父様はそんなわたくしを見て、再び溜め息を吐きました。

「皇室との関係強化のために、お前を皇太子の婚約者に捩《ね》じ込もうとしてきたのだがな……。長年の計画がすべて水の泡だ。これではシャルロッテを皇室に嫁入りさせねばならんが、あの子では公爵令嬢として今から仕上がるかどうかわからん」

皇太子ルートのハッピーエンドではふたりはちゃんと結婚していたので、お父様の心配は杞憂《きゆう》でしょう。シャルロッテはとても立派な皇太子妃になります。

まぁ、そんなことはお父様にわかるはずもないのですけれど。

「せめて大神殿とのツテとなるように励みなさい」

「はい。お父様」

わたくしが大神殿へ行っても、お父様の中では手駒のひとつのままなのでしょう。見習い聖女の期間は貴族籍はそのままですし。

軽んじられて腹立たしいし、悲しいですが、とにかく大神殿に行けばお父様から離れられるのです。

公爵家のツテ作りの件は忘れてしまいましょう。

「話は以上だ。下がりなさい」

「はい。失礼いたします」

執事が開けてくれた扉から廊下へ出ると、わたくしは深呼吸をしました。

お父様と一緒にいると空気が薄くて息苦しいのです。

「ペトラ」

廊下の奥に、ちょうど階段を上ってきたばかりの従兄の姿が見えました。

彼はわたくしに向かって片手を上げます。

「アーヴィンお従兄様、ごきげんよう」

直系男児のいないハクスリー公爵家の跡取りとして、分家から引き抜かれたアーヴィンお従兄様は、わたくしより五つ年上の十三歳。淡い水色と銀の瞳を持つ、優しげな美少年です。アーヴィンお従兄様も攻略対象者のせいか、背景がキラキラと輝いているような気がしました。

アーヴィンお従兄様はまだ完全にはこの家の人間ではありません。

けれどお父様が『十五歳になるまでに公爵家の跡取りとして相応《ふさわ》しい人間になれば、我が家の養子にする』と公言していますし、ゲーム内ではちゃんと養子になっていたので、きっと二年後にはわたくしとシャルロッテの義兄になるのでしょう。

その頃には、わたくしは大神殿にいる予定ですけれどね。

アーヴィンお従兄様はわたくしの傍までやって来ると、気遣わしげな視線を向けてきました。

「公爵閣下から、大神殿行きの話を聞かされたのかい？」

「はい。来週に皇都の神官と面談があるとお聞きしました」

「そうか……」

アーヴィンお従兄様は、わたくしの頭を優しく撫でました。

「令嬢生活から離れて大神殿に入るのは、さぞかしつらいだろう。聖地ラズーはとても遠いしね……。ペトラが納得していないのなら、僕が神官に掛け合ってみようか？」

わたくしはその時、初めて気がつきました。普通のご令嬢は大神殿入りなど御免蒙《ごめんこうむ》るのだということを。前世でのんびり暮らしした記憶が蘇ったものですから、忘れていました。

豪邸で豪遊できる暮らしをしていた令嬢が、突然、質素極まる神殿生活など受け入れられるはずがないのです。だからこそゲームのペトラは罰として大神殿に幽閉されたのですから。

アーヴィンお従兄様は心からわたくしに同情してくださっていたのです。

……この配慮をまったく見せなかったお父様へのモヤモヤがちらりと浮かびましたが、即行で心に蓋をしました。

「ご心配痛み入りますわ、アーヴィンお従兄様。ですが、大神殿入りはわたくしも納得の上ですの」

「そうなのかい、ペトラ？　ここで公爵令嬢として暮らしていれば、きみの毎日はきっと素晴らしいものになるだろうに。下々の者に傅《かしず》かれ、どんな贅沢も許され、社交界に出れば注目の的となる。……皇太子妃の座すら手に入るだろう。そんなペトラが、なぜ……」

「……ここには、お母様との思い出が多すぎますから」

お父様の幸せな家庭を見たくない、ということは口に出せません。前世の乙女ゲームについても同様です。

だから話せる範囲で、真実のひとつを口にしました。

「それなら領地へ……。いや、それでは公爵邸と同じことか……」

領地へ戻ることを勧めようとしてくれたアーヴィンお従兄様ですが、領地の屋敷にも、ハクスリー公爵家所有のどこの別荘にも、お母様と過ごした記憶があります。

新天地でなければわたくしの心の平穏はありえないのだと、アーヴィンお従兄様はようやく理解してくださいました。

「わかったよ、ペトラ。大神殿での生活は困難が多いと思うけれど、どうか元気で過ごしてほしい。未来の義兄として、僕はきみを応援するよ」

「ありがとうございます、アーヴィンお従兄様」

アーヴィンお従兄様はそのまま、お父様の執務室へと入っていきました。

＊＊＊

トルヴェヌの神殿からやって来た神官との面談は一日では終わらず、日を置いて何度も行われました。

わたくしの治癒能力がどれほどのものであるかを調べる試験のようなものもありましたし、聖女の暮らしについて何度も説明を受け、近くにある神殿へ見学に出かけました。少し、前世での学校入学の流れを思い出します。

ハクスリー公爵家側もわたくしを大神殿に出すためにいろいろと準備をしなければなりませんでしたが、アーヴィンお従兄様が書類関係や引っ越しの荷物の手配などをしてくださったので、スムーズに進みました。とても助かりました。

ちょうど季節が冬に差しかかったので、大神殿に入るのは冬が明けて街道に雪がなくなる頃、ということになりました。

そして月日はバタバタと進み、ついに明日、わたくしは皇都トルヴェヌのハクスリー公爵家から聖地ラズーの大神殿へと引っ越すことになりました。

冬の間に誕生日を迎えたので、わたくしは九歳になっておりました。

「ペトラお嬢様ぁぁ、お傍にお仕えできなくなって寂しいですぅ～。でもペトラお嬢様のご活躍を楽しみにしてますからねっ！」

「ありがとうございます、リコリス。どうかそんなに泣かないで」

「何かあったらこのハンスに連絡を寄越《よこ》してくださいよ、ペトラお嬢様。すぐにラズーまで駆けつけて、敵をやっつけてやりますから」

「きっとお手紙を書きますわ、ハンス。でも、敵って誰ですの……？」

ハクスリー公爵邸での最後の一日を、わたくしは使用人たちへの挨拶回りに使いました。

リコリスやハンスには特にお世話になりましたが、それ以外の使用人たちにも長年よく仕えてもらったので、感謝とお別れを伝えたかったのです。

お母様のお墓参りは先週済ませましたし、貧民街の皆さんにもお別れの挨拶をしました。

マリリンさんやお孫さんのケントくんとナナリーちゃんが、わたくしのために大根のスープをご馳走してくださったのには、とても驚きました。

雪解け水と塩でシンプルに味付けされた大根のスープには、大根の葉っぱが彩りよく散らされていました。

公爵家の贅沢なお料理に慣れた舌を持っているわたくしですが、彼らの精一杯のもてなしが嬉しくて嬉しくて、とても心が温まりました。

「お嬢さんにはいろいろ世話になったからねぇ。貧乏人でも、感謝の気持ちくらいは持ち合わせているんだよ」と、マリリンさんが顔を背けながらもおっしゃってくださいました。

治癒活動で親しくなったご老人たちも会いに来てくださいました。

「ペトラちゃんがいなくなっちまうのは寂しいのぉ。聖地ラズーへ行っても、ワシらのことを忘れんでくれなぁ」

「大神殿が嫌になったら、じぃじがいつでも馬車ジャックして迎えに行ってあげるからね」

「皇都トルヴェヌへ帰ることがあれば、またばぁばに顔を見せてちょうだいね、ペトラちゃん」

そう言って、皆さんはわたくしとの別れを惜しんでくださいました。

何度思い返しても笑顔になれる、とても幸せなお別れ会でしたわ。

ただ、いつものガキ大将に会えなかったのは少し残念でしたけれど。

彼を治癒したおかげで大神殿入りが決まったと言っても過言ではないので。

「お体には気をつけてくださいね、ペトラお嬢様」

「あんまり無茶なことはしないでくださいよ」

リコリスとハンスの忠告に頷いていると。

後ろから「ペトラお姉様……！」と、可愛らしい声が聞こえてきました。シャルロッテです。

「ペトラお姉様、あの、今、お時間大丈夫でしょうか……？」

「……シャルロッテ」

相変わらず庇護欲を掻き立てる小動物のような異母妹のシャルロッテですが、公爵令嬢としての振る舞い方に慣れてきたようです。彼女の姿勢や歩き方、話し方が、以前よりずっと良くなっていることに気がつきました。きっと、とても頑張ったのでしょう。

「あまり多くは時間が取れませんけれど……。どうしたのです？」

シャルロッテやお父様たちとは、一応お別れ会的なものとして、今夜豪勢なディナーをする予定です。

まさか以前のようにお茶に誘われたら嫌だなぁと、わたくしはつい身構えてしまいました。

「すぐに済みますっ。あの、これ、ペトラお姉様に渡したくて作ったんです。受け取ってください！」

「これは……」

「リボンです。まだ刺繍は習ったばかりで、上手にできなかったんですけれど……、でも、初めて私ひとりで完成できた刺繍《ししゅう》なので、ペトラお姉様に差し上げたかったんです！」

シャルロッテがくださったのは、長さ三十センチほどの白い絹のリボンの両端に、紫色のハーデンベルギアの造花……ではなく、立体刺繍がいくつも連なって縫い付けられた品でした。

立体刺繍は、別名スタンプワークといい、イギリスで十七世紀頃に流行した刺繍です。

モチーフの輪郭部分にワイヤーを縫い付けてから刺繍を施し、アウトラインのギリギリでカットして、切断面を補強も兼ねて綺麗にかがる……と、初心者にはなかなか難しいものなのですが。

シャルロッテの作った立体刺繍は、花びら一枚一枚に丁寧にステッチを入れてあり、まるで本物のハーデンベルギアのようでした。

さすがは乙女ゲームのヒロインです。わたくしと一歳差で、刺繍も習ったばかりだと本人も言っているのに、職人顔負けの完璧な仕上がりでした。

「ペトラお姉様が私のお姉様になってくださって、とても嬉しかったのに、私が令嬢としての勉強でいっぱいいっぱいで、時間が作れなくて、ちっともペトラお姉様と一緒にいられませんでした……。もっと、ペトラお姉様と仲良くなりたかったです……」

「シャルロッテ……」

彼女の大きな銀色の瞳からじわじわと涙が浮かび、ついに零れ落ちました。

わたくしは悔しそうに泣くシャルロッテを見て、ただ愕然としていました。

「ラズーの大神殿に行ってしまわれても、ペトラお姉様とずっと姉妹でいられますようにって、私、わたしぃ……！」

わたくしは慌てて、シャルロッテを抱き締めました。

そうして腕の中で感じる彼女の、なんという小さな体。まだ七歳のか弱い少女です。

ガツンと頭を殴られたような衝撃でした。ハッキリと目が覚めました。

……そして自己嫌悪で倒れてしまいそうです。

新しい家族と仲良くすることでお父様を喜ばせたくないからとか、乙女ゲームのヒロインだからとか、悪役令嬢だからとか。

そんな理由でこんなに小さな異母妹を避け続けた自分自身の性根が最悪すぎて、もう消えてしまいたいです。

だって悪いのはお父様とお義母様で、生まれてきたシャルロッテは何ひとつ悪くありませんでしたのに。

ヒロインである運命も、彼女の意思とは何の関わりもないことなのです。

わたくしはシャルロッテの頭を何度も撫《な》でました。

明日神殿に引っ越してしまう酷い異母姉ですが、せめて少しでも姉妹としての思い出を彼女に残せるように、何度も何度も撫でました。

わたくしと同じラベンダー色の細く柔らかい髪が、指の間をサラサラと通り過ぎます。触れた地肌は、子ども体温のせいなのか、シャルロッテが泣いているせいなのか、汗ばんで熱を持っていました。

「素敵なリボンをありがとうございます、シャルロッテ。大切にしますわね。大神殿に着いたら、必ずあなたに手紙を書きますから。わたくしたちは、ちゃんとずっと、姉妹ですわ」

「ペ、ペトラお姉様ぁぁ……！」

わたくしはシャルロッテが泣き止むまで彼女を抱き締めていました。

ふと気が付けば、リコリスとハンスが微笑ましいものを見る眼差しでわたくしたちを見つめています。

廊下の奥にはアーヴィンお従兄様までこちらの様子を窺《うかが》っていました。

もしかしなくても、シャルロッテをけしかけたのはアーヴィンお従兄様なのでしょう。

アーヴィンお従兄様はわたくしにも優しい眼差しを向けていました。

シャルロッテはともかく、わたくしはそんな優しい眼差しを向けてもらえる資格などありませんのに……。

泣き疲れてぐったりとするシャルロッテを、ハンスが彼女の部屋まで運んでくれることになりました。

アーヴィンお従兄様がこちらに近づいてきて、優しく言います。

「ペトラ、きみにはきみのお母様以外に、僕とシャルロッテも家族だからね。大神殿へ行ってもそれは変わらない。どうかそれを忘れないでいて」

「アーヴィンお従兄様……」

敏いアーヴィンお従兄様は、わたくしがお父様に抱えるモヤモヤとした気持ちに気付いていたのでしょう。だから、不貞の罪があるお父様とお義母様とは家族になれなくても、子どもたち三人だけは家族だとおっしゃってくれたのです。

「……わたくし、冷たい姉でしたわ。シャルロッテをあんなに泣かせてしまいました」

「大丈夫。挽回できるよ。ペトラが大神殿へ行っても、きみたちは姉妹なんだから。それに僕も、いずれきみたちの義兄になる」

「頼りにしておりますわ、アーヴィンお義兄様」

わたくしは今からでもシャルロッテに優しくできるでしょうか？　わかりません。

でも、優しくしたいと、そう願います。

わたくしはハーデンベルギアの立体刺繍が連なったリボンを、きゅっと両手で包み込みました。

ゲームとは関係ないペトラとシャルロッテとして、これからちゃんと向き合えたらいいな、と思いながら。

＊　＊　＊

聖地ラズーの大神殿。

その広大な敷地のあちらこちらに植えられたハーデンベルギアの低木が、今宵も月明かりの中で紫色の花びらを開かせていた。

ハーデンベルギアはツル性植物のため、放っておけばどこまでも枝が伸びてしまうが、大神殿の庭師が支柱を立ててツルを絡ませ、こまめに剪定を行っているので、全体的に形良く育っていた。

アスラー大神の加護を受けているこの花は、国花としてアスラダ皇国中に植えられている。一番最初の木から挿し木で増やされ続けた花は、ここ二百年は枯れることもなく、昼も夜も夏も冬も変わらぬ姿で咲いているのだ。

すでに時刻は深夜二時を回っている。明日の仕事のためにも、ランプの油を節約するためにも、人々はすでに寝静まっている時刻だ。

そんな夜の底に閉じ込められた大神殿の庭園を、ひとりの子どもが歩いていく。

月明かりに照らし出された子どもの体は、頼りなげにか細くて、九歳という実年齢よりももっと幼く見える。

腰まで伸びた木苺色の髪は櫛を通していないのか無造作に跳ね、その青紫色の瞳には暗闇に対する恐怖も、ましてや好奇心も浮かんでいない。将来の美貌が約束されたその端正な顔には、表情らしい表情は浮かんでおらず、まるで歩く人形のようだった。

子どもは棒っ切れのような足で歩き、時折立ち止まってハーデンベルギアの低木を眺めては、また歩き出す。

『ベリスフォード、今夜もお散歩かい？』

どこからか男性の陽気な声が聞こえてきたが、子どもは足を止めない。

子どもは質素な革靴でぽてぽてと歩き、――小石につまづいて転んだ。

『おいおい大丈夫かよ、ベリスフォード。怪我したんじゃねぇの？』

地べたにベシャリと倒れた子どもだが、特に泣きもせず上体を起こす。

そして座り込んだまま、自分が身に着けている見習い聖女用の白い衣装を捲り、膝小僧を確認した。

擦り傷ができている。

『お前、トロいんだから気をつけろよ。お前の母親のウェルザもそうだったんだよなぁ。だから俺様がよく見守ってやったもんだ』

「……《Heal》」

ようやく子どもが発したひと言は、治癒の祈祷《きとう》だった。

白く小さな手から、ぽわりと金色の光が現れ、すぐに擦り傷は癒《い》えた。

男の声がつまらなそうに言う。

『なんだよー、もう。相変わらずつまんねー奴だなぁ。そんなふうに生きていて楽しいのか？　夜は寝ねーし、メシも全然食わねーし、泣きも笑いもしなくて、おまけにちっとも喋らねぇ！　なぁベリスフォード、そんなんじゃ天国のウェルザが泣くぞ？　そうするとウェルザの大親友の俺様が泣くぞ？』

「…………」

『なーなー、返事しろよ～。俺様を無視すんなよ～、俺様偉いのに～』

子どもは面倒くさそうに、男性の声がする方向に首を向けた。

そこにいたのは一羽の白いカラスだ。

「……この間は蛇だった気がする……？」

『ようやく気付いたかっ！　今日の俺様の気分は鳥だ。空を飛ぶのは最高に気持ちがいいんだぞ』

「ふーん」

心底どうでもいい、という表情で、子どもは視線を前に戻した。そしてそのまま地面の上で大の字に寝転び、夜空を見上げる。

白いカラスは趾《あしゆび》でチョンチョンと地面を歩いて、子どもの頭のすぐ側まで近づいた。

子どもの木苺色の髪が地面に広がっていたため、白いカラスの趾に髪を踏まれたが、痛みを感じたはずの子どもはやはり無表情のままだ。

白いカラスが嘴《くちばし》で子どもの額をつつく。

『ベリスフォード、お前に足りないのはやっぱ友達だよ、友達。ウェルザには俺様がいたけれど、ベリスフォードは独りぼっちだから、そんなふうに自分の殻に閉じ込もっちまうんだよ。どうだ、お前も俺様の友達にしてやろうか？』

「…………」

『おいっ、無視すんなっ！』

「…………」

『……フンッ、俺様だってお前のようなガキは相手にしねーよ。もっと大人で知的な話題ができるようになるまでは、俺様に釣り合わねーからな』

「…………」

『でもマジでさ、そんな生きてんだか死んでんだかよく分かんねーままなのは、楽しくねーと思うんだよな。ウェルザはお前をそんなふうにするために生んだんじゃないんだぜ、ベリスフォード』

白いカラスが子どもの頭の周囲をぴょんぴょん飛んで歩いては、額をつつく。端から見ると、まるで奇妙な儀式のようだった。

そうしてしばらく白いカラスと過ごしていた子どもの元に、ひとりの中年女性が現れた。

ランプ片手に寝衣姿で現れた女性は、よほど慌てていたのだろう。足元が室内履きのままだった。

「ベリー様！　お部屋にいらっしゃらないと思ったら、また抜け出してこんなところにいたのですかっ！」

女性は白いカラスを追い払い、子どもを地べたから抱き起こす。

そして自分が羽織っていたショールを子どもにぐるぐると巻きつけた。

「眠れないのは仕方がありませんが……。どうかご自分のお部屋にいてください。ばあやはベリー様がとてもとても心配で……」

「…………」

子どもは何も答えないが、女性はそのまま子どもの手を引いた。庭園から大神殿の中へ移動するようにと、子どもを促す。

「さぁさぁ、ベリー様。もう春先だとはいえ、冷えますから。お部屋で暖炉の火に当たりましょう。毛布にくるまっていれば、きっと夜明けはすぐに来ますからね」

「…………」

子どもは中年女性に連れられて、大神殿の奥へと消えていく。

ハーデンベルギアの低木の側でその光景を見送っていた白いカラスは、『あーあ、ウェルザァ』と呟いた。

『お前の息子は、どうしたらいいんだろうなぁ……』

幕間　ゆく少女と、くる少年【SIDEハンス】

俺の名はハンス。

若い頃はヤンチャに傭兵なんぞをして大陸のあちこちを渡り歩いていたが、今ではハクスリー公爵家で護衛として雇われている、しがないおっさんだ。

今日の午前、俺の恩人であるペトラお嬢様がラズーの大神殿へと旅立ってしまわれた。

大神殿が用意した馬車に乗り込んだペトラお嬢様の姿を見た時は、なんだか胸に込み上げてくるものがあった。

嫁もいなければ娘もいない俺だが、ペトラお嬢様に対して父性のようなもんがいつの間にか芽生えちまっていたらしい。


今よりずっと幼い頃のペトラお嬢様は、前公爵夫人にいつもべったりだった。

「おかあしゃま、おかあしゃま」と夫人の元に駆け寄り、夫人の腕に抱き締められては、満面の笑みを浮かべていた。

前夫人は信心深い方で、体調が良い時にはペトラお嬢様を連れて神殿に参拝されることが多かった。

俺はその護衛に配置されることが度々あり、ペトラお嬢様はいつの間にか俺のことを覚えてくださっていた。「はんちゅ」と舌足らずな声で俺を呼んで、笑いかけてくださった時のことを、昨日のとのように覚えている。

前夫人が亡くなられたあとのペトラお嬢様は、本当にお可哀想だった。

ペトラお嬢様は屋敷から一歩も出ず、毎日泣いて過ごしていらっしゃった。

公爵閣下はなかなか屋敷に帰ってこねーし、お従兄のアーヴィン様は前夫人の葬儀の後処理でバタバタしていたから、余計に公爵家の雰囲気は陰鬱《いんうつ》としていた。こんなに寒々しい場所で、八歳の子どもが母親を失った悲しみを癒やせるはずがねぇって、俺は思っていた。

そんでもってさらに最悪なことに、公爵閣下は前夫人が亡くなってからひと月しか経っていないっつーのに、新しい夫人を連れてきやがった。しかも公爵と血の繋がりがある娘まで一緒だ。

ペトラお嬢様があまりのショックに何日も寝込んだのは無理もないと、屋敷の使用人全員が思ったね。

しかし、ペトラお嬢様は俺が思うよりもずっと強い精神力をお持ちだった。

新しい家族を受け入れた上に、屋敷の外へと出たのだ。

貧民街に出掛けたいと最初に言われた時は驚いたが、自分には治癒能力があるからそれを伸ばしたいのだ、と話された時に、お亡くなりになられた前夫人のことを思い出した。

信心深い母親に大切に育てられたご令嬢だもんな。

自分に治癒能力があるとわかれば、それを弱者のために使いたいと考えるだけの優しい心を持っていたのだ。

まぁ、「わたくしは修行がしたいのです‼」て台詞《せりふ》はグッと来たけれどよ。傭兵時代の熱い自分を思い出してさ……。へへ。

それにペトラお嬢様が公爵邸で泣き暮らすより、外に出て気晴らしができれば良いなと、俺は思ったのさ。

ペトラお嬢様の貧民街での活躍は、俺が想像していたものよりずっとすごかった。

子どものお遊びなんかじゃなく、自分のできる範囲で確実に患者を救っていった。

最初はツンケンしていたマリリン婆さんもお嬢様にほだされて、いつの間にか態度が軟化していたからな。

メイドのリコリスちゃんの弟の病気を治した時なんて、本当に公爵令嬢のままにしておくのはもったいねぇって感じの漢気《おとこぎ》だった。半日も治癒能力をかけ続けるなんざ、根性があるぜ。

……そしてペトラお嬢様は、俺の左目まで治しちまった。

傭兵時代に仲間を庇って負った傷が原因で、俺は左目の視力を失った。

戦闘中だったから医療道具なんて最低限しか持ち合わせていなかったし、軍お抱えの数少ない治癒能力者は、俺なんかよりももっと重傷の兵たちにかかりっきりだった。

俺が診てもらえた時にはもう、視力の回復の見込みもなくなっていた。ペトラお嬢様くらいレベルの高い治癒能力者だったら話は違ったんだろうが、当時俺を診てくれた治癒能力者にはもうどうすることもできなかった。

大神殿に行って聖女に治療してもらうほどの金もなかったしな。

左目が見えなくなったことを、俺は納得するしかなかった。

庇った相手も俺への罪悪感でつらそうだったから、悲しんでいるところなんて誰にも見せられなかった。

「友よ、俺の左目なんかより、お前が生きていることのほうがずっと大事だぜ」って、当時の俺は笑った。

仲間の生存が嬉しいのは嘘じゃない。

目玉一個より、命のほうがずっと重いんだって、今でもそう信じている。

そいつには嫁さんも、生まれたばかりの赤ん坊もいたから、幸せな家庭が壊れなくて良かったって本気で思った。

でも、でもさ、片目だけで世界を見続けるのが、俺は本当はつらかった。

名誉の勲章だと納得して、笑って、仲間の生存を喜べる気持ちをちゃんと抱えてんのに、心の奥が冷えるんだ。

良い奴ぶって、俺、何してるんだろうって。

年月が経てば経つほど、そう考えちまうんだ。

そいつが傭兵をやめて、もっと安全な職について、子どもが増えて、嫁さんも相変わらず美人で、幸せそうに暮らしていることを手紙で知らされて。

『これも全部、あの時ハンスが俺を守ってくれたおかげだ。本当にありがとう。きみは俺の恩人だ』って毎回締め括られてるのを見ても、素直に喜んでやれないんだよ。仲間の幸せをちゃんと喜んでやりたいのにさ。

……そんな俺のぐちゃぐちゃの心を、ペトラお嬢様は救ってくれた。

何十年ぶりかに両眼で見えた世界で、本当に綺麗な天使様が見えた。

俺にとっても大恩人になったペトラお嬢様は、馬車事故にあったクソガキの破裂した内臓や、欠損した足まで再生しちまった。

ここまで才能のある治癒能力者が、まだほんの八歳とは空恐ろしい。

神殿から使者が来たと聞いた時には「そりゃそうだよな」という感想しか湧かなかった。

それで今日、ペトラお嬢様は聖地ラズーの大神殿へ旅立っちまったというわけだ。

正直寂しいが……。自分の才能を伸ばそうと邁進《まいしん》し続けるお嬢様を止める気はなかったからな。

ペトラお嬢様にはこれからもいろいろ困難があるだろうが、ご自分の輝かしい未来を摑み取ってほしい。


……娘を嫁に出す父親の気分って、こんなもんなのかもしれねぇなぁ。


「おいハンス、大丈夫か？」

「ペトラお嬢様が旅立たれて寂しいだろう。今夜、みんなで飲みに行くか？」

「泣くんなら俺も付き合うぜ！」

ペトラお嬢様の見送りが終わり、護衛の詰所に戻ると、護衛仲間からそんなふうに声を掛けられまくった。

どうやら俺は端から見ても落ち込んでいるらしい。

……まいったな。

「ちょっくら裏で休憩してくるわ。なんかあったら呼びに来てくれ」

「わかったぜ、ハンス。裏で泣いてくるんだな！」

「俺、ハンスが泣いてるから詰所の裏には絶対に近づくなって、みんなに通達してくるわ！」

「ハンス、これ新しいタオルだぞ。思う存分泣いてこい！」

護衛仲間たちからの扱いが、本気で娘を嫁に出した父親へのそれである。

手厚い配慮を受けて送り出されたので、もういっそ屋敷中に聞こえるくらい大泣きしてやろうか。

そんな気持ちで俺は詰所の裏に出た。

泣いていいと言われると泣けないもので、俺は詰所の裏にあるベンチに腰かけた。

すぐ目の前には、ハクスリー公爵家の敷地をぐるりと囲う鉄製の高い柵がある。侵入者から公爵家を守るためのものではあるが、蔓薔薇を模したデザインなのでなかなか優雅だ。

柵の向こう側は大通りがあり、貴族街らしい風景が広がっている。行き交う馬車は金ぴかの飾りがついていたり、歩行者はたいてい貴族の屋敷に勤める使用人なので服装が上等だ。

そんな風景の中に、俺はひとつの異質を見つけてしまった。

通りの向こうからハクスリー公爵家を覗《のぞ》き見している、襤褸《ぼろ》をまとったクソガキがひとり。

クソガキは俺の視線に気が付くと、パッと目を輝かせた。

「オジョーサマの護衛のおっさん！」

ペトラお嬢様に重傷を負った体を再生してもらったあのクソガキ――お嬢様はひそかに『ガキ大将』と呼んでいた――が、こちらに向かって走ってきた。

柵にしがみついたクソガキは、俺に話しかけてくる。

「……なんだよ、クソガキ。ペトラお嬢様ならすでにラズーの大神殿へと旅立ったぞ。お前、マリリン婆さんが用意してくれたお別れ会に顔も出さねーで、結局今頃後悔して、お嬢様に会いに来たのか？」

「ちげーよ！　オジョーサマがすでに大神殿に向かったことくらい、知ってるし！　俺はまだオジョーサマに会う気なんかない！」

「はぁ⁉　命の恩人に対して、なんちゅー言い草を……」

「俺は！　オジョーサマに恥じない人間になるまでは、オジョーサマに会う気はないって言ってんの！」

クソガキは真っ赤な顔をして、俺にそう叫んだ。

はっは～ん？

「こんなおっさんに、そんな甘酸っぱい青春を聞かせてもいいのか？　そうだよなぁ、お前、ペトラお嬢様に初めて会った時から絡んできたよな～。なになに、一目惚れだったの？　そんで治癒していただいて、がっつり惚れちゃったの？　相手は公爵令嬢だぞ？　うわ～、酒が飲みて～」

俺のからかいに、クソガキはますます顔を赤くしたが、耐えた。

耐えた上に、深く頭を下げてきた。

「お願いします、護衛のおっさん！　俺、オジョーサマが好きだけれど、一緒になりたいとか分不相応なことは考えてない！　ただオジョーサマを守る神殿騎士になりたいんだっ！　稽古をつけてください！」

「うわぁぁ、初恋を思い出すむず痒《がゆ》さだわ、これ」

「金はねーけれど、おっさんの使いっ走りでもなんでもするから!!　お願いします!!!」

「……あーあ。俺、弱いんだよね。こういうの」

本当にこのクソガキが尻尾を巻かずに稽古を続けられるのかは知らない。

だけれど、ひとりくらいこういう奴をペトラお嬢様の味方として大神殿に送り込むのもいいんじゃねーかな、と俺は思った。

「今後、俺をおっさんって呼ぶのはやめろよ。『ハンス師匠』だ。いいな?」

「俺はレオ。よろしくお願いします、ハンス師匠！」

青みがかった黒髪と、つり目がちな目を持つレオは、なかなかキリッとした感じの男前だ。

それに何より、髪と同じ青みがかった黒い瞳が熱い決意に燃えていて、キラキラと輝いているのが良かった。

俺はこういう目をする奴が好きなんだ。

ペトラお嬢様もそういう目をしていたしな。

俺とレオは鉄柵の隙間に腕を通し、握手を交わした。

第二章　ペトラ九歳と初仕事

乙女ゲーム『きみとハーデンベルギアの恋を』の舞台であるアスラダ皇国は、神々の頂点であるアスラー大神が「この肥沃な土地を平和に治めるように」とおっしゃって、初代皇帝に土地を与えたことが始まりだと言われています。

その時、初代皇帝に与えた場所こそが、聖地ラズーでした。

アスラー大神はラズーの丘に、一本のハーデンベルギアを植えました。

「これは私の意思そのもの。私の喜びが続く限り咲き続け、失望した時には枯れるであろう」と言い残し、大神は去っていったと言われています。

その木は『始まりのハーデンベルギア』と呼ばれ、今も大神殿の最奥部で大切に守られているそうです。

『始まりのハーデンベルギア』から枝をいただき、挿し木を繰り返すことによって、アスラダ皇国中にハーデンベルギアの低木が増えていきました。

アスラダ皇国の長い歴史の中で、国中のハーデンベルギアが枯れたことが三度ありました。その度に皇帝の代替わりが起こったのですが、この二百年ほどはずっと咲き続けているそうです。

夏の日照りでも、極寒の冬でも、それどころか昼夜も問わず花びらを広げるハーデンベルギアの姿は、確かに神秘的でした。

そして時代の移り変わりとともにアスラダ皇国の領土は拡大し、人も増え、皇都を現在のトルヴェヌへと移しました。

現在のラズーは政《まつりごと》の中心ではありません。ですが、『始まりのハーデンベルギア』が現存している大神殿や、古代の建造物が美しく建ち並んでいます。

それを目当てにやって来る観光客のために、宿泊施設や商業施設が増えていき、流通も増え、アスラダ皇国の第二都市として栄えているのです。


というわけで、わたくしペトラ・ハクスリー、聖地ラズーに無事到着いたしました。

来る途中に馬車の中から見かけた街の様子は、皇都とは違うおおらかな空気と、それを満喫する人々の笑顔であふれていて、見ているだけで楽しい気分になりました。

いずれわたくしもラズーの街を観光してみたいですわね。

わたくしを乗せた馬車が向かうのは、大きな丘の上です。そこには白い石で建てられた巨大な大神殿がありました。

大神殿はパルテノン神殿のように柱の多い作りをしています。神殿に関連する施設が複合しているせいか、皇城並みの規模に見えました。

「ようこそ聖地ラズーの大神殿にお越しくださいました、ペトラ・ハクスリー様。本日案内役を勤めます、神殿職員のマシュリナと申します」

「初めまして、マシュリナさん。本日よりお世話になりますわ」

マシュリナさんは五十代くらいの女性で、人好きのする笑顔を浮かべる優しそうな方です。

なんとなく『寮母さん』のイメージが湧きました。

「お荷物はこちらのほうでペトラ様のお部屋にお運びしましょう。それではまずはお茶にしましょうか。ここでの生活の説明をさせていただいた後、実際に大神殿内の各施設をご案内いたします」

「感謝申し上げますわ、マシュリナさん」

「いえいえ」

わたくしは大神殿に越してきましたが、身分は未だ『公爵令嬢』のままです。

見習い聖女としてここで学び、働き、暮らし、そして成人となる十八歳になると聖女と呼ばれることになるのです。その時に貴族籍を抜くことになっていました。

ちなみに貴族が聖女や神官になった後、家の事情で還俗《げんぞく》することが可能だったりします。そこらへんは案外ゆるいみたいですわね。


マシュリナさんと別室に移り、独特な味のするラズーのお茶と素朴なお菓子を摘《つま》みながら、ここでの生活についての説明を受けました。

公爵家にいらっしゃった神官から受けた説明と重複するところもありましたが、わたくしがきちんと理解しているかの確認のために繰り返してくださいます。

「食事はご自分で食堂まで取りに行かねばなりません。食堂で食べても自室で食べても構いませんが、とにかく食事の上げ下げはご自分で行わなければなりませんよ」

「はい。承知いたしましたわ」

「お風呂場では、髪を洗うのも体を洗うのも、すべておひとりで行ってください。ペトラ様は石鹸を見たことがありますか？」

たぶん、神殿入りした貴族の御令息御令嬢がいろいろやらかした結果なのでしょう。

彼らは食器の上げ下げもできず、お風呂に入っても石鹸すらわからず、きっと寝具の整え方も、衣類を洗濯場に持っていくこともできなかったのでしょうね……。

マシュリナさんがとても心配そうにわたくしを見ています。

「いろいろ学んできたので、大丈夫だと思いますわ」

学んだのは、公爵家ではなく前世でなのですけれど。

「わからなかったら、とにかく周囲の方にお尋ねになってくださいね。わからないことは何も恥ずかしいことではありませんから」

「はい。そうさせていただきますわ」

お茶を飲み終わると、大神殿の敷地内を簡単に案内してくださいました。

朝と夕方にアスラー大神へ祈りを捧げる大神殿の本堂、懺悔《ざんげ》室、わたくしが働くことになる治癒棟や、他の特殊能力者である神官聖女が働く様々な研究施設、巨大な図書館。神殿なので当たり前ですが遺体安置所や墓地などもあります。

神殿騎士が生活する宿舎や訓練場なども敷地内にあり、立派な宝物殿もありました。宝物殿は普段は鍵がかけられており、見ることができないそうです。

それから大神殿の奥にある、神官聖女が暮らす居住スペースに案内していただきました。

食堂や談話室、ボードゲームなどが用意された遊戯室などもあります。

温泉の引かれた大浴場は好きな時間に入っていいと聞き、元日本人としての血が騒ぎました。現世初の温泉です！　わくわくしますわ！

そして最後に、わたくしの自室を案内してもらいました。

公爵令嬢への配慮でしょうか。居間と寝室の二部屋をあてがわれていました。

自室内にバストイレはありませんけれど、とても嬉しいです。

「ペトラ様のお荷物はこちらです。寝室の奥にクローゼットがあるのですが、ご自分で荷物の整理をしなければなりません。その……、本当に大丈夫ですか？」

「はい。何事もまずは自分でやってみますわ。マシュリナさん、本日は案内してくださって本当にありがとうございました」

「荷物の整理ができなかった場合は、談話室の隣にある管理人室へ行ってくださいね。誰かしらアドバイスができる者がいるはずなので」

「何から何まで痛み入りますわ」

「では、私は次の仕事がありますので、これで。無理だと思ったら早めに管理人室へ駆け込んでくださいね！」

「はい」

ここに来た貴族たちは荷物整理で、どれほどのやらかしをしたのでしょうか。

マシュリナさんがあんなに青い顔をしていらっしゃるのを見ると、ちょっと気になってしまいますわ。

わたくしはマシュリナさんを見送ってから、奥の寝室へと向かいました。

荷物整理をする前にまずは部屋の換気です。

寝室の窓を開けると、春の暖かい日差しとは裏腹のヒンヤリとした空気が室内に流れ込みました。

わたくしは首を竦《すく》めて、外の景色に目を向けます。

「やはりここでも、ハーデンベルギアが咲いていますのねぇ……」

アスラー大神が植えたといわれている『始まりのハーデンベルギア』へは、案内してもらうことができませんでした。

どうやら大神殿の最奥部は、大神官や大聖女の許可がないと行けないようです。

アスラダ皇国中のハーデンベルギアが枯れた時でも、『始まりのハーデンベルギア』だけは枯れたことがない神秘の木だと聞いているので、ぜひ見てみたかったのですが。仕方がありません。

『始まりのハーデンベルギア』の枝を挿し木して増やされた庭園の花々は、とても綺麗でした。最初の一本が枯れないからこそ、何度でもこの国中にハーデンベルギアを咲かせることができるのでしょう。

ハーデンベルギアの花の色はピンクや白などもありますが、一番多いのは紫色で、つい紫色の花に視線が向いてしまいます。

それはきっと、異母妹のシャルロッテがくれたリボンのせいもあるのでしょう。彼女が施してくれたハーデンベルギアの立体刺繍は紫色でしたから。

わたくしのラベンダー色の髪に調和するようにと、紫色を選んでくれたのでしょうね。

……出立する馬車から見た、シャルロッテの泣き顔。

手を振ってくださったアーヴィンお従兄様、リコリスやハンスの寂しげな表情。

お世話になった人たちの顔が次々に脳裏に浮かんで、わたくしの胸の奥をきゅっと締め付けます。

「わたくし、この地できっと精一杯頑張りますわ」

聖女になりたかったわけではなく、公爵家から逃げ出したかっただけのわたくしですが、迎え入れてもらった場所で、自分に与えられた責務を全うしたいです。

それくらいしか、お世話になった方々に返せるものがありませんから。

「さて、荷物整理を始めましょうか」

それが終わったら、シャルロッテや皆さん宛てにラズーに到着した報告の手紙を書きたいなぁと、わたくしは思いました。

＊＊＊

「うーん、こんなものかしら……？」

今日はいよいよ治癒棟での初勤務の日です。

わたくしは自室の鏡の前で首を傾げました。

気合いを入れて早起きし、支給された見習い聖女の衣装を着たのですが、まだ着なれない衣装のせいか、どうも違和感があります。

見習い聖女の衣装は、ヴェールのように薄い生地が何層にも重なった、古代風の白いワンピースです。ドレスよりずっと軽いですし、体への締めつけがないので動きやすくて嬉しいです。

一緒に支給された革靴と、見習い聖女の証《あか》しであるブローチを胸元につければ、小さな見習い聖女の完成でした。

「髪は纏めたほうがいいかしら……？」

公爵令嬢として伸ばしてきたラベンダー色の髪の毛先を手ですくいながら、呟きます。

もう大神殿に引っ越しましたし、勤務中に邪魔になると困るので、いっそ髪を短く切ってもいいのですけれど……。

「あ、そうですわ！」

わたくしは机の上に飾っていた陶器製の小物入れを開けました。

中に入っている細々とした品の中から、シャルロッテからもらったリボンを取り出します。

もう一度鏡の前に戻り、わたくしは髪を手早くポニーテールに纏めて、リボンで結びました。

「これで服装はばっちりですわ」

わたくしはようやく自分の姿に満足し、自室を出ました。


アスラー大神を崇《あが》める大神殿には、大神官と大聖女で構成される上層部を頂点に、多くの神官や聖女、その見習いや職員の方々が働いています。

神官聖女と職員の違いは、特殊能力の有無です。

わたくしの場合は治癒能力ですが、他にも、植物の言葉がわかる神官や、星読みの聖女、雨乞いの聖女など、様々な特殊能力者が存在しています。特殊能力を二、三種類持っている方も、中にはいるようです。

その中でも一番貴重なのは、神託の能力者です。数十年にひとりしか生まれないといわれる存在です。

そして特殊能力者以外で神殿に携わるお仕事をしているのが、マシュリナさんなどの職員の方々です。

他に、大神殿を守る神殿騎士や、神話や特殊能力を研究している学者など、とても多くの方々が働いています。

わたくしもそんな大神殿に在籍する見習いのひとりとして、今日から治癒棟にやって来る患者さんたちを治癒するのですが……、なんと実働二時間の予定です。

もともと、見習いには授業があります。

午前中は語学や計算やマナー、歴史や神話などを学び、午後にそれぞれの勤務先へ移動して働くことになっています。

他の見習いの方々は午後の勤務時間がもっと長いのですが、わたくし、まだ九歳になったばかりなんです。

さすがに九歳の子どもに長時間勤務はさせられないということで、二時間の時短パート状態になるそうです。

ちなみに午前の授業に関しても、わたくしはひとりで特別授業を受けるみたいです。

現在大神殿に在籍する見習いは男女合わせて四十名ほどらしいのですが、皆さん平民の方で、文字の読み書きから学んでいる段階らしいのです。

わたくしは幼い頃から公爵令嬢として英才教育を受けてきたので、基礎的なことはすでに終わっています。

なので代わりに、神殿に在籍する学者たちから特別授業を受けさせてもらえることになりました。

このまま聖女になれば貴族学園に通うことはないので、高度教育を受けられる機会が与えられたのは大変ありがたいことです。

それに他の見習いの方は、下は十三歳から上は十七歳までだそうです。貴族出身の九歳なんてクラスメート扱いしづらいでしょうから、ひとりで特別授業のほうが気楽そうだなと思いました。


朝のお祈りの時間が終わると、さっそく特別授業を受けました。

高等数学と語学、神話という時間割でした。

この世界の高等数学はどうやら前世のそれよりもレベルの低い内容らしく、問題なくついていけました。語学も今のところ大丈夫そうです。

神話は、令嬢教育では基礎的なことしか習いませんでしたけれど、これからは見習い聖女という立場なので必須科目です。頑張って勉強していこうと思いました。

そして昼食を挟み、午後。

わたくしはついに治癒棟へ向かいました。

三階建ての治癒棟は、大神殿と同じ白亜でできていました。ここでも周辺にハーデンベルギアが咲き乱れています。

胡蝶蘭に似た小さな花がいくつも花開いているのを眺めながら、わたくしは治癒棟の玄関に向かいました。

「新しくいらっしゃった見習い聖女様でしょうか？」

扉の前に立っていたふたりの神殿騎士のうちのひとりが、わたくしに確認を取ってきます。

わたくしは胸元にある見習い聖女のバッジを騎士に見せました。

「ペトラ・ハクスリー見習い聖女です。本日からよろしくお願いいたします」

「治癒棟へようこそ、ハクスリー様。このままどうぞ中へお進みください。受付で所長がお待ちです」

騎士が開けてくれた扉を進めば、広い玄関ホールがありました。

アスラダ皇国の古代に流行したといわれている青いモザイク画が床一面に広がっていて、目に鮮やかです。まるで前世のテレビ番組で観た、モロッコのモザイクタイルのようでした。

玄関ホールには受付カウンターがあり、職員が事務作業に追われているのが見えます。

そしてその傍らに、ひとりの年老いた男性が立っていました。

白い衣装は見習いのものよりずっと立派で、胸元のバッジも神官を表すものです。首には虹色に輝く不思議なクリスタルが付いたチョーカーのようなものが巻かれていました。

神官はわたくしを見て穏やかに微笑みます。

この方がここの所長でしょうか？

「初めまして。本日より治癒棟に配属されました、ペトラ・ハクスリー見習い聖女です」

「ようこそ治癒棟へいらっしゃいました、ハクスリー殿。我輩はこの治癒棟の所長を勤めております、ゼラと申します」

やはり所長さんだったようです。

ゼラ神官は長い白髪と髭《ひげ》が特徴的な方で、仙人という雰囲気です。

話し方もゆったりとしていて、初勤務に緊張していたわたくしの気持ちもいくぶん落ち着きました。

「本日は治癒棟内の案内をしつつ、ハクスリー殿の仕事内容について説明していきましょう。その後、教育係を紹介いたします」

「ありがとうございます、ゼラ神官。どうぞよろしくお願いいたします」

ゼラ神官はまず、受付の中を見せてくださいました。

「大神殿の治癒棟で担当する患者は、基本的に寄付金が多い方、高位貴族や大神殿にツテがある方ばかりだと思ってくださって結構です」

神殿という組織はやはりお金がかかります。

貧困層への支援や特殊能力者の保護、学者への援助など、多岐にわたってお金が出ていきます。

ならば取れるところからお金をふんだくろう、という話なのです。

そのひとつが治癒部門なのでしょう。どんな大金持ちでも病気や怪我をしますからね。

「その他に、町の神殿の神官聖女でも治癒することのできなかった患者がやって来ることもあります。そちらも前もって予約があるので、この治癒棟が突然混雑するということはまずありません」

「患者が救急搬送されることはないのですか？」

「ほとんどありませんね。ラズーには大神殿以外にも多くの神殿が点在し、治癒能力者がそこに在籍していますから。彼らの治癒が追いつかないほど大量の重症者でも現れない限り……」

「ゼラ神官様、大変です!!『アスラー・クリスタル』を産出する鉱山で有毒ガスが発生し、多くの労働者たちが有毒ガスを吸い込んだ模様です!! 町にいる神官たちでは手が足りず、治癒棟に救護要請が届けられました!!」

突然、先ほどの神殿騎士が玄関ホールに転がるように駆けてきて、大声で通達しました。

職員たちはざわめき、わたくしは息を飲み、ゼラ神官は「まさか……」と呟いて青ざめます。

早々にフラグ回収がやって来てしまったようです……。

「こんにちは、新人ちゃん！　あたしは聖女のアンジーです。きみの教育係なんで、よろしくねー！」

爽やかな夏風を纏ったような笑顔で現れたその女性に、わたくしは慌ててお辞儀をしました。

「初めまして、アンジー聖女。わたくし、ペトラ・ハクスリー見習い聖女です。ご指導ご鞭撻《べんたつ》のほど……」

「あ、そういう堅苦しい挨拶はいいからいいから。これから戦場だからさ、とにかく平常心を保つことだけ考えてくれればいーよ」

「は、はい」

「というわけで、よろしくね、ペトラちゃん！」

「こちらこそ、よろしくお願いいたします」

アンジー様はオレンジ色の短い髪と、それより濃い朱色の瞳をした美しい方で、年齢はちょっとよくわかりません。少し大人びた二十代にも、若々しい三十代にも見える感じです。

ハキハキとした明るい声はよく通り、きびきび動く細い体はしなやかで、若い雌鹿のような雰囲気の方でした。

「で、ゼラさん。有毒ガスを吸い込んだ中毒患者がたくさんって、職員から聞いたけれど。鉱山から大神殿の治癒棟まで運んでくるんですかー？」

「現実的に無理でしょうね。大神殿の馬車には限りがありますし、今出せる馬車をすべて急がせても、市民の交通の妨げになるでしょう。馬車事故が起きかねません」

たいした交通法も制定されていないアスラダ皇国では、救急車のようなシステムはまだ導入できません。速度の速い馬車が街道を走ることすら、市民の交通の妨げになります。それを何台も走らせるとなると、新たな怪我人が増えかねませんでした。

「じゃあやっぱり、あたしとペトラちゃんで鉱山まで行ったほうが早いね。ペトラちゃん、ひとりで馬には乗れる？」

「いいえ、乗れませんわ……」

「そっかぁ。落ち込まなくていーよ。ペトラちゃんは今までお嬢様生活だったんだし、仕方がないじゃん？　これから覚えればいいだけだよ。あたしたちはこういう時、現場にチョッパヤで辿り着かなきゃいけないことがあるからさ。覚えるとめちゃくちゃ便利だよ〜」

「はいっ。頑張りますわ」

今まで当たり前に馬車に乗る生活でしたけれど、確かにアンジー様のおっしゃるとおり、乗馬を学んだほうが行動範囲が増えて良さそうです。仕事の助けになりますし、休日も馬を借りれば遠出ができます。

「今日はあたしと一緒に馬に乗ろう。任せて」

「ありがとうございます、アンジー様」

「じゃあ、さっそく行こうか。ゼラさん、馬借りていきますねー」

「ええ。手続きはこちらでしておきますから、お好きな馬を選んでください。ではハクスリー殿、大変な初勤務になってしまいましたが、想定外の出来事というものは人生にはままあることですよ。では、アンジー殿、ハクスリー殿のことをよろしく頼みます」

「任された！　じゃ、ペトラちゃん……」

「あ、あの、ゼラ神官、アンジー様……！」

目の前で淡々と進むふたりの会話に新人が口を挟むのも悪いような気がしましたが、どうしても疑問が浮かんで消えません。

わたくしは思いきって尋ねました。

「重症者多数ですのに、アンジー様とわたくしのふたりだけで本当に大丈夫なのでしょうか⁉　アンジー様はもちろん聖女の位をお持ちなので不安はありませんけれど、わたくしは今日入ったばかりの新人ですわ！」

鉱山ではたくさんの人が働いています。目に見えない有毒ガスを相手に、吸い込まずに逃げ切れた人はきっと少ないでしょう。

軽症者の方が多いかもしれませんが、重症者だって、もしかしたらわたくしたちふたりでは追いつかないほどいるかもしれないのです。

不安になるわたくしの両肩を、アンジー様がガシッと両手で掴みました。

「残念なお知らせをするね、ペトラちゃん。現在治癒棟で外出可能な治癒能力者は、なんと、あたしとペトラちゃんのふたりだけなんだ！」

「え。え……？」

わたくしは思わず、ゼラ神官に視線を向けます。

ゼラ神官には、かなりの権力者の予約でも入っているのでしょうか……？

「ゼラさんを含め、残りの治癒能力者は全員『幽閉組』なんだよ！」

『幽閉、ぐみ』……」

悪役令嬢ペトラのバッドエンドが、わたくしの脳裏によみがえります。

類いまれなる治癒能力を持っていた悪役令嬢ペトラは断罪後、大神殿に幽閉されるというやつです。

アンジー様はゼラ神官の首元を指差しました。

「ごらん、ペトラちゃん。ゼラさんがしているあの首輪はね、大神殿の外に一歩足を踏み出した途端に爆発するヤバイやつなの。ゼラさんを鉱山に連れていこうとすると、ゼラさんが死んじゃうの」

「ひぃ……っ」

「ちなみに『幽閉組』は大神殿の居住スペースじゃなくて、治癒棟の地下牢で暮らしてるんだよ。犯罪者だから」

つまり悪役令嬢ペトラは幽閉された後、あのチョーカーを嵌《は》められて生殺与奪《せいさつよだつ》の権利を握られ、治癒能力を搾取《さくしゅ》され続けたということなのでしょう。

わたくしも前世を思い出していなかったら『幽閉組』の一員になったのかと思うと、複雑な気持ちになりました。

ゼラ神官は爆発するチョーカーを弄《いじ》りながら、穏やかに微笑みます。

「我輩は六十年前に、とある伯爵家のご令嬢に恋に落ちましてねぇ。彼女をお守りしようと決意した若き我輩は、屋敷を警護したり、部屋の安全を確認したり、彼女の婚約者などとのたまう不埒《ふらち》な輩《やから》からの文を燃やしたりしていたのですが、いつの間にか捕まってしまいました。やましいことは何もしていない、誤解だと訴えたんですけれどねぇ。平民の言葉など聞き入れてはいただけませんでした。いやはや」

「ゼラさん、その話は何度も聞くけれど、全然誤解じゃないと思うなー」

「そのご令嬢は十年前に嫁ぎ先で亡くなってしまったので、いつか我輩に恩赦《おんしゃ》が出たら、彼女の墓を訪ねて、遺骨の一本でも掘り起こして頂戴したいと思うのです」

「そういうことを言っちゃうから恩赦が出ないんですよー、ゼラさん」

仙人のような雰囲気のゼラ神官がストーカーだったなんて、ドン引きです……。

いえ、わたくしもその可能性があったのですけれど。

婚約者である皇太子の周囲をうろちょろするシャルロッテを排除しようと、罪を犯すはずだったのですけれども。

いくら恋に溺れたとて、相手に迷惑行為をするのは良くないと、わたくしは改めて思いました。

「ペトラちゃん、とにかく大丈夫だよ。患者が死んでなければ治せるから、このアンジーお姉さんに任せなさい！」

ぽんっと自身の胸を叩くアンジー様に、わたくしは頷くしかありませんでした。

＊　＊　＊

「うひゃひゃひゃひゃ、やばーい！　めっちゃ暴れ馬なんだけれど、この子ー！」

「きゃぁぁぁああ!!!　止めてぇぇええ!!!　いやですぅううう!!!」

アンジー様が選んだ馬が本当に暴れ馬だったのか、アンジー様の乗馬技術がジョッキー並みだったのかはわかりませんが、大神殿から鉱山まで普通の馬で片道三十分のところを、とんでもない速さで馬が走っていきます。

わたくしはアンジー様の細い腰にがっちりとしがみついたまま、だいたい泣いて過ごしていました。

馬が走る度に何度もおしりが浮き上がり、鞍に打ち付けられます。とんでもなく痛いです。

けれど、これからたくさんの患者を救わなければならないので、治癒能力は温存しなければなりません。おしりに青アザがたくさんできていると思うのですが、我慢です。

快適な乗馬ができるくらいの技術を早々に身に付けなければと、わたくしは涙を零しながら決意しました。

「おっ、現場が見えてきたよ、ペトラちゃん！　たくさんの人間が打ち上げられた魚みたいに地べたに並んでいるよ！」

「アンジー様、そんなことを明るい声でおっしゃらないでくださいませぇぇぇ!!!」

わたくしの涙も枯れ果てた頃に、鉱山の麓の村に着きました。

村の広場は凄惨な様子です。

普段は村人たちが憩いの時を過ごすのどかな広場でしょうに、何十人もの患者がぐったりと横たわっていました。

近くの町からやって来た神官聖女たちが懸命に治癒をかけていますが、全然手が足りていません。

鉱山で働いていた者たちの家族や友人たちも懸命に彼らを助けようと、心臓マッサージなどを行っていました。

「《Heal》！　《Heal》!!!　……っ、アスラー大神様、お願いですっ!!!　《Heal》!!!」

「カルカロスっ、目を覚ませよ……！　目を、覚ましてくれ……！」

「早く助けてください、神官様！　うちの息子が息をしていないんだ……！　このままでは死んでしまう……！」

「頑張れ、ジェレミー！　お前、嫁さんをもらったばっかりなんだぞ？　こんなに早く未亡人にしちゃ可哀想だろうが、頑張って生きてくれ！」

「誰か心肺蘇生を手伝ってくれ！　こっちだ！」

広場は足を踏み入れるのも躊躇《ためら》うほどの嘆きと怒りと祈りに満ちています。

わたくしはぎゅっと胸を押さえました。

馬車事故に遭ったガキ大将ひとりの治癒でも恐ろしかったのに、重症者がもっとたくさん。……助けきることが、本当にできるのかしら。

人々の目の前でようやく馬を止めたアンジー様は、「すぅー」っと深く息を吸うと、広場によく通る大きな声で言いました。

「大神殿治癒棟から派遣された聖女アンジーと、見習い聖女のペトラちゃんです！　まだ死んでない状態ならあたしたちが治癒するんで、患者を一か所にまとめてくださーい！」

自信満々の明るい笑顔を振り撒くアンジー様を、わたくしは後ろから呆然と眺めました。

この凄惨な状況で「死んでないなら治せる」と豪語できてしまうとは、やはり大神殿の聖女の位は伊達ではないようです。

そして「あたしたち」とひとくくりにされてしまったわたくしも、覚悟を決めて治癒にあたらなければなりません。

ごくりと喉が鳴る音が、耳の奥で大きく響きました。

「重症者はこっちにガンガン並べて〜。あたしのエリアヒールの範囲は十メートル四方だから、患者を寄せ集めてくださーい！」

周囲の人々にそう声をかけるアンジー様に、わたくしは首を傾げました。

「あのぅ、アンジー様、エリアヒールとはいったいなんでしょうか……？」

「うーんとね、エリアヒールは名前そのまんまで、そのエリアにいる人全員をいっぺんに治癒できるんだ。あたしの範囲は十メートル四方だけれど、ゼラさんなんかは大神殿敷地内くらいなら一気に治せちゃう化け物だよ～」

つまり複数の重症者を一気に治癒できるということなのですね。

わたくしなど重症者ひとりを治癒するだけでもヘトヘトでしたのに、本当にすごいですわ。

「すごいのですね、アンジー様もゼラ神官も」

アンジー様は「へへへっ」と笑うと、わたくしに向けてウィンクします。

「ペトラちゃんも経験さえ積めばできるようになるよっ。だって大神殿所属になれるのは、本当に才能がある人だけだし。伸び代がない治癒能力者は町の神殿所属止まりだもん」

十メートル四方に集められるだけ集めた重症患者を、アンジー様は見つめました。

「今日はペトラちゃんにのんびり見学させてあげられないけれど、一回目は見てて」

「はい」

「いくよ……《Area heal》!!」

アンジー様の両手から治癒の光が現れ、指定された範囲に降り注ぎます。きっちりと十メートル四方にまばゆい光が降り注ぎ、そこに横たえられた患者たちの体にどんどん吸収されていきました。

そして五分も経たずに、そこにいた患者たちは生気を取り戻し、次々に目を開けました。

これが大神殿に所属する聖女の治癒能力……！

まるで奇跡のようですわ！

とてつもない大技に、わたくしは思わず尊敬の眼差しでアンジー様を見つめました。

「すごいですわ、アンジー様！　こんなに大勢の患者を、ほんの短時間で……！」

「えへへ、ありがと！　ペトラちゃんも頑張ればいずれできるからねっ」

村人たちもアンジー様のことを感激の眼差しで見つめていました。

「すげえ、さすがは大神殿の聖女様だ……！」

「カルカロス、カルカロスっ、良かった！　良かった！　意識が戻ったんだな……！」

「ありがとうございます、聖女様っ!!　このご恩は決して忘れません!!」

意識を取り戻した患者の元に、村人たちが殺到します。

村人たちは泣きながら患者を抱き締め、アンジー様に何度もお礼を言いました。

そしてまた次の重症者たちを治癒してほしいと、人々がアンジー様の元に集まってきました。

「じゃ、あたしはまだまだエリアヒールを続けなきゃいけないからさ。ペトラちゃんは重症者以外の患者を治癒していってくれる？」

夏風のように爽やかに笑うアンジー様に、わたくしは頷きました。

「お任せくださいませ、アンジー様」

アンジー様が重症者に集中できるよう、わたくしは中等症以下の患者を治癒していきましょう。

上司の素晴らしい活躍に胸を熱くしたわたくしは、張り切って患者の元へ走っていきました。

近隣の神殿から派遣された神官聖女には、主に軽症者の治癒をお願いしました。

どうやらアンジー様がおっしゃっていたとおり、町の神殿所属の治癒能力者はレベルがあまり高くないようです。軽症者の治癒でやっと、という感じでした。

それなのにわたくしたちが到着するまでは率先して重症者の治癒に挑んでくださっていたのですから、本当にご立派です。

神官聖女は「何度治癒をかけても全然治せなくて絶望していたんで、大神殿の方々が来てくださって本当に良かったです……！」と涙ぐんでおられました。

わたくしたちの到着が遅れていたら、きっと重症者どころか軽症者さえ救えなかったかもしれません。

そんな最悪を想像してしまえば、暴れ馬に乗ってきた恐怖もおしりの痛みも、どうということはなかったという気持ちになります。

わたくしは中等症の患者を次々に治癒していきました。

アンジー様のように重症者をいっぺんに救えるような大技は持っていませんけれど、地道に、確実に、数をこなしていきました。

実働二時間など、とうの昔に過ぎ去ってしまった頃、すべての中等症の患者の治癒が終わりました。

もうかなりヘトヘトですが、アンジー様のほうも気になります。他の神官聖女のお手伝いもしなければ、と辺りを確認すると、もうほとんどの患者が治癒されたあとでした。

軽症、中等症の患者は全員完治し、アンジー様が最後のエリアヒールを試みています。

「もう今日はこれで、あたしの治癒能力は最後だからね！　力の絞りカスもぜーんぶ集めて……《Area heal》!!!」

最後とおっしゃったとおり、アンジー様はもう限界だったのでしょう。最初の時よりも治癒の光は弱く、時間も四倍以上かかりました。

アンジー様は治癒が終わると同時に地面へ大の字に倒れて、そのまま動かなくなってしまいました。完全にエネルギー切れです。

けれどこれで、広場にいた患者たちの治癒はすべて完了したのでした。

「お疲れさまですわ、アンジー様。お水をどうぞ」

「つ、疲れたぁぁぁぁ……。本当はエールを浴びるほど飲みたいけれど、もはや酒場に行く気力もにゃ～い……」

「帰りは馬車をお願いしましょう。わたくし、手配をしてまいりますわ」

「おっと。ちょっと待って、ペトラちゃん」

アンジー様に『おいでおいで』と手招きされたので、わたくしはトコトコと近寄りました。

「きゃあっ」

「教育係として、新人を褒《ほ》めなくちゃね」

アンジー様の腕にぐいっと引き寄せられ、わたくしはそのまま彼女の柔らかな胸元へと倒れ込みました。

ガス欠でアンジー様もしんどい状態でしょうに、わたくしのことをきゅっと抱き締めてくださいました。

温かくて柔らかくて、オレンジのように甘く爽やかな香りが、アンジー様から香ってきます。

「ペトラちゃん、初仕事がこんなに大変だったのにちゃんと乗り越えられて偉かったねぇ。まだ九歳なのに、よく頑張ったね。ペトラちゃんのおかげで本当に助かったよ、ありがとう」

「……アンジー様ぁ」

お母様が亡くなって以来、こんなふうにわたくしを抱き締めて褒めてくださった大人はアンジー様が初めてでした。

前世で二十代まで生きた記憶を思い出したわたくしは、精神年齢が体年齢よりもずっと年上になったと思っていたのですが……。こんなふうに優しくされてしまうと、だめです。涙で目の前が霞んでしまいます。

しょせん前世の記憶は〝記憶〟でしかありません。

ペトラとしての実体験は今がすべてで、母親のように優しくされてしまえば、わたくしは胸の奥が震えて泣いてしまうのです。

「ふぇぇぇん、アンジー様ぁ……」

「よしよし。とんでもない修羅場で怖かったよねぇ。頑張った、ペトラちゃんは頑張ったよー」

泣き止むまで、よしよしと頭を撫でてもらっていると。

村の奥からひとりの若者が、何かを叫びながら広場に向かって走ってくるのが見えます。

なんだか、とっても嫌な予感が……。

「毒ガスが発生している坑道の近くに、子どもが三人倒れているんだ！　たぶんガスが発生していることを知らないで、遊んで入り込んじまったんだと思う！　子どもたちを運ぶために誰か来てくれ!!」

ガスが発生している坑道の近くで、大人よりも体の小さい子どもが三人……。これは重症患者の予感です。

アンジー様に視線を向けると、「うわー」という顔をして青空を見上げていました。

「あたし、今日はもうこれ以上、治癒できないんだけれど……。四十歳を過ぎてから、回復力が落ちてるんだよねぇ」

「え、四十歳だったのですか!?」

女性の年齢に反応するのは良くないと思い出す前に、わたくしの口からぽろりと言葉が零れていました。

アンジー様は「イエーイ」とピースサインをします。

「四十二歳でーす」

「見えなさすぎますぅぅぅ!!」

「というわけで、ごめんね、ペトラちゃん。新しくやって来る患者の治癒は任せたよー。あたしはペトラちゃんの応援係をしているから。頑張って！」

そう言って、アンジー様はかなり困ったような笑顔を浮かべたのでした。

新たに広場へ運ばれてきた三人の子どもたちは、かなり危険な状況でした。

口や胸元が吐瀉物で汚れており、手足は痙攣《けいれん》を起こしています。意識はありませんでした。

わたくしも軽症者なら数人まとめて治癒できますけれど、重症者はまだ無理です。アンジー様のような大技も持っていません。

けれど他人を羨んでいる暇はありません。

わたくしはわたくしにできる最大限で、子どもたちを救うしかないのです。

正直わたくしもかなりヘトヘトですが、体に残っている力を集めます。

「《High heal》！」

まずはひとり目。硬直し始めている女の子に治癒能力をかけます。

あとふたり残っているので、力を出しきるわけにはいきません。

自分の中に残っているエネルギーを三分の一だけ降り注ぐイメージで、女の子に治癒をかけ続けました。

「……あれぇ、わたし……？」

五分ほど経過すると、女の子がぼんやりと目を覚ましました。不思議そうにわたくしを見上げています。

「……きれい。天使さまなの……？」

「意識が戻りましたわね。具合の悪いところは残っていませんか？」

女の子の様子を素早く確認し、彼女が「うん」と頷くのと同時に、わたくしは次の子どもの治癒に取りかかります。

わたくしがふたり目の子どもを治癒している間に、まだ力が残っている神官聖女たちが三人目の子どもに治癒をかけていました。弱い治癒力でも数人分の力が合わされば、延命効果があるはずです。

アンジー様も地面に横たわったままの体勢ですが、わたくしたちに励ましの声をかけてくれました。

ふたり目の子どもの治癒がようやく終わったのは、それから二十分も経ってからのことです。

《High heal》を連続使用するのは今日が初めてでしたが、これほどゴッソリ力を消耗するとは。力の分配に気を付けようと思っていたのに、すでに限界に近づいていました。あとひとり残っていますのに……。

「ふぅ……」

フラフラする頭を押さえ、わたくしは深呼吸します。

治癒能力を限界まで出しきると貧血のような症状が出るのですが、すでにその症状が出始めていました。

「あとひとりだよー、ペトラちゃん～。頑張ってぇ。打ち上げに、ラズーの街でお子様定食を奢《おご》ってあげるからねぇ～」

「たのしみに、していますわ……」

へろへろのアンジー様の声に、わたくしも同じようにへろへろで答えると、三人目の子どもの前に移動しました。

「皆様、ご尽力いただき本当にありがとうございます」

疲れきった顔で、それでも最後の力を振り絞って治癒能力をかけ続けてくれた神官聖女たちに、わたくしは頭を下げます。

彼らは首を横に振りました。

「なんとか死なせないことはできましたけれど、この子を治してやることはできませんでした。不甲斐なくてほんとすみません……っ」

「私たちの力はこれが限界です。ごめんなさい、ペトラさん。子どものあなたに頼るしかない大人で、本当にごめんなさい」

「でも、どうか、この子を治癒してあげてください……！」

「もちろんですわ。どうか、わたくしを頼ってくださいませ」

ハッタリ九割で、わたくしは頷きました。

帰りはぶっ倒れて意識がないでしょうけれど、そんなこと、すでに何度も経験したことです。

わたくしは三人目の子どもに両手をかざします。

「《High heal》!!!」

まばゆい治癒の光が見えたかと思うと、キーンとした激しい耳鳴りがわたくしの頭の内側に響きました。視界に砂嵐がチラつき出します。

このままでは治癒の途中で意識がブラックアウトしてしまうと思い、わたくしは慌てて舌先をガリッと噛みました。

痛みと、血液の生ぬるいまずさに、どうにか意識を保ちながら、わたくしは治癒能力を使い続けました。

「がんばれ、がんばれ、ペトラちゃん～」

「あともう少しです、ペトラさんっ」

「アスラー大神様、聖女様、どうかうちの息子を助けてください……！」

わたくしのふらつく体を誰かが後ろから支えてくださいましたが、それが誰かはわかりません。

振り向きたくても、疲れきったわたくしの体はちっとも動いてはくれませんでした。

でも、絶対に、治癒の手だけは止めません。

限界なんてとうに超えていますけれど、わたくしが治癒を止めてしまえば、この子のほうが死んでしまうのですから。

なおれ、なおれ、なおれ、どうか、いきのびて。

おかあさまがしんでしまったときにわたくしがあじわったかなしみを、ほかのだれかが、あじわうことのないように。

あいしあうかぞくが、ひげきにひきはなされることのないように……。

ふと、治癒が完了したことを指先から感じました。

「良かった、良かった、少年が目を覚ましたぞ!!」

「すごいです、ペトラさん！　お手柄ですよ！」

「男の子の治癒が終わりましたー！」

もう目を開けていても真っ暗で、何も見えません。

耳鳴りも酷くて完全に貧血状態だったのですけれど。——喜びに沸く明るい声が、なんとなく聞こえてきました。

わたくしの頭を撫でる温かな手を、たくさん、たくさん、感じました。

幕間　報告【SIDEアンジー】

赤エールにしようか、黒エールにしようか。

オレンジ風味の白エールもありだけれど、やはりここはチェリー風味の赤エールに決定かな。

治癒のしすぎでエネルギーの枯渇した体に行き渡るお酒って、本当に最高。

危険なのはわかっているのに、酔いが一段深い気がしてやめられない。

あたしは酒屋に大神殿まで配送を頼んだお酒の山から、ルビーのように赤い色をした小瓶を選び、寝椅子に横たわったまま栓を抜いた。

プシュッと気の抜ける音とともに、瓶の奥から泡が吹きあがってくる。あたしはそれを「おっとっと」と締まりのない顔をして吸い込んだ。

あぁぁぁ〜、おいしいぃぃ〜、生き返るぅぅ〜。

労働のあとの酒ほど罪悪感なく飲める酒もないわー、と、あたしはぐびりぐびりと喉を鳴らしてエールを飲んだ。

もう一本飲もうかしら。だってこれ小瓶だし。大瓶じゃなかったし。

空になった赤エールの瓶を振りながら考えていると、あたしの部屋の片隅で青白い光が発生した。

通信用のクリスタルだ。

これは治癒棟の神官聖女に配られているものだが、まともに使用してくる相手は数少ない。いったいどこのどいつじゃ。

「はいはーい、アンジーでーす。おぬしはどなたじゃ～？」

『酔っておられますな、アンジー殿。我輩、ゼラです』

「ゼラさーん！　まだ酔ってないですよ。だって、まだ小瓶一本ですもん」

『あなたはお酒が大好きですけれど、弱いじゃないですか……。まぁ、ともかく、ラズー領主様からの決定をお伝えしましょう』

「はーい」

『有毒ガスが止むまでは鉱山の休止を決定、麓の村の者たちには近隣の町まで避難命令が出されました。ラズー領主様より大神殿に、浄化の特殊能力者の派遣を要請。明日より有毒ガスの浄化を試みる予定です』

「どれくらいで浄化されますかね～？　有毒ガスなんて。浄化の特殊能力者って、呪いが専門のイメージでしたけれど」

『呪い以外にも、土地の浄化なども専門なんですよ。知らない方も多いのですが。有毒ガスの被害の大きさから、二、三か月はかかるかもしれませんね』

「呪いの浄化なら一瞬なのに。やっぱ自然相手は難しいんですね～」

『そうですよ。自然はアスラー大神様そのもの。神のお心を鎮めるのは大変難しいことですが、呪いはしょせん、人間が生み出した残滓《ざんし》に過ぎません』

「なるほどー」

ゼラさんの言葉に感心する。この人、恋に狂ってなければまともなのになぁ。それさえなければ幽閉なんてされず、大神官として上層部に食い込めたものを……。

『では、鉱山の話はこれくらいにしまして。本日のペトラ・ハクスリー殿の評価をいただけますか？　アンジー殿は教育係ですから』

「ペトラちゃんですねっ！」

あたしは今日出会ったばかりの新人ちゃんを思い浮かべる。

ラベンダー色の髪に銀色の瞳、すっと通った鼻筋に、もちもちのほっぺた。

アスラダ皇国の中でも上から数えたほうが早いというくらいの、高位貴族のご令嬢様。

一目見た時、気位の高い子猫ちゃんみたいな子だな、とあたしは思った。

けれど、とてもいい意味であたしは予想を裏切られた。

「あの子、頭の中に筋肉でも詰まってるんじゃないかってくらい、根性ありましたよ！」

『ほぉ……』

「九歳で大神殿入りするなんてどれだけの天才かと思ったら、いや、実際才能もものっっっすごいんですけれど、もうめちゃくちゃ努力型です。努力と根性と意地が友達って感じでしたよ〜」

『……見た目からは想像もつきませんねぇ。あんなにたおやかなハクスリー殿が……』

「あたしも、ペトラちゃんってもっとお姫様みたいな性格かなーって想像していたんですけれど、見た目と全然違いました。九歳の子どもが治癒能力を使えるからって、普通、ぶっ倒れるまで能力を酷使できます？　しかも見知らぬ人間のために」

『我輩なら絶対にしなかったでしょうねぇ。普通の公爵令嬢なら、なおさら』

「でも、やっちゃう子なんですよ、ペトラちゃんって。もうそれだけで、あたしからの評価は花丸満点にしてあげちゃいたいくらい」

『……やはり、実の母親を亡くしていることがハクスリー殿の原動力なのでしょうかねぇ。危うい面もありますなぁ』

通信用のクリスタルから聞こえるゼラさんの声が、少しだけ低くなった。

「八歳の時にお母さんを病気で亡くしたって、調査書に書いてありましたよねー……」

新人教育係に抜擢された時に、彼女の調査書はひと通り読ませてもらった。

ペトラちゃんが自分の治癒能力に気付いたのは母親が亡くなってからのことで。その能力を開花させようと貧民街へ治癒活動に行くようになったのは、母親の病を治す挑戦すらできなかったことへの悔しさがあったからだ、と書かれてあった。

「そういう人間って、皮肉なことに伸びるんですよねー」

……あたしもそうだった。

町の小さな神殿に所属し、ちょっとした怪我や、ものもらいや、風邪を治癒できる程度の、レベルの低い聖女としてのんびり働いていた。

大工の親方をしていた旦那がいたからお金には困っていなかったし、息子もまだ小さくて手がかかる。だから気晴らしにちょこっと働ける職があって良かったなーと思っていた。

大神殿所属の聖女みたいに、死ぬ間際の人間を治癒しまくってヘトヘトになるほど働く気はなかったんだ。

けれどある日、火事で旦那と息子をいっぺんに失った。

あの時ほど自分の弱さを嘆いたことはない。

焼け爛《ただ》れたふたりを前に、あたしはただ無力だった。

あたしの治癒なんて、蛍の光みたいに弱くて、弱くて……。

喉が焼けてもうまともに声も出せない息子が、あたしに何度も助けを求めて呻き声をあげた。

でも無力で不甲斐ないあたしは、息子に「今すぐ、お母さんが助けてあげるからね」って、言ってあげることさえできなかった。

ほんのちょっとの治癒能力があるだけで楽な仕事に就けてラッキーだな、と思っていた自分を本気で恥じた。

もっと努力してレベルを上げていれば、あの日まだ微かに息のあった旦那と息子を救えたかもしれないのに。

ううん、今のあたしなら確実に救えた。

あの日の絶望があたしを変え、ここまで歩かせてきた。

ペトラちゃんも同じように、後悔を糧に歩き続けているのかな……。

「九歳なんてまだまだ子どもでいられる時間なのに、なんだか可哀想ですよねー……。まぁ、本人はただ目の前にいる患者を助けなきゃって、思っているだけかもしれないですけれど」

『そうですね。ハクスリー殿の子どもでいられる時間を守ってあげることも、我々の仕事でしょう。

とりあえず、彼女は明日から三連休を入れました。実働二時間の予定が、初勤務で六時間超えましたから』

「了解でーす。三連休明けてもペトラちゃんが回復してなさそうだったら、あたしが休ませるんで」

『そうですね。よろしくお願いしますよ、アンジー殿』

「任された！」

ブゥンッと低い音を立てて、通信用クリスタルの明かりが消える。

あたしは次の黒エールの小瓶を手に取り、「そういえばペトラちゃんの部屋ってあっちだっけ？」と南の方向に顔を向けた。

「いい夢を、ペトラちゃん」

治癒能力を酷使しすぎて、舌を噛んで正気をギリギリ保つような、根性がありすぎるペトラちゃんに。

あたしはそっと乾杯した。

第三章　ペトラ九歳と無口な美少女（本当は少年）

初勤務から二日後。

わたくしはすでに休暇をいただいておりました。

「二連休ですわ……」

正確に言えば三連休でしたが、最初の一日であった昨日は、治癒能力回復のために寝て過ごしたので、今日を含めて残り二連休となりました。

アスラダ皇国には、児童労働に関する法律はほとんどありません。

貧困層の子どもは小さいうちから家業に駆り出されたりしますし、貴族も早いうちから家門の仕事を覚えさせられたりします。

ですから正直、わたくしにも三連休はさすがに必要ないのでは？　と思ってしまいます。

昨日のうちに体調は回復しましたし、早く仕事も覚えたいです。何よりたったの二時間労働なのです。まだ一日しか働いていないのに三連休もいただいてしまうなんて、なんだか心苦しい気持ちになってしまいますわ。

大神殿ってホワイト企業……ではなく、ホワイト宗教なんだなと、実感しました。

わたくしは休日の今日も見習い聖女の衣装に、シャルロッテからプレゼントされたリボンという姿で、自室から出ました。

せっかくですし、大神殿の敷地内を散歩することにしましょう。

巨大図書館へ行くのもいいですし、乗馬を習いたいので職員のマシュリナさんに相談に行ってみようかしらと、ふんわりとした目標を持って足を進めました。

庭師が作った庭園にはハーデンベルギアの他にも多くの種類の植物が植えられていて、花も緑も人の目を楽しませてくれます。噴水や東屋《あずまや》なども設置されていて、公爵家の庭と大差ないほど豪奢な造りをしていました。ここでのんびりお茶でも飲めたら最高に幸せでしょう。

わたくしは庭園のあちらこちらにある小路を進んでみることにしました。

小路はまるで迷路のように入り組んでいます。長いトンネルの形をした藤棚を通り抜け、柳のカーテンの向こう側に出ると、大神殿の敷地の端に出ました。

高い丘の上から、ラズーの海や街が見渡せます。

春のうすぼんやりとした水色の空が、頭上にどこまでも広がっていました。

「きれいな景色ですわ」

春の風が爽やかに吹き、わたくしのポニーテールを揺らしていきます。

とてもリラックスした心地で、わたくしは「ん〜っ」と伸びをしました。

その瞬間、一陣の強い風が吹き抜けました。

「きゃあっ！」

リボンがほどけた感覚がして、慌てて後頭部に手を回しましたが、リボンをつかまえることはできませんでした。

風の流れた方向へ目を向ければ、シャルロッテからもらった白いリボンが、ハーデンベルギアの枝にかろうじて引っ掛かっているのが見えました。

良かった。見失わずに済んだみたいです。

また風が吹いてはたまらないと、わたくしは慌ててリボンを回収しに向かいました。

「多少の風にもほどけないようなリボンの結び方を研究しなければなりませんわね」

リボンをなくしたりしたら、シャルロッテに対する罪悪感が増えてしまいますし……。

そうではなくてもお気に入りですもの。

そんなことを考えながら、リボンを拾うと。

「……あら？」

ハーデンベルギアの奥に、緑の植物でできた小さな秘密基地のようなものがあり、そこにひとりの少女が横たわっているのが見えました。

体調が悪いのかしら？

わたくしはハーデンベルギアの低木から身を乗り出して、少女の様子を観察します。

抜けるように白い肌をした少女は、わたくしよりひとつふたつくらい年下でしょうか？　とても華《きゃ》奢《しゃ》な体つきをしています。

木苺のようにピンクみがかった赤髪が草むらの上へと広がり、前世でも現世でもちょっとお見かけしたことのないレベルの美少女顔が覗いていました。

こんな大自然の中でとんでもない美少女を発見してしまったせいか、一瞬、薔薇の妖精か苺のお姫様でも現れたのかと思いました。

けれど木々が影になっているせいで、彼女がただお昼寝をしているだけなのか、具合が悪くて倒れているのか判断できません。

わたくしはハーデンベルギアの隙間を通り、少女に近づくことにしました。

「あのぅ、ご機嫌いかが……？　具合がお悪いようでしたら、治癒いたしますわ？」

少女のすぐ傍にしゃがみこみ、反応のない彼女の手首にそっと触れます。脈は正常のようでした。熱を測ろうと額に手を当てれば、少女の目がぱっちりと開きました。

青紫色の宝石のような瞳が、わずかな日差しに反射してチカチカと輝いているのを見て、わたくしは息を飲みました。

目を瞑っていても恐ろしいほどの美しさでしたのに、目を開けるとさらに破壊力を増します。同性なのに思わず見惚れてしまいました。

少女は無表情でした。わたくしを見上げたまま、何も言葉を発しません。

わたくしは我に返って手を離し、彼女に謝りました。

「ごめんなさい……！　あなたが具合が悪くて倒れているのか、ただ眠っていただけなのか判断ができず、勝手に触れてしまいましたわ。気を悪くさせてしまったのなら、本当にごめんなさい」

「…………」

「あの、それで体調は大丈夫でしょうか？　必要でしたらすぐに治癒いたしますわ。わたくし、三日前に治癒棟に配属されました、ペトラ・ハクスリー見習い聖女と申します。あなたも見習いですよね？　歳も近そうですけれど……」

「………」

彼女もわたくしと同じ見習い用の衣装を身に着けていたのでそう問いかけましたが、返答はありません。彼女はただじっと、わたくしの手を見つめています。

「……あの、どうかされまして？」

「………」

少女は横たわった体勢のまま手を伸ばして、わたくしの手を取りました。手のひらのしわや爪の形まで検分するように、じっくりと触れてきます。

そしてようやく満足したのか、彼女はわたくしの手をそのままご自分の額にのせました。先ほど熱を測ろうとした時と同じスタイルです。

彼女はそのまま目を瞑ってしまいました。

「え？　え⁇　な、なんでしょう、これ……」

「………スゥー……」

問《と》い質《ただ》そうにも、少女はそのまま眠ってしまいました。

「どうしたらいいのでしょう……？」

目の前でスヨスヨと眠る美少女に、わたくしは途方に暮れました。

きゅるるるぅぅ〜……。

わたくしのお腹から可哀想な音が響きました。

思わず胃の辺りを片手でさすりましたが、お腹の虫はきゅうきゅうと鳴き続けております。

支給されている懐中時計を確認すれば、午後の二時です。お腹がすくはずですわ。

わたくしは未だに美少女の傍から動けないままでした。

少女はわたくしの手を額にのせたまま、ぐっすりと眠っています。

時折スピスピと鳴る鼻息まで可愛くて、どうにも彼女の手をほどく気になりません。『あともう少しだけ』『少女が目を覚ますまで』と考えて待っていたら、すでにお昼の時間を大幅に過ぎてしまいました。

彼女もずっと眠ったままですけれど、お腹がすかないのでしょうか？

いっそ、ここが本物の森の中なら、木苺や林檎などを探してみるのですけれど。大神殿の庭園に食用の植物など生えているものかしら？

そんなことを考えていると、少女のピンクみのある赤い髪の色がとてもおいしそうに見えてきます。

手持ち無沙汰に少女の髪に触れてみれば、なぜか葉っぱが出てきました。

ああ、お昼ごはんが食べたいですわ……。

今度アンジー様がラズーの街でご馳走してくださると約束したお子様定食に思いを馳せていると、遠くの方から人の声と足音が聞こえてきました。

「ベリー様っ、ベリー様！　ばあやです。どちらにいらっしゃるのですか、ベリー様！　もう、お昼を過ぎましたよ！」

聞いたことのある声です。

ベリー様とは、この少女のことでしょうか？

木苺色の髪に、青紫色の瞳もブルーベリーぽかったので、少女に似合いの名前のような気がしました。

「ベリー様～！」

近づいてきた人をハーデンベルギアの隙間から覗き見れば、やはり職員のマシュリナさんでした。

わたくしは声をかけます。

「マシュリナさん、こんにちは」

「まぁっ！　ペトラ様⁉　公爵令嬢であるあなたが、なぜそのような茂みにいらっしゃるのです⁉」

「実は……」

わたくしが事情を説明すると、マシュリナさんもハーデンベルギアの低木を越えて、この秘密基地を覗き込みました。

そして少女を見て、声をあげます。

「ベリー様⁉」

やはりマシュリナさんはこの少女を探していたようです。

マシュリナさんは驚きに目を丸くしていました。きっと、少女がこんな場所にいるとは思わなかったのでしょう。

マシュリナさんは声を潜めて、わたくしに問いかけました。

「あの、ペトラ様……ベリー様はいつからお眠りになっているのでしょう？　ずいぶんぐっすりと眠っておられるようですが……」

「もう四時間ほどになりますわ」

「なんと、まぁ……！」

少女の寝坊助《ねぼすけ》っぷりに驚いているのか、マシュリナさんはあんぐりと口を開けました。それから慌てて口許を両手で隠しました。

「ペトラ様がずっとベリー様のお傍にいてくださったのですか？」

「手を離していただけなくて」

「あぁっ、ではペトラ様も昼食を取っておりませんのね。ちょっと、ちょっとだけ待っていてくださいませ！」

「え、マシュリナさん？」

少女を起こすのかと思いきや、マシュリナさんは慌てて茂みから飛び出し、大神殿の方向へと走り去ってしまいました。

いったいどういうことなのでしょう？

事態はよくわかりませんが、ひとつだけ知ることができたこともあります。

「あなた、ベリーとおっしゃるのですね。可愛らしくて似合いの名前ですわ」

ベリーの額をそっと撫でれば、彼女はまたスピスピと寝息を立てました。

「こちら、ペトラ様の昼食です。片手でも食べやすいようにサンドイッチと、飲み物にもストローを差しておきました。それから座り心地のいいクッションに、膝掛け、退屈しのぎの本もお持ちしました。片手だと読みにくいので書見台《しょけんだい》も。他にも必要な物がありましたら、遠慮なくおっしゃってくださいね」

わたくしの空いている方の手をおしぼりで拭きながら、マシュリナさんがそうおっしゃいました。

どうもマシュリナさんはベリーを起こす気がないどころか、現状維持をお望みのようです。

マシュリナさんはサンドイッチの断面が美しく並んだ大きなバスケットをわたくしの横に置くと、そのままベリーの元に移動されました。

ベリーが眠りやすいようにと、ふわふわの枕や柔らかなブランケットを用意してあげているマシュリナさんを観察しながら、わたくしはサンドイッチに手を伸ばします。

生野菜と茹でたエビが入ったサンドイッチを最初に選びました。ラズーには港があるので、獲れたての海の幸が気軽に食べられるのです。とても嬉しいですわ。

「それで、マシュリナさん。ベリーを起こしたくない気持ちはしっかりと伝わってきましたけれど、わたくし、いつまでこうしていればいいのでしょう?」

ベリーの枕元に安眠効果のあるラベンダーのアロマまで用意しているマシュリナさんに、わたくしは尋ねました。

どうしてもという予定は今日はありませんし、あと一時間くらいならこうして過ごしてもいいかな、という気持ちはありましたけれど。

でも夕食はちゃんと食堂であたたかいものが食べたいですし、お風呂にも早めに入りたいですから。だって温泉ですのよ？

そんなことを考えて尋ねたわたくしに、マシュリナさんは穏やかに微笑みました。

「ベリー様が自然に目を覚ますまで、お願いいたします」

「はぇ、え……？」

時間制限さえないようです。

わたくしもさすがに慌てました。

「ちょっとお待ちくださいませ、マシュリナさん。ベリーが目覚めるのが深夜だった場合はどうするのです!?」

「それはさすがにないとは思うのですが……。もし深夜になった場合は、騎士に頼んでベリー様を部屋まで運ばせます。その際、ペトラ様にもご一緒していただければ……」

「なぜそこまでして、彼女を起こしたくないのです!?」

さすがにちょっと過保護すぎます。

お昼寝をするのはいいですけれど、こんなふうに他人に迷惑をかけてまで行うのはどうかと思いますわ。

眉をひそめるわたくしに、マシュリナさんは「ペトラ様にご迷惑をおかけして、本当に申し訳のうございます」と深く頭を下げてきました。

「けれど、どうかお願いします。ベリー様のお傍にいてやってくださいませ。この子がこんなふうに熟睡しているのは、本当に久しぶりのことなんです……」

「どういうことなのでしょう？」

「私は乳母としてベリー様をずっと育ててまいりましたが……成長されるにつれ、ベリー様は不眠症になってしまわれました。夜はまったく眠れず、昼間は浅い睡眠を細切《こまぎ》れに取るだけで、このように安眠されているご様子を見るのは、本当に久しぶりなのです。とても驚きましたわ」

だからマシュリナさんが最初に来た時、とても驚いたご様子だったのですね……。

わたくしよりも小さな少女が不眠症とは、なんと可哀想なことでしょう。

不眠症は、治癒能力では完治が難しい病のひとつです。

治癒能力は体の傷や病気は治せますが、精神に働きかけることはできないからです。

不眠症から来る頭痛や吐き気を治癒することはできますが、ストレスの原因をきちんと取り除かないことには、どうすることもできません。

「……そうでしたのね」

「ですから、どうか今しばらくベリー様のお傍にいてあげてくださいませんか？　もちろん報酬もお支払いたしますので」

「報酬はいりませんわ」

どうせ今日も明日もお休みです。

温泉はいつでも入れますし、夕食もきっとマシュリナさんが運んできてくださるでしょう。

久しぶりに熟睡しているという小さな少女に手を貸してあげることくらい、たいしたことないですわ。

「承知いたしましたわ、マシュリナさん。ベリーが自然に目を覚ますまで、傍《そば》におりますわ」

「ありがとうございます……っ、ペトラ様……っ！」

　こうしてわたくしは、ベリーが目を覚ますまで待つことにしました。

　ありがたいことにベリーが目を覚ましたのは、それから三十分後のことでした。

　何度もお礼を言うマシュリナさんと、人形のように黙ってこちらを見つめてくるベリーに手を振り、わたくしは自室へ帰りました。


　翌日、わたくしはマシュリナさんに会いに行きました。ベリーのことが気になったからです。

　突然やって来たわたくしに、マシュリナさんは嫌な顔ひとつせず、時間を作ってくださいました。

「突然申し訳ありません、マシュリナさん」

「いいえ、大丈夫ですよ。私の業務は大半がベリー様のお世話なので」

「今は、彼女は……？」

「今日もまた敷地内のどこかにいらっしゃると思いますわ。……通信用のクリスタルは持たせているのですが、連絡しても出てくださったことはないので、探す時は地道に探さなければならないのですけれど」

「そうなんですの」

　通信用のクリスタルは神官聖女に支給されているもので、普通は見習いには支給されません。それだけでもベリーが格別の扱いを受けているのがわかります。

誰もいない休憩室のテーブルに、マシュリナさんがお茶を出してくださいました。以前頂いたラズー特産のお茶です。薬草茶のように癖のある味がします。

向かいの椅子に腰かけたマシュリナさんは、柔らかく微笑みました。

「昨日は本当にありがとうございました、ペトラ様。久しぶりにベリー様の顔色が良くなって、私もホッとしております」

「お力になれて、わたくしも嬉しいですわ」

「ベリー様について、お知りになりたいのですよね。私もペトラ様にはこれからもベリー様の助けになってほしいと思っておりますの」

「助けとは、昨日のようなことでしょうか？」

彼女の安眠導入剤代わりに傍にいてあげることでしょうか。たいした苦労はありませんでしたけれど、いつでも必ずそれができるとは言えません。

睡眠は毎日取るべきものです。けれどわたくしにも見習いとしてのスケジュールがあり、毎日ベリーの睡眠のためだけに時間を空けるのは難しいです。

先日の鉱山事故のように大神殿から離れた場所に出掛け、帰るのが遅くなることはこれからもあるでしょう。

マシュリナさんは「いいえ」と首を横に振ります。

「ベリー様の睡眠の手助けをしていただきたいという気持ちはもちろんありますが、それが難しいのはわかっております。ペトラ様は治癒棟期待の新人ですもの。ベリー様のためだけに時間を使ってほしいとは言えませんわ。ただ、できればペトラ様に、ベリー様のご友人になっていただきたいのです」

「友人ですか？」

マシュリナさんは長く話す準備のために、一度お茶で喉を潤わせました。

「今は亡き大聖女ウェルザ様を、ペトラ様はご存じでしょうか？」

「大聖女ウェルザ様……確か、前の神託の能力者ですよね」

「はい。ベリー様は大聖女ウェルザ様のあとを引き継ぐ、今代の神託の能力者なのです」

「まぁ……」

ハクスリー公爵家にいた頃に教師から習ったことがあります。

大聖女ウェルザ様はアスラダ皇国最後の神託の能力者で、彼女の死後、次の神託の能力者が現れることを皇国中が待っている、というような内容でした。

すでにその後釜《あとがま》である子が見つかっていたとは、驚きですわ。

「ベリー様は神託の能力を持ってお生まれになった稀有《けう》な子です。彼女を守るためにご家族から引き離し、この大神殿で赤子の頃から育ててまいりました。しかるべき時に『神託の大聖女』として皇国に発表するまでは、彼女の存在は大神殿内で秘匿される予定です」

「そうだったのですね……」

赤子の頃にご家族から離されて大神殿で育てられたとは、なかなかつらい境遇です。

わたくしはぎゅっと胸を押さえました。

「ベリー様を守るための秘匿とはいえ、一歩も大神殿の敷地内から出さず、大人たちに囲まれているだけのこの環境が、彼女にとって良くないものだということはわかっております。……ベリー様の御心は、ちっとも育ちませんでしたから。ベリー様は食事も満足に取らず、いつしか眠ることさえも嫌がるようになり、乳母の私とも会話をしてくださいません……」

「まぁ」

次の神託の能力者を守るためとはいえ、子どもひとりで大神殿の敷地内に閉じ込められていたら、鬱屈するでしょう。どんなにひとり遊びが得意な子でも、外からの新しい刺激がなければ退屈に感じるはずです。

彼女が無気力だったわけがわかったような気がしました。

「ですから、ベリー様と同い年のペトラ様に、彼女のお友達になっていただきたいのです」

「同い年でしたの？」

「ベリー様はもうじき十歳になりますけれど、今はペトラ様と同じ九歳ですよ」

学年が一緒という感じらしいです。

ベリーは同学年とは思えないほど小さく細い体でしたが、少食と不眠の影響で発育不足なのでしょう。

「どうかお願い申し上げます、ペトラ様。時々で良いのです。ベリー様を気にかけてあげてくださいませんか？」

第三者に「友達になってあげて」と言われてすぐに友情が築けるはずがないことを、マシュリナさんも承知のご様子です。

ベリーが難しい環境にいることはよくわかりました。

彼女がわたくしに打ち解けてくれるかはわかりませんし、わたくし自身、彼女に友情を抱けるかはまだわかりません。

けれどこの大神殿で、同じ年の少女が同じ見習いとして生活しているのですから、笑って挨拶を交わせるくらいにはなりたいなぁと思うのです。

ハクスリー公爵家で暮らしていた時は、お茶会で同年代の子たちと会う機会もありましたけれど、友達と呼べるほどの相手は作れませんでした。

大神殿に来ても周囲は大人、もしくは年上のお姉さんお兄さんばかりで、わたくしと対等な友達になってくれる人はいません。

だからこれは、わたくしにとっても現世初のお友達を作るチャンスでした。

「承知いたしましたわ。わたくしのできる範囲で、彼女に声をかけてみようと思います」

「まぁっ本当ですか!? ペトラ様っ、ありがとうございますっ、本当に感謝申し上げます……!」

瞳を潤ませてお礼を言うマシュリナさんに、わたくしは両手を振って「そんな、お礼なんていりませんわ」と、止めてもらうように伝えます。

「彼女がわたくしと友達になってくれるとは限らないのですから」

「もちろんそれは承知の上ですけれど……」

ポケットから取り出したハンカチで目元を拭うマシュリナさんは、乳母としての慈愛に満ちた微笑みを浮かべました。

「ベリー様を気にかけてくださる方がこの世界にひとり増えたことが、嬉しくてたまらないのです。どうぞこれからベリー様をよろしくお願いしますね、ペトラ様」

はい、と、わたくしは頷きました。


「ベリー？　どこにいらっしゃいますの～？」

マシュリナさんとお話しした後、わたくしはその足で庭園に向かいました。

昨日通った小路を進めば、丘の外れに出ます。するとそこにベリーが立っておりました。

薄い布を幾重にも重ねた白い衣装の裾が風にはためき、ベリーの棒のように細いふくらはぎに日差しが当たって、肌がより一層白く見えます。

木苺色の長い髪も風にあおられてボサボサと巻き上がり、その長い髪の隙間から青紫色の瞳がキラキラと輝いていました。

「……こうして見ますと、本当に絶世の美少女ですわねぇ」

彼女の長い睫毛《まつげ》や、不健康そうだけれどそれをものともしない美貌に、わたくしは改めて感心してしまいます。

「こんにちは、ベリー。昨日お会いしたペトラ・ハクスリーですけれど、覚えていらっしゃるかしら？　あなたと同じ見習い聖女で、所属は治癒棟なのですけれど……」

「……まくら」

友達になるために、まずはもう一度自己紹介から。

そんなふうに畏《かしこ》まるわたくしを指差して、ベリーが微かに呟きました。

「え？　ベリーの声って意外と低い……ではなくて、今なんておっしゃいましたの？」

あと、人を指差してはいけませんわ。

そう口にしようとするわたくしの元に、ベリーはぽてぽてとやって来て、わたくしの体に抱きつきました。

「ちょっ、ベリー!?」

「私のまくら」

「……違いますわ!?　わたくしは枕じゃありません!!」

この子、昨日のお昼寝のせいで、わたくしを枕認定してしまったみたいです。

なぜなら、彼女はそのまま眠り始めてしまったのですから！

「ベリー？　ベリー!?　抱きついたまま眠るなんて、器用すぎますわ!?　おっ、重いです……!!」

「すぴー……」

これは友情を築く以前の大問題です。

まずは枕ではなく、人間だと認識していただかなければ……!!

わたくしは全体重で寄りかかってくるベリーをなんとか受け止めながら、そんな決意を抱きました。

＊　＊　＊

「はぁぁ～……」

わたくしが思わず溢《こぼ》してしまった溜め息に、アンジー様が書類から顔を上げました。

「おや、ペトラちゃん、お疲れかな？　治癒棟に入って二週間になるもんねぇ。疲れが出てくる頃かな」

「申し訳ありません、アンジー様。はしたないところをお見せしてしまいましたわ」

「へーき、へーき。溜め息を聞かれたくらいで恥じらわなくても大丈夫だよー、ペトラちゃん」

前世だったら平気だったのですが、現在は公爵令嬢としての育ちが強いもので、どうにも気になってしまうのです。

わたくしはペチペチと頬を小さく叩いて、気合いを入れ直します。

「治癒棟での勤務はまだまだ覚えることがたくさんありますけれど、慣れてきましたわ。アンジー様やゼラ神官によくしていただいておりますから」

しかも実働二時間ですし。

「おっ、そう？　嬉しいねぇ。じゃあ午前の授業のほう……っていっても、ペトラちゃんって公爵家ですでに勉強の習慣があるから、それほど苦でもなさそうだよね？」

「授業はとても面白いですわ。公爵家では学べなかったことも、高名な教授から直々にご指導いただけますもの」

「あっ、じゃあ大神殿での生活自体に疲れが出てきたかな!?　ほら、食事の上げ下げとか、ご令嬢のペトラちゃんには馴染みがなかったでしょ。お風呂にひとりで入るとかも」

そこら辺は前世で経験があるので、こちらの生活様式にさえ慣れれば、それほど大変でもありません。

大神殿の中には水も引かれているので、いちいち井戸まで水を汲みに行かなくてもいいですし。

お風呂は温泉かけ流しなので、二十四時間入浴可能。

洗濯は専門の人に手渡すだけという楽チンっぷりです。

洗髪後にドライヤーがほしい、自室でロボット掃除機を飼いたいという気持ちはありますけれど、その程度の不便さで済んでいます。

「確かに生活が変わって疲れているところもあるのかもしれませんが、わたくしが今一番参っているのは、ベリーのことなんですの……」

「あー……、神託の見習いちゃんかぁ～。その話、面白そう！　よし、アンジーお姉さんが相談に乗ってあげる！」

アンジー様はついに書類を机の上に放り投げ、廊下に向かって「誰か、お茶ふたり分お願い～！」と叫びました。がっつり話し込む体勢です。

二週間前の鉱山での治癒活動とは打って変わり、現在のわたくしはアンジー様のお傍で治癒棟のお仕事を覚え、彼女に任された患者を一日に数人治癒するという、新人らしい日々を送っております。

今はちょうど、午前中にアンジー様が治癒された患者に関する書類をふたりで手分けして書き上げているところで、それほど忙しくはありませんでした。

治癒棟の職員がお茶を運んできてくださいました。

わたくしはカップを両手で持ち、ふぅふぅと息を吹きかけて冷ましながらお茶を飲みます。

アンジー様はわたくしがお茶を味わうのを待ってから、「それでそれで？　噂のベリーちゃんの話をしてよー」と楽しげに尋ねてきました。

「あたし、まだ一度も会ったことがないんだよねぇ、神託のベリーちゃん。大神殿に長く勤めてる人でもなかなか見かけないもんだから、見ると幸運になれるって噂になってるよ」

「妖精扱いですわね」

「でも実際、妖精みたいに綺麗な子なんだって？　どう？」

「とっっってても可愛いですわ。髪の色は木苺みたいで、瞳の色はブルーベリーみたいで、苺の妖精みたいですの」

「見たーいっ！　苺の妖精ベリーちゃんと、可愛いペトラちゃんが並んでるところ、むちゃくちゃ可愛いんだろうな〜！　可愛いの二乗だろうねぇ」

「わたくしが並ぶと、二乗どころかマイナスだと思いますわ」

「そんなこと絶対にないのに〜」

だってわたくし、典型的な悪役令嬢ですし。可愛いの対極におりますもの。

それこそヒロインのシャルロッテとベリーが並んだら、相乗効果で二乗どころか三乗も四乗も可愛い空間になるに違いありません。そちらはぜひ見てみたいですわ。

「で、そんなに可愛いベリーちゃんが、結構な困ったさんなんだ？」

「はい……」

ベリーと出会ってからの日々を思い返すと、溜め息しか出てきません。

「どうやら彼女、わたくしのことをお気に入りの枕だと思っているみたいなのです」

庭園に会いに行く度、ベリーはわたくしのことを待ち構えています。――安眠枕として。

彼女はわたくしを見かけると、無表情でぽてぽてと近寄ってきて、抱きついたり、手を繋いだり、一緒に草むらへダイブしたり。とにかくありとあらゆる方法でわたくしを確保して、そのまま眠ってしまいます。

ベリーと友達になれたらいいな、と最初は思っていましたのに。

今のわたくしが思うのは、ベリーに人間として認識されたらいいな……、です。

彼女の睡眠不足が解消されて、日に日に健康な肌を取り戻していくのを見るのは嬉しいのですけれど。ベリーが眠っているのを来る日も来る日も眺めているだけというのは、とても退屈でした。

まぁ、それでもなんだかんだと毎日時間を作っては会いに行くわたくしもわたくしですけれどね。

「お互いを知り合って徐々に友人関係を築けたら、と思っていたのですけれど。まず知り合うための会話の段階に入れませんの……」

「ワッハハハッ！　すっごく面白い子だね、ベリーちゃん！　天然ちゃんだ!!」

「希少種であることは確かですわ」

どうしたらまともにお話ができるようになるのかしら。

ベリーはわたくしに触れている時だけ熟睡できるらしく、触れている箇所を離してしまえば、どんなに熟睡していても彼女が目覚めてしまうことは判明したのですが。

あまりに気持ち良さそうに寝ている子を起こすのも、忍びないのです。

「まぁ、会話が弾めば関係が深まるのは確かだけれど、そんなに焦んないでもいいんでない？」

笑いをおさめたアンジー様が、乾いた喉を潤わせようと、少し冷めたお茶をぐびぐびと飲みます。

「でも、今のわたくしは彼女にとって枕なのですよ!?　人間として認知されていないのですわ!!」

「人間より枕のほうが好きって時期が誰しもあるじゃない」

アンジー様は朱色の瞳を柔らかく細めながら言います。

「もう誰ともしゃべりたくなーい、人間なんてきらーい、一日中寝ていたーいって時が誰しもあって、自分を癒やしてくれる味方はふかふかの布団や寝心地完璧な枕だけって、無機物にだけ心を許せるみたいな経験、ペトラちゃんにはない？　もしかしたらベリーちゃんは今、そんな感じかもしれないよ？」

「そうなのでしょうか……」

「ま、あたしはベリーちゃんに会ったことがないし、想像だけれどね」

アンジー様は最後にそう付け足しましたけれど、……そうだったらいいなとわたくしは思いました。

今のベリーはわたくしを枕としてしか受け入れられない状況で、でもそれが彼女にとっての癒やしになっているのなら、嫌ではありません。

「わたくし、ベリーのことをもっと気長に待ってあげるべきでしたわね。せっかちになっておりましたわ」

「ペトラちゃんの負担にならない範囲で、のんびり関係を築けばいいんだよ。もし築けなくても、それはペトラちゃんだけのせいではないし」

「はい」

アンジー様に話を聞いていただけて、気持ちがスッキリしました。

お礼を申し上げると、アンジー様はにっこりと笑います。

「ペトラちゃん、憂いが消えたところで、気分転換しよっか。約束していたお子様定食を食べに、次の休みは街に下りよう！」

「はいっ。楽しみですわ！」

ついにラズーの街へ下りられますわ！

わたくしはすでに期待に胸がふくらみ、アンジー様の提案に何度も頷きました。

＊＊＊

ついに、アンジー様とラズーの街へ遊びに行く日がやって来ました！

わたくしは張りきってお出掛けの準備をしました。

公爵家から持ってきた、商家のお嬢さん風衣装たちの出番です。

春らしいレモンイエローのワンピースを選び、いつものポニーテールではなくハーフアップに髪をまとめました。シャルロッテからもらったリボンはもはや、わたくしのトレードマークになりつつあります。

公爵家で暮らしていた時には持ち歩くことのなかった鞄《かばん》に、ハンカチやお財布などを詰めてゆきます。

お財布も前世ぶりの存在です。

今まではお店で買い物をするとハクスリー公爵家に請求が行くようになっていましたし、ちょっとした屋台で買い食いする時もメイドのリコリスがわたくしのお小遣いを持っていたので、支払う時は彼女がさっと出していましたから。

お金に触ることすら久しぶりだと思うと、なんだか初めてのおつかいのようにワクワクした気持ちになりますわね。

何か素敵なものを見つけて、公爵家の皆に送ってあげましょう。

わたくしは逸《はや》る足を抑えつつ、アンジー様との待ち合わせ場所である大神殿の正門へと向かいました。


まだ午前の早い時間帯ですが、大神殿にはすでに多くの信者や観光客の姿があります。

一般公開されている本堂や前庭、神々を奉る彫像や絵画などの美術品を見て回るだけでも一日以上かかるので、皆さん気合が入っているようでした。

もちろんそれ以外にも、上流階級の馬車が敷地の奥へと進んでいくのが見えます。治癒棟の患者であったり、祈祷や相談事や占いに来た方々でしょう。

アンジー様と合流しますと、挨拶の後に彼女はこう言いました。

「じゃあペトラちゃん、まずは乗り合い馬車に乗ってみようっ」

「乗り合い馬車？　初めて乗りますわ」

「大神殿前から出発して、街の中心地や港、ラズー領主館前まで行くルートを、毎日決まった時刻に運行してるんだ～」

わたくしとアンジー様は大神殿へ向かう人波に逆らい、乗り合い馬車へ向かいます。

乗り合い馬車の待合室には人っ子ひとりおらず、やって来た馬車も貸しきり状態でした。

他の停留所に寄りつつのんびりと進み、街の中心地に着いたのは、出発してから五十分ほど経ってからでした。

「やっぱ、長時間乗ると、おしりが痛いね～。乗り合い馬車は時間がかかるから、早く街に行きたい時は馬で行った方がいいよ。馬なら二十分くらいだと思う。あたしは十分で着くけれど」

アンジー様の恐ろしい乗馬技術を思い出してしまい、わたくしはブルッっと震えました。

「寒いの、ペトラちゃん？　まだ春だしねぇ。そのワンピース、可愛くてペトラちゃんにめちゃくちゃ似合ってるけれど、お昼頃になるまではまだ肌寒いかも」

「そういうわけでは……」

「よしっ。じゃあまずは、あったかいお茶でも飲もっか！」

アンジー様の明るい笑顔に、まぁいいかとわたくしは頷きました。

「こっちにあたしのお気に入りのお店があるんだー」

そう言ってサッと手を繋いでくださったアンジー様は、今日は上司というよりも保護者でした。

小さい頃、お母様とこうして手を繋いで歩いたことを思い出し、胸の奥がくすぐったくなりました。

アンジー様が案内してくださったのは、ドリンクを販売している移動ワゴンです。

いつもこの辺りでお店を開いているそうで、アンジー様は慣れ親しんだ様子で店主に「いつものふたつ！」とピースサインをしています。

「おや、アンジーさん。その子は隠し子かい？」

「そうそう。可愛いでしょ。あたしの娘のペトラちゃん」

「街の男どもが泣くなぁ、こりゃあ」

「『子持ちでも構わない、ペトラちゃんごと幸せにする』って言ってくれたら、考えなくもないんだけれどねー？」

「そうだな。それくらいの甲斐性がなきゃ、アンジーさんを娶《めと》るのは無理だわな」

すごく適当なことをおっしゃるアンジー様と、調子を合わせて笑う店主に「娘ではありません」と訴えるべきかどうか悩みます。冗談を楽しんでいるのか、本気でわたくしをアンジー様の娘だと思っているのか、判断できませんわ。

そうしている間に、店主がわたくしの目線に合わせてしゃがみこみ「ほい、ペトラちゃん」と木製のカップを渡してくださいました。

「熱いから気をつけてな」

「あ、ありがとうございます。……あの、わたくし、アンジー様の実子ではありませんの……」

「ブハッ。そんなこと、見りゃあわかるよ」

店主は気さくに笑い、近くに設置されたテーブル席を指差します。

「ほら、好きな場所に座って飲みな。最高においしく淹れたからさ」

「はい。ご丁寧にありがとうございます」

わたくしはお礼を言って、アンジー様とともにテーブル席に座りました。

湯気の立つ木のカップに口をつければ、パイナップルとオレンジとスパイスの香りが口いっぱいに広がります。ホットフルーツティーでした。かなり甘めです。

聖地ラズーは皇都トルヴェヌよりも気候が暖かいので、南国フルーツやスパイスが育ちやすいのでしょう。あまり馴染みのない味ですが、とてもおいしくて気に入りました。

「おいしいでしょ、これ」

「はい、アンジー様。とても気に入りましたわ」

パチンと朱色の瞳をウィンクするアンジー様に、わたくしも笑顔で返しました。

ラズーの街の中心には、メインストリートと呼ばれる商業地区が続いています。トルヴェヌのお店よりもずっと小さなお店が所狭しと並び、さらにその隙間に布を敷いて商品を並べる出店があり、籠《かご》を持って歩きながら商売をする人がおり……という感じの、商人の街です。

近くの港から流れてくる潮の香りに食べ物や香油のにおいが入り交じり、一歩足を踏み入れただけで異国情緒が感じられました。

近くの魚屋さんを眺めれば、今朝水揚げされたばかりであろうお魚の腹を捌《さば》き、軒先で干物にしていました。

屋台では、何度も繰り返し使われた茶色い油がいっぱいの大鍋の中へ、小麦を練った生地をスプーンでベシベシッと投入して揚げていく光景もありました。アンジー様曰く、庶民の揚げ菓子なのですって。

肉屋では当たり前のように豚が天井から吊るされ、血まみれのエプロンをした店主が嬉々として肉を切り分けています。

客から注文されたスパイスをすり鉢で調合する、魔法使いのような男性もいました。

買い物客も熱気に溢れています。

商人とザルひと山の野菜の値切り交渉をしていたり、焼きたての魚介の串焼きのお店に長蛇の列が伸びていたり。

雑踏をものともしない明るい声に溢れていました。

そんな荒々しい人々の間にひっそりと、アスラー大神の石像が置かれています。

神殿のシンボルマークを縫い付けられた旗が店の前に掲げられ、国花ハーデンベルギアがそこここに咲き乱れていました。

時折、石像に祈る人の姿もあります。

生活の中に宗教が静かに根付いているのです。

ここには、貴族令嬢として暮らしていた頃には一度も見たことがない、人々のリアルな営みがありました。前世のスーパーやショッピングモールでも、ちょっと見たことのない熱量です。

「どう？　びっくりした？　皇都とは全然違うでしょ」

オレンジ色の髪を跳ねるように揺らし、アンジー様がいたずらっぽく言います。

わたくしは頷きました。

「ええ。初めて見る光景ばかりです。皇都の貴族街や貧民街とは全然違いますわ。庶民の市場を馬車で通ったこともありますけれど、ここまでの活気はなかったように思いますわ」

ラズーに比べれば、トルヴェヌはもっと暗い場所のような気がします。それは単にわたくしだけの心象かもしれませんけれど。

ここには母を亡くした悲しい思い出はなく、愛してくれなかった父もおらず、乙女ゲーム『きみとハーデンベルギアの恋を』にまつわる破滅フラグもありません。

それだけでわたくしは、ラズーで羽を広げることができるのです。

「ラズーの人はみんな、気持ちの良い人ばかりだからさ。あ、でも、値切り交渉は素人には難しいから、気を付けてね～」

「はい」

「じゃあ、まずはどこへ行こっかな。ペトラちゃんはどこか行きたいところはある？　欲しいものとか、見たいものとか」

「わたくし、ラズーの特産品がほしいですわ。実家に送りたいのです」

「ラズーの特産品かぁ。布織物や硝子《ガラス》工芸、装飾品にスパイスやお茶、酒に保存食なんかも良さそうだよね～」

「あと……」

わたくしはなんだか気恥ずかしくなりながら、口を開きます。

「ひとつ年下の妹がおりまして……。大神殿に出発する前に妹から餞別《せんべつ》をいただいたので、お礼の品を送りたいのです。何か、小さな女の子が喜ぶ商品を売っているお店をご存じありませんか？」

「わっ、いいね！　ペトラちゃんの妹の話、初めて聞いた！　ペトラちゃんに似て絶対可愛い子でしょう!?」

「髪と瞳の色は同じですけれど、顔は似ておりませんわ。妹のほうがずっと可愛らしいのです。性格も」

「ペトラちゃん、さてはあんまり自覚がないタイプだな？　アンジーお姉さんが予言しておいてあげよう。ペトラちゃんは将来めちゃくちゃ美人になりますよ」

「……恐縮ですわ」

一応乙女ゲームのネームドキャラなので、見るに堪えない容姿ではないのですが。悪役令嬢らしい威圧感のあるタイプにしか成長しないと思いますわ。

こんなこと、アンジー様に言っても仕方がないので黙っておきますけれど。

「じゃあ、ラズーの女の子たちに大人気のお店から回ってみようか」

アンジー様が当たり前にわたくしの手を繋ぎ、わたくしにぶつかってくる人がいないか安全を確認しながら歩き出します。

アンジー様はもしかしたら、身近に小さな子どもがいる環境で暮らしていたことがあるのかもしれません。保護者慣れをしていました。

守られていることをこそばゆく感じながら、わたくしはアンジー様に手を引かれて歩きました。

アンジー様に案内していただいた雑貨屋さんは、老若問わず多くの女性客で溢れていました。

ミントブルーのレース編みのショールを手に取った老婦人が、鏡の前で嬉しそうにご自分の首元に当てています。

小さな女の子が白馬の飾りがついたオルゴールを憧れの瞳で見つめています。

年頃の少女たちがキャアキャアとはしゃぎながらビーズ編みの鞄を指差し、買い物途中の主婦が野菜の入った買い物籠を腕にぶら下げたままネックレスを眺めていました。

どうやらここは、庶民の女性たちがちょっとずつお金を貯めて自分だけの素敵な宝物を買いに来る、という感じのお店のようです。

「あ、ペトラちゃんの妹ってことは公爵令嬢か……。こういう庶民的な店だと駄目だった？　貴族向けの店はまた別の通りにあるんだけれど」

「いいえ。このお店、とっても素敵ですわ。妹の気に入るものが見つかるかもしれません」

「なら良かったぁ～」

値段の高い安いは、きっとシャルロッテは気にしないでしょう。心優しい子ですもの。

問題は、わたくしがシャルロッテの趣味を知らないということです。ずっと彼女を避けていたので、彼女の好みがまったくわかりません。好きな色も、モチーフも。

オルゴールのような雑貨のほうが嬉しいのか、ネックレスのように身に付けられる品物のほうが喜んでくれるのか。

目の前に並んだ商品を眺めながら、何ひとつ思い浮かびませんでした。

狭い店内を他のお客さんの邪魔にならないようにゆっくりと進んでいくと、ガラス細工のコーナーに行き当たりました。

「とても綺麗ですわ」

「これはねぇ、『ラズー硝子』っていう、この地の伝統工芸のひとつだよ。不透明の摺りガラスと透明なガラスを組み合わせて作る作品なの。貴族向けの店にはシャンデリアやランプもあるよ～」

「そうなのですね」

白く霞んだ不透明のガラスと、雪解け水のように透明なガラスの二種類を組み合わせた『ラズー硝子』は、まるで溶けない氷のようでした。

様々なデザインの作品があり、白鳥や薔薇の置物、アスラー大神を描いたペンダント、お皿やグラスなど日常で使える物もありました。

その中に、ハーデンベルギアの花を象《かたど》ったヘアピンを見つけました。

見た瞬間にこれだと思いました。

「こちらのヘアピンに決めましたわ」

「いいねぇ、いいねぇ。清楚な感じがして、とっても素敵だと思うよ！」

「……きっと妹によく似合うと思いますの」

シャルロッテが気に入ってくれるかは、ちょっと自信がありません。

けれどきっと、わたくしと同じラベンダー色の髪と銀の瞳を持つあの子に、この氷のようなハーデンベルギアの花はよく似合うと思うのです。

わたくしは店員に代金を支払い、包んでもらったヘアピンを大事に鞄に入れました。

それから色んな店を見て回り、他の人へのお土産も購入しました。

リコリスやハンスたち公爵家の使用人宛に、日持ちのするドライフルーツや焼き菓子などを大量に手配しました。

アーヴィンお兄様にはラズーで流行しているデザインの万年筆を。

お父様とお義母様には地酒を箱で送るよう、酒屋に注文しておきます。これはアンジー様おすすめのエールだそうで、味の保証は間違いなしです。

……正直、お父様に贈り物をしたい気持ちは欠片《かけら》もありませんでしたけれどね。

それから最後に、老婦人が敷物の上に商品を並べているだけの簡素なお店で、一本の髪紐を購入しました。

老婦人が手ずから編んだという髪紐は、なんの飾りもないシンプルなものでしたが、その色が驚くほどベリーの瞳の青紫によく似ていたのです。

――この色を見せたら、彼女も何か反応するかしら。

そう思った時わたくしはすでに、鞄からお財布を取り出しているところでした。

そして購入した髪紐をシャルロッテのヘアピンと一緒に鞄の中へ仕舞いました。

そうこうしているうちにお昼を回り、いよいよアンジー様にお子様定食をご馳走していただく時が来ました。

「ここのメニューはハズレがないから覚えておくといいよ～。大将、こんにちは～」

「おや、アンジーさん。また来たのかい？」

「だって大将の作るごはん、おいしいんだもん。今日はふたりね！　この子、あたしの娘だから！」

「ご贔屓《ひいき》にどうも。……おいおい、どこの金持ちの子を拐ってきたんだ、アンジーさん。俺は嫌だよぉ、アンタをラズー領主様に突き出さなきゃならなくなるなんてさぁ」

アンジーさんに手を引かれてテーブル席に座ると、大将が軽口を言って笑いながらお冷やを持ってきてくれます。

最初のお店ではご挨拶がうまくできなかったので、今度は自分から挨拶をしました。

「初めまして、大将さん。アンジー様の部下のペトラと申します。どうぞよろしくお願いいたします」

「おんや、見習い聖女様でしたか。ご丁寧にどうも」

大将はニカッと笑います。

「ラズーに来たのは最近ですかな？　なら、うちより安くてウマイ店はないから、楽しみにしててくだせぇ」

「はい」

「じゃあ大将、ペトラちゃんにお子様定食、あたしには魚介温麺で！」

「あいよ。お子様、魚介麺一丁〜！」

大将は店の奥にいた若い店員に注文を伝えると、そのまま厨房へと入っていきました。すぐに、熱された鉄鍋に油が注がれるジュワッという音が聞こえてきます。とても楽しみです。

店内を見渡せば、まだお昼を回ったばかりだからか客はまばらでした。けれど皆さん、運ばれてきた料理をおいしそうに食べています。

若い店員がすぐに料理を運んできてくれました。わたくしの前にはお子様定食のプレートを、アンジー様の前には魚介温麺という丼を置きました。

「とってもおいしそうですわ、アンジー様！」

「でしょでしょ。ラズーの子どもたちはそれに夢中になるもんなんだよ。あったかいうちにお食べ～」

「はいっ。いただきますっ」

「あたしもいただきまーす」

ラズー流のお子様定食には、マカロニとベーコンのクリーム煮に、トマトソースがかけられた肉団子、海老のフリッター、半熟目玉焼きまでついていました。全部メインと言っても過言ではありません。野菜の成分がトマトしかないところも、お子様大喜びの定食です。

おまけに苺がひと粒、ちょこんとついているのです。これは季節によってフルーツの種類が変わるのでしょう。実にニクい演出ですわ。

大神殿の食堂の食事はおいしいですし、ハクスリー公爵家の食事は当たり前に豪華でしたが、ここまで子どもの舌を喜ばせるのに全力投球した食事にありつけるのは現世では初めてです。

わたくしは夢中になってフォークを動かしました。わたくし、九歳の子どもの体なので、味覚もまだまだ子どもなのです。

肉団子にかけられたトマトソースは子ども舌でもおいしく食べられる程度のスパイスがかけられ、そのあとにマカロニのクリーム煮を食べると、まろやかでおいしいです。

海老のフリッターはサクサクですし、半熟目玉焼きの黄身の部分を崩して肉団子につけたりフリッターにつけても二度おいしいです。とても素晴らしいですわ。

「……やっぱり子どもは、それが好きだよねぇ」

マカロニをもちもち食べているわたくしを、アンジー様がどこか懐かしそうな眼差しをして見つめています。——いえ、わたくしを通して誰かを見ているという感じがしました。

でも口の中のマカロニがもっちもちして、喋れません。

わたくしはただアンジー様を不思議そうに見上げることしかできず、彼女は何も語りませんでした。

ちなみにアンジー様の頼んだ魚介温麺は、トムヤンクンヌードルという感じの見た目をしています。スープに浮かんでいる油まで真っ赤でした。

アンジー様の目や鼻が赤らんでいたのは、その魚介温麺とやらが結構辛かったからなのでしょう。

「ごちそうさまでした、アンジー様。お子様定食、とってもおいしかったですわ」

「鉱山でペトラちゃんが頑張ってくれたから、本当に助かったよ～。またおいしいものを食べに連れていってあげるから、この調子でお仕事がんばってねー」

「はいっ。精進《しょうじん》いたしますわ」

定食屋さんから出ると、すぐ側を流れる小川のせせらぎが聞こえてきました。

小川は、騒がしい街の中心部を流れる川とは思えないほど澄んだ水が流れております。

わたくしは驚いて、小川のふちに近寄りました。

「ラズーの川は、こんなに小さな支流まで美しいのですね」

一メートルほどの川幅しかないその小川は、家々の間をゆったりと流れております。川端には生活用水として水を汲む住人の姿がチラホラと見えました。

思い出すのは、貧民街に流れていたドブ川です。

マリリンさんたちの家の側を流れていたドブ川は、泥のように濁って、悪臭を放っていました。

飲み水としてはもちろん、生活用水にも向かない水でしたが、貧民街の人々は諦めてドブ川の水を使っていました。飲み水には、できるだけ雨水を溜めて使っていたようですが。

あのままではいずれ疫病が発生してしまうだろうと、わたくしは心の隅で思っていたのに、何もしませんでした。――皇太子の婚約者でもない、ただの幼い令嬢には、何も変えられないのだと、目を逸らしたのです。

けれど、こうして綺麗な小川が当たり前のように人の生活区域にあるのを見ると、あの貧民街のドブ川を浄化させる方法があるのではないかと、考えずにはいられません。

川端に立つわたくしの隣に、アンジー様がやって来ます。

「そういえば、これってラズーだけだったっけ」

「これ?」

「ラズーの川には浄化作用が組み込まれているの。建国の頃に初代皇帝陛下がアスラー大神とともに造り出した『浄化石《じょうかせき》』が、川の中洲に設置されているんだよ。ちょっとした観光スポットにもなってるよー」

『浄化石』？　前世の浄水場の代わりになるものがあるのでしょうか？　ぜひ見てみたいです。

もしかしたら貧民街のドブ川や、それ以外の川にも『浄化石』を設置することができれば、疫病の発生をぐっと抑えられるのではないでしょうか。

「ぜひ見てみたいですわ！　ここから遠いのでしょうか？」

「んー。ここは支流だから、まずは本流に出て、そこから小舟に乗れば行けるけれど。帰りが遅くなっちゃうけれど大丈夫？　ペトラちゃん、疲れてない？」

「疲れておりませんわ！　あの、でも、アンジー様は大神殿に帰るのが遅くなるのは平気でしょうか……？」

「いいよいいよ、大神殿の食堂は閉まっちゃうから、街で夕食を食べてから帰ればいいし。お風呂はいつでも開いてるし」

アンジー様は爽やかに笑いました。

「じゃー、川の中洲へ『浄化石』を見学しに行こっかぁ、ペトラちゃん！」

「ありがとうございます、アンジー様！」

わたくしはぴょんっと小さく跳ねて喜びました。


ちょっとした観光スポットというだけあって、客待ち顔の船頭が幾人も川の側に座り込んでいます。

アンジー様は手際よく船頭と交渉し、小舟に乗り込むことができました。

到着した中洲は結構広いようです。背の高い葦《あし》が視界いっぱいに広がり、所々に木々も生えています。葦の間には木の板を並べただけの簡素な通路があり、奥へ奥へと続いていました。

「この道を進めば『浄化石』が見れんぞぉ。ワシはここで待っとるから、お嬢さん方、ゆっくり楽しんで来なぁ」

「ありがとうございます、船頭さん」

船頭は近くの岩に腰かけ、煙草に火を点けながらわたくしたちに手を振ってくださいます。

お辞儀を返してから、わたくしはアンジー様とともに通路を辿っていきました。

十分ほど歩くと、目の前に『浄化石』が現れました。

ご丁寧に看板も用意されているので、見間違えようがありません。

「案外小さいものなのですねぇ」

高さ五十センチほどの岩に、何かがびっしりと彫り込まれています。それは古代文字のようにも、紋様のようにも見えました。

そして岩の上部には、虹色に輝く不思議なクリスタルの大きな塊が埋め込まれていました。

「これはもしかして、ゼラ神官の首のチョーカーについているクリスタルと、同じものでしょうか……？」

恐る恐る呟いたわたくしの言葉に、アンジー様が「うん」と頷きました。

「これは『アスラー・クリスタル』っていう、神の力が宿るといわれている鉱石だよ。ほら、あたしとペトラちゃんが治癒活動に行ったあの鉱山で、昔から採れるの」

「まぁ、あの鉱山で……。神の力が宿るとは、具体的にどういうことなのでしょうか？」

「うーん、あたしが知ってるのは一般的な情報までなんだけれど。『アスラー・クリスタル』には、聖具を作った特殊能力者の力を継続させる力があるらしいんだよね。ほら、特殊能力って、一回使ったら終わりでしょ？」

「そうですね。一度治癒能力をかけたらその後は病気にならない、というわけではありませんもの」

「でも、この『浄化石』も、ゼラさんたち幽閉組がしているチョーカーも、制作した能力者の力を継続させているわけ。それが何故なのかは、学者たちも未だに解明できていないの。だから神の力が宿るといわれているわけ」

「謎の多い鉱石なのですね。もしかして通信用のクリスタルも『アスラー・クリスタル』ですか？」

「そうそう。他にもこのクリスタルを使った聖具をいろいろ作って、貴族に売ってるらしいよ〜。領主館にも『浄化石』に似た石碑が残ってるって聞いたことがあるかな」

「『浄化石』も量産されているのですか？」

売っているなら、ぜひとも頑張って購入して、貧民街のドブ川に設置したいですわ。

「大神殿の神秘部の連中がずっと研究を続けているけれど、もう現代では『浄化石』を作り出すことは無理なんじゃないかなー。初代皇帝陛下の頃は『アスラー・クリスタル』を使って、神の力そのもののみたいな道具が作れたらしいんだけれどね。永遠に消えない炎とか、絶対に折れない剣とか、昔はあったんだって。でも今のあたしたちには、この『浄化石』に書かれてる文字だか紋様だかも、何を意味したものなのか解読できないんだよ」

「そう、なのですね……」

『浄化石』は大昔のオーパーツということなのでしょう。現代のわたくしたちでは解き明かすことのできない、多くの謎を秘めた――……。

「せめて皇族に神託の能力者が再び現れれば、話は変わるかもしれないけれどね～」

「なぜ皇族なのですか？」

皇族の方にも特殊能力者は度々現れます。わたくしのような治癒能力者や、浄化の能力者などが生まれた記録が過去にあります。ここ百年ほどはないようですけれど。

「だって初代皇帝陛下って、神託の能力者でしょ？　神の声を聞いて、このアスラダ皇国を築いたってことはさ。つまり歴代最強の血筋ってことじゃんねぇ。初代皇帝陛下の再来が現れたら、またこの地に神の力が満たされるかもしれないよ」

「なんだか英雄伝説みたいですわねぇ」

「あたし、そういうの好きよ～」

初代皇帝陛下の再来が現れたら、多くの謎を紐解《ひもと》いて新たな『浄化石』を作り出し、皇国中に設置してくださらないかしら。

まぁ、現在の皇族には神託の能力者どころか、特殊能力者はひとりもおりませんが。

ちなみに、わたくしにも一応皇族の血は混じっております。ハクスリー公爵家には過去に幾人もの皇子や皇女が縁付いてきたので。

ですが、わたくしが持っているのはただの治癒能力なので、もちろん初代皇帝陛下の再来には該当しません。

『浄化石』が皇国中に普及されれば、とても素晴らしいと思ったのですが……。なかなか難しいのですねぇ」

「そうなったら本当に素敵なんだけれどねー」

ふと空を見上げると、その裾がオレンジ色に染まり始めています。いつの間にか夕方になっておりました。

流れる雲は赤々と燃え、川を渡ってくる風も冷え込んできました。

「ペトラちゃん、そろそろ小船に戻ろっか。そんで、街で夕飯食べてから帰りましょー！」

「はい、アンジー様」

わたくしは頷き、アンジー様とともに中洲を後にします。

——貧民街で暮らす皆さんはまだお元気でいてくれているだろうかと、胸の奥に棘《とげ》のようなものが刺さったまま。


街で夕食を食べてから大神殿に戻ると、二十一時を越えていました。

「じゃあ、あたしの部屋は上だからここで。おやすみ、ペトラちゃん！」

「おやすみなさい、アンジー様」

階段をのぼっていくアンジー様は鼻唄混じりです。アンジー様があんなにお酒に弱いとは思っていなかったので、夕食の席ではとても驚きましたわ。へべれけでした。

今は酔いがいくぶんか醒めていらっしゃるので、ちゃんと自室にお戻りになられると思うのですが……、少々心配です。

大神殿の奥にある居住スペースは、階級により細かく分かれています。

見習いの個室は二階から三階、アンジー様たち神官聖女の個室があるのはさらに上階です。

大神官や大聖女は大神殿最奥部の特別室にいらっしゃいますし、学者などはそれぞれの研究棟に個室を持っています。

一番人数の多い神殿職員には、渡り廊下で繋がった別棟があてがわれています。

神殿騎士は訓練場の側に立派な宿舎が建っているので、そちらで暮らしています。

ゼラ神官のような『幽閉組』は、それぞれ所属する施設にある地下牢だそうです。そちらはまだ見たことはありませんけれど。

さて、休日はこれでおしまいです。わたくしも早くお風呂に入って、眠る準備をしなくては。

明日からまた、見習いとして学ぶことがたくさんの毎日が始まるのですから。

＊＊＊

ぐっすりと眠っていたはずなのに、意識がぼんやりと浮上してきました。

まだ体が重たく、お布団の中の心地良い温かさから動く気力が湧きません。

なぜ目が覚めてしまったのかしら……。

まだ朝が来ていないことは、室内の暗さからわかります。カーテンを締め切っているとはいえ、朝になるとカーテン越しに日が差し込んで室内がうっすら明るくなりますもの。今は本当に真っ暗でした。

どうして目が覚めてしまったのかはわかりませんけれど、もう一度眠りたい……と、ぎゅっと目を瞑った途端、わたくしの耳に奇妙な音が聞こえてきました。

窓のあたりからゴツ……、ゴツ……、と何かがぶつかる音がしています。

近くの木の枝が風でぶつかっているのでしょうか？

一度気になるとなかなか眠りに戻れないもので、わたくしは目を擦りながら、ベッドから起き上がりました。

木の枝が原因でしたら、明日にでも庭師の方に剪定をお願いしなければ。

わたくしはカーテンを少しだけ捲ります。

「ひぃ……っ⁉」

あまりの驚きに心臓が止まるかと思いました。窓の側に植えられた木の太い枝に、人が腰かけているのですもの。

その人物がわたくしの部屋の窓に小石を投げつけていたみたいです。わたくしがなかなか起きないので、その人物は最終手段というように、漬け物石並みの大きさの石を細い両腕でプルプルと抱えあげていました。

わたくしは慌てて窓を開け、小声で不審者に怒鳴ります。

「やめてくださいませ、ベリー‼　その石はお捨てになってってっ！」

「………………」

ホラー映画の殺人鬼のように現れたのは、小さくてか細い美少女のベリーでした。

ベリーは漬け物石をそのまま木の上から地面へドスンッと落としますと、猫のような身のこなしで木の枝からわたくしの部屋へと飛び込んできます。

彼女の木苺色の長髪と見習い聖女の衣装の裾がふわりと巻き上がり、革靴の裏がジャリッという音を立てて着地しました。

「それで、こんな夜更けにどうしたのですか、ベリー？」

「………………」

彼女は相変わらず無口です。

まぁ、生まれた時から大神殿で軟禁状態で、同世代の子どももいない環境で育ったとマシュリナさんがおっしゃっていましたし。コミュニケーションが不得意でも仕方がないのかもしれません。

……あら？　ベリーの環境って、高位貴族の子どもにはよくある環境のような気もしますわ？　けれどわたくしにはお母様がいましたし、お茶会で同世代の子どもに会う機会もありました。途中からはアーヴィンお従兄様もシャルロッテもおりましたしね。ベリーよりはずっとマシな境遇でしょう。

わたくしは一歩、ベリーに近づきました。

そういえばわたくしは今、生地の薄いネグリジェ姿で、他人に会う姿ではありませんでした。けれど相手は同い年で同性のベリーです。肌はうっすら透けておりますけれど、まだ恥じらうような凹凸のある体でもないと思い、そのまま足を進めました。

「何か急用があったのでしょう？　どこか怪我でもしたのですか？　すぐに治癒いたしますわよ」

「……まくら」

「え？」

「私の、まくら」

ベリーはそう言ってわたくしの手を引き、まだ温もりの残るベッドへとダイブします。わたくしは完全に巻き込まれ、ベッドマットがふたり分の体重に悲鳴をあげる音を聞きました。

つまりベリーは今日……というか、すでに日付変更線を越えているので昨日、一日出かけていて会えなかったお気に入りの枕《わたくし》と寝るために、こんな真夜中にやって来たということなのでしょうか？

わたくしは驚いたのと同時に、なんというか、ベリーのことをいじらしいと思ってしまいました。

彼女にとっては友情などではなく、ただの枕欲なのでしょうけれど。こうやって健気にわたくしを探し求めに来てくれたことに、ホロリと来てしまいました。あれほど彼女に枕ではなく人間として認められたいと思っておりましたのに。

シャルロッテから健気な愛情を向けられた時のように、わたくしは無垢な心に求められるのに大変弱いようです。

「わかりましたわ。今夜は一緒に寝ましょう、ベリー」

わたくしがそう言えば、ベリーが返事代わりにわたくしの首をぎゅうっと抱き締めてきます。

彼女の腕をわたくしはポンポンと叩きました。

「ただし、革靴を脱いでくださいね。ベッドが汚れてしまいますわ。あと、あなた、なんだかチクチクするのですけれど……？」

まだ開いたままの窓から差し込む月光を頼りに、ベリーの全身を観察しました。

ベリーの衣装には、ひっつきむしと呼ばれる草の種があちらこちらについています。どこで引っつけてきたのかしら。

わたくしは思わず、脱力の溜め息を吐きました。

「とりあえず、ひっつきむしも取りましょう」

ベリーの就寝の準備が整う頃には、もうすっかりベッドは冷えていました。

布団に潜り込んだベリーの細い腕がわたくしの腹や脇腹に巻きつき、彼女の両足がわたくしの足を挟み込みます。わたくしから暖を取る気満々のスタイルでした。とても寝づらいですわ。

その上、ベリーが頭を動かす度に彼女の髪がバサッとわたくしの顔にかかります。

「ちょっと、ベリー、あなたの髪が邪魔で息がしにくいですわ……」

わたくしも髪は長い方ですけれど、眠る時は二本に結んでいます。こうすると寝る時に邪魔にならないからです。

「あなたの髪も結んだ方が……、あっ！」

ベリーのために青紫色の髪紐を買ったことを、わたくしは思い出しました。

わたくしは、すでに半分眠っているベリーの腕からどうにか上半身を抜き出し、ズリズリとベッドの端へと這います。

ベッド近くの棚には帰った時に置いたままの鞄があり、どうにか腕を伸ばして鞄を引き寄せ、中を漁りました。

ベリーがわたくしのおしりを枕代わりにしている重みを感じつつ、ようやく青紫色の髪紐を見つけ出しました。

「ベリー、髪を結びましょう?」

「……すぅー」

「勝手に結びますからね」

完全に人のおしりを枕にしているベリーの頭をどかし、彼女の長い髪を一本に結います。眠るのだからあまりきつく結ばないように、けれどほどけないように、と気をつけて纏めました。

「これで大丈夫ですわ」

「んー……」

わたくしが自分の枕に頭をのせ、眠る体勢を整えれば。ベリーも一緒にゴロゴロと動いて、寝やすい位置に勝手に体をおさめています。

そういえば、こんなふうに誰かと揉みくちゃになって眠るのは、現世では初めてです。

前世では子どもの頃に両親や妹と眠ることもありましたし、大人になってからも、女友達のアパートに泊めてもらってひとつのお布団で眠ったこともありました。

自分以外の肌のぬくもりや体臭、骨の固さや抱き締めてくる腕の力の強さというのは、こういうものだったなぁと思い出して、なんだか切ない気持ちになりました。

「おやすみなさい、ベリー」

わたくしの言葉はもう彼女には届いていないでしょう。

真っ暗闇の中で、ベリーの柔らかな寝息が続いていました。

＊　＊　＊

朝です。

寝る前は確かに枕の上に自分の頭をのせておりましたのに、目が覚めると頭の下にはまっ平らのシーツの感触です。

ゴロンと横を向けば、ベリーがわたくしの枕を奪って、俯せで眠っていました。

「……起きてくださいまし。朝ですわよ、ベリー」

特別扱いを受けているベリーのスケジュールがどうなっているのかは知りませんが、普通の見習いには午前の授業があります。

わたくしは「えいっ」と上体を起こし、ベッドから下りるためにベリーのこんがらがった体を押し退けました。

こんなにすごい寝相ですのに、昨夜結った彼女の髪はほどけていなかったので驚きですわ。

夜のうちに水差しに汲んでおいた水を盥《たらい》に移し、顔を洗います。

わたくしが離れたことで目を覚ましたベリーが、ぼんやりとした表情でこちらを見ていたので、ついでに彼女の顔も濡れタオルで拭って差し上げました。

ベリーはわたくしの枕を抱き締めたままぼーっとしていますが、わたくしは朝の支度を続行です。

八時には神学の授業に出席しなくてはいけません。今はまだ七時前ですけれど、のんびりしているわけにはいきませんでした。

ネグリジェから手早く見習い聖女の衣装に着替え、髪を結います。

シャルロッテからもらったリボンをきれいな蝶々結びにできているか、鏡で確認していると。鏡越しにベリーと目が合いました。

「そうですわ、ベリー。その髪紐はあなたに差し上げますわ。昨日、街で見つけましたの。あなたの美しい瞳と同じ青紫色で、とても綺麗でしょう？」

「…………」

言われて気が付いた、というように、ベリーは自分の髪の束を持ち上げました。

髪紐が見たいのか、それとも髪を結んでいるのが嫌だったのか、一生懸命に結び目に指をかけていますが、うまく解くことができないようです。

わたくしはベリーに近づき、彼女の髪をほどきました。

「ほら、これですわ。飾りは何もついていませんけれど、編み目が繊細で美しいでしょう？」

ベリーの両手に髪紐をのせれば、彼女はそのままじっと髪紐を眺め、言葉を発しました。

「きれい」

出会ってからずっと無言か『まくら』くらいしか言わなかったベリーが、ようやく新しい言葉を発しました。やはりこの髪紐は買って正解だったようです。情操教育的に。

わたくしはベリーの変化を受け止めつつ、彼女の髪もブラッシングします。豚毛のヘアブラシでそっと梳《と》かせば、あっという間にサラサラの指通りになりました。

「ほら、梳かしただけでこんなに綺麗。ベリーは本当に苺のお姫様みたいですわね」

「髪、さらさらする」

ベリーがまた新たな言葉を発しました。

どうやらこの子は言葉がわからなくて無言だったわけではなく、他人と会話をする必要性を感じていなかっただけなのかもしれません。余計にたちが悪いのですが。

「髪紐で結いますか？」

わたくしの問いかけに、ベリーは今度は無言でふるふると首を横に振りました。

「じゃあ、髪紐をなくさないように、手首にでも巻いておきましょうね」

わたくしはベリーの左手首に髪紐をぐるぐると巻き、蝶々結びにしました。こうするとブレスレットのようで可愛い気がします。

ベリーも気に入ったのか、何度も左手首を見ては髪紐に触ったり、手首を掲げて食い入るように見つめたりしました。

そんな彼女を見ると、あの時迷わずに髪紐を購入して良かったなと思います。

「では、朝食を食べに食堂へ行きましょうか」

髪紐に気を取られたままのベリーの手を引き、食堂へ向かいました。


食堂ではすでに多くの人が食事をしていました。

普段見かけることのないベリーの姿に、周囲の人々がざわつきます。

「ねぇ、あの子って『神託の』……」

「初めて見たわ。すごく綺麗な娘ね」

「あの子を見ると、幸運になれるんだっけ？」

悪いことは言われていないようですけれど、これだけ注目されるのはベリーも嫌でしょう。

そう思って彼女に視線を向ければ、ベリーは変わらず手首に巻いた髪紐に気を取られています。陽光に当たると髪紐の一部がキラキラ光ることに気付き、一生懸命手首を動かしていました。

……まぁ、ベリー本人が気にしていないことは大変ありがたいですけれど。これでは彼女が見世物のようなので、外で食べることに決めます。

食堂のカウンターでふたり分の朝食を紙袋に詰めてもらうと、ここから一番近い東屋へ向かうことにしました。

東屋には誰もいませんでした。

朝のみずみずしい空気と、真新しい太陽の光、それから傍の木々から小鳥たちが囀《さえず》る歌が聞こえてきます。

わたくしは東屋の中にあるベンチに腰かけ、設置されていたテーブルに紙袋の中身を広げました。

サーモンの薫製《くんせい》と玉ねぎの薄切りが挟まったパンが子どもふたり分、茹で玉子がふたつ、くし切りにされたオレンジと、水の瓶が二本。

「マシュリナさんからあなたは少食だと聞いているけれど、どのくらい食べられそうですか？　茹で玉子くらいなら平気でしょうか？」

「いらない」

とりあえず栓を抜いた水の瓶を彼女の前に置きましたが、本当に食事に興味がなさそうです。

ベリーは朝食よりもわたくしの顔を見たり、髪紐を見ています。

「食べられそうだったら、食べてくださいね」

わたくしはベリーの前に殻を剝いた茹で玉子も置くと、自分の朝食に取りかかることにしました。

大神殿の食事はハクスリー公爵家と比べてとても質素ですけれど、パンは柔らかい白パンですし、海沿いの地域なので魚介が新鮮でおいしいです。

薫製サーモンと玉ねぎのスライスを挟んだだけのシンプルなパンには、たっぷりとマヨネーズが入っていました。わたくしは味覚がまだ子どもなので大変嬉しいです。

茹で玉子には小さな紙に包まれていた塩を振って食べます。

わたくしがデザートのくし切りオレンジを食べ始めた頃、ベリーが突然動き出しました。

ベリーの美少女顔が視界いっぱいに広がり、わたくしの唇に何かが触れました。

「……は、ぃ……？」

柔らかくて、小さくて、濡れた感触がする——ベリーの舌でした。

わたくしの唇についたオレンジの果汁をペロペロと舐《な》める彼女の舌の動きに、思考が停止します。

咄嗟に何が起こったのかよくわからず、呆然と、目の前にあるベリーの顔を凝視《ぎょうし》してしまいます。

ベリーは無心にわたくしの唇を舐め、吸いつき、しまいには齧《かじ》りました。

「いっ……！　痛いですわっ、ベリー！」

わたくしは両手で彼女の肩を押し、距離を空けます。

「オレンジが食べたいなら食べたいと、きちんと口でおっしゃってくださいましっ‼　もうっ‼」

「たべたい」

ベリーの口にオレンジを押し込めば、彼女は大人しくオレンジをしゃぶり出しました。

齧りつかれた下唇に自分で治癒をかけながら、これって現世のファーストキスだったのでは……？

ということに思い当たりました。

チラリと視線を向ければ、変わらずチュウチュウとオレンジに吸いついている無表情なベリーが見えます。

……本っっっ当に美少女！

ベリーの美しさを見ていると、わたくしのファーストキスよりも彼女のキスのほうが貴重で、大切にしなければいけないことのように思えます。

彼女は将来きっと、薔薇の女神のような絶世の美女になるでしょう。そんな彼女を愛する男性が、たくさん現れるはずです。

それなのにベリーの大事なキスがこんなくだらないことに一回分消費されたと知ったら、未来のベリーの恋人は残念に思うかもしれません。

「……ベリー、あなた、もっとキスは大事になさい。これからは大好きな異性以外にキスをしてはいけないわ」

わたくしの言葉に、ベリーはオレンジから視線をあげてこちらを見ましたが、すぐにまたオレンジに集中し始めます。

あなたにとってわたくしはまだ『枕』の認識でしょうけれど、大人になってから今日のことを思い出して困るのは、あなたのほうなんですからね！

……実際に年齢を重ねてから、このファーストキスを思い出して困ったのは、わたくしのほうだったのですが。

九歳のわたくしにはまだ、知る由もありませんでした。

幕間　人と神のはざま【SIDEベリスフォード】

「わたくしはこれから朝のお祈りに出て、神学の授業を受けますので、ここで失礼いたしますわ。その前に食堂に寄って朝食の残りを片付けてきますけれど、ベリーはもう食事はよろしいのですか？」

薄紫色の髪の少女が紙袋にオレンジの皮や卵の殻をまとめながら、隣にいる子ども――ベリスフォードにそう尋ねた。

ベリスフォードはぼんやりとした表情で、東屋のテーブルの上に並べられた手付かずの朝食に視線を移す。

いらない、ほしくない、と思い、そのまま視線を少女に戻した。

少女は仕方がないというように小さく肩を下げ、ベリスフォードの朝食を片付けていく。そして「では、ごきげんよう、ベリー」と去って行った。

薄紫色の髪の少女が去っていってしまうと、ベリスフォードにするべき予定はない。そのまま東屋のベンチに腰をかけて、朝の光を浴びていた。

ふと気になって、ベリスフォードは自分の鼻に指先を持っていく。

指の腹や爪の間から、先ほど食べたオレンジのみずみずしい香りが漂ってきた。指先がベタベタしていたけれど、良い香りがするので手を洗う気にはならなかった。

ベリスフォードはあまり食事をすることが好きではない。食べ物の好き嫌いは特にないけれど、噛んだり、飲み込んだりするのがとても面倒に感じるからだ。

今日はなぜか、薄紫色の髪の少女が食事をしているところを眺めていたら、自分も何かを口にしたくなったけれど。普段にはない衝動だった。

少女から『オレンジが食べたいなら食べたいと、きちんと口でおっしゃってくださいましっ!!』と言われて、ベリスフォードは『たべたい』と答えた。

ベリスフォードは、本当はオレンジが特別食べたいというわけではなかった。

ただ少女の真似をしてみたかったのだ。

少女からオレンジを口に突っ込まれると、ベリスフォードは少しだけ満たされるような気がした。

少女と同じ、人間になれたみたいで。

だってベリスフォードは、人間として生きることにちっとも向いていない。

どうしようもなく、欠けていた。

＊　＊　＊

これは大神殿の上層部や神秘部の研究者たちにも未だ把握されていないことだが、神託の能力者の中でもその能力が突出して高い者は、欠落してしまうことが多い。

人の身に生まれながら神と接し、その恩寵《おんちょう》を一身に受けるためか。

神と近しい存在として生まれながらも、凡百たる人の世で生きねばならないためか。

はっきりとした理由はわからないが、高い神託の能力に比例して、人としての器が欠けてしまうのだ。

何がどの時期に欠けるのかは人それぞれで、ある者は成長期に味覚や痛覚を失い、ある者は幼少期から姿が変わらず、ある者は体に欠損がある状態で生まれた。

自らの欠落に耐え切れなかった者は、神々の世界へ行ってしまう。

逆に、それでも人の世で生きたいと願って自らの欠落を乗り越えられた者は、並みの神託の能力者と同程度に長生きすることができた。

今代の神託の能力者であるベリスフォードは、歴代最高の能力を持って生まれ、それゆえに睡眠欲や食欲、表情など、多くのものが欠落してしまった。


ベリスフォードという子どもは、時が来るまでは秘匿される存在として、大神殿の奥で育てられてきた。

心優しく世話好きな乳母のマシュリナ、忙しい執務の合間を縫って様子を見に来てくれる上層部、厳選された教師に、温かな食事に、柔らかな寝床に、清潔な衣類。

ベリスフォードに両親はいなかったが、生活をするのに何ひとつ不足はなく、周囲の者たちから愛情も与えられていたのだと思う。

ただ、物心がつく頃から、どうしようもなく違和感があった。

「……ここ、ちがうよ。創世記にはんらんをおこしたのはラヴァンの民じゃなくて、トルミアの民」

「ですが、ベリー様、これは神学者たちの最新の研究をもとにした本ですよ」

「だって、……が、まえに言ってた。『ラヴァンの民とはむしろ同盟を組んでいた』って」

「おお！　さすがはベリー様！　アスラー大神様自ら神学を御教えになられるとは、ご寵愛《ちょうあい》が深いですな！　ベリー様の生まれながらの天才性も、アスラー大神様からの祝福と考えるべきかもしれません。さてさてベリー様、アスラー大神様は他になんとおっしゃっておりましたかな？」

「………」

教師と呼ばれる人は、ベリスフォードに学問を教えに来ているはずなのに、反対に教えを乞い、熱狂的な眼差しを向けてくる。

「やぁベリー、元気かい？　あのね、この間きみが教えてくれたアスラー大神様のお言葉『悪い奴らが北北東の小さな村を襲って、村人が全滅する』のことだけれど、おかげで山賊たちを捕まえることができたよ。村人たちは全員無事だ。本当にありがとう。またアスラー大神様からの神託を教えてくれるかい？」

「………」

上層部は笑顔を浮かべながら、常にベリスフォードの言動を観察してくる。

誰もが自分のことを見ているはずなのに――なぜだろう。ベリスフォードには、誰の瞳にも自分が映っていないような気がしてならなかった。

ある日、違和感の理由に気が付いた。

「休日は久しぶりにうちの子どもたちと一緒に眠りましたよ。子どもたちの寝相がすごくて大変でしになりますわ」

「可愛いではありませんか。子どもと一緒に眠れるのも小さいうちだけですよ。いずれ大切な思い出たが」

「ええ、そうですねぇ」

それは休憩時間の教師とマシュリナの会話だったが、ベリスフォードは気になって彼らの元へ近づいた。

「私はいつもひとりでねむっている。私もだれかといっしょにねてみたい」

ベリスフォードがそうねだると、教師はひどく困った表情をし、マシュリナは諭す態勢に入った。

「それはなりません、ベリー様。先生は自分の子どもだから一緒に眠ったのですよ」

「じゃあ、マシュリナは？」

「私は乳母ですから、ベリー様とは身分が違うのですよ。いつものようにベリー様がお眠りになるまでお傍にいますから。ね？」

彼らと自分の間に明確な線引きがある。そのことにベリスフォードはようやく気が付いた。

大人たちは皆、ベリスフォード自身を見ていたのではない。『神託の能力者』を見ていたのだ。

『神託の能力者』だからこそ、ベリスフォードは物も、教育も潤沢に与えられており。

『神託の能力者』だからこそ、ベリスフォードは皆に優しくされ、必要とされ、妄信されていて。

『神託の能力者』だからこそ、ベリスフォードは誰からも線を引かれてしまう。

もしも自分が『神託の能力者』ではなかったら、今ここにあるものはすべて、きっと何ひとつ与えられなかった。

ベリスフォードがただベリスフォードであるというだけで無償の愛を与えてくれる存在は、ここにはひとりもいないのだ。

こうしてベリスフォードという子どもは欠けていった。


真実に気が付いてしまうと、ベリスフォードはまるで自分だけが透明の膜に包まれているみたいに感じられた。

だって他人は、ベリスフォードの『神託の能力者』という表面ばかりを見ているのだから。

膜を通して見る世界はどこか不明瞭だ。大人たちの存在が今まで以上に遠く感じられ、周囲で起こる出来事のすべてがどうでもよくなった。

同時に、以前は少しは楽しいと感じていたことさえもわからなくなってしまったが、些細なことだと思った。

しばらくするとベリスフォードは眠ることが面倒になり、食事を取ることが億劫《おっくう》になった。

もともと希薄だった感情が、さらに動かなくなった。

感情が動かなければ、言葉や表情で誰かに想いを伝える必要もない。伝えたい誰かもいない。

ベリスフォードはまるで精巧な人形のようになってしまった。のちにマシュリナから『ベリー様の御心は、ちっとも育ちませんでした』と言われるほどに。

寝食を減らしたことによって体に不調が現れると、ベリスフォードは神託の力で神域に向かった。

そこで時を過ごせば体が楽になるからだ。

『おいおいベリスフォード。お前、人間を辞めちまう気なのか？』

「…………」

『お前は歴代の神託の能力者の中でも随一の力を持ってるんだぞ。そんなふうに寝食をやめて神域の空気ばかり吸っちまったら、あと数年も経たずに神の仲間入りをしちまうぜ⁉』

「…………」

もう、何もかもがどうでもよかった。

だってベリスフォードは人間に向いていない。

無償の愛が与えられないくらいのことに傷付いて、『神託の能力者』という特別に耐えられないのなら、人間の世界にはいられない。むしろ、いないほうがいいのだ。

ベリスフォードは自らの欠落を乗り越えることができなかった。

人として生きることへの執着を手放し、もうじき神々の世界へ向かうはず――だった。


「あのぅ、ご機嫌いかが……？　具合がお悪いようでしたら、治癒いたしますわ？」

その日、あまりにもあっさりと無償の愛が降り注いできたから、ベリスフォードは驚いた。

ベリスフォードはいつもの膜の中にいたはずだったのに、その少女の姿だけは妙にくっきりと見える。

少女の声がはっきりと聞こえ、少女の体温がきちんと伝わり、少女の思いはちゃんとベリスフォードの心に届いた。

少女はベリスフォードを『神託の能力者』と知らずに優しくし、知った後でもベリスフォードを対等な人間として扱った。

他人から見ればたったそれだけのことで。

けれどベリスフォードには奇跡のようなことで。

結局ベリスフォードは神には成らず、自分から欠落したものを取り戻そうとし始めた。人として生きるために。

＊　＊　＊

ベリスフォードは指先のオレンジの匂いを嗅ぐのをやめて、そのまま左手首に視線を移した。

左手首には、少女がベリスフォードのために手に入れてきた青紫色の髪紐がぐるぐると巻かれている。午前の陽光に当たってキラキラと輝くそれを見ているだけで、ベリスフォードはなぜか胸の真ん中がぽかぽかするのだ。

『よぉ、ベリスフォード！　今日はなんだか、ご機嫌そうだなぁ！』

今日は白い狐が東屋に現れた。

だが珍しいことでもないので、ベリスフォードは変わらず髪紐の観察を続ける。

白い狐は陽気な男性の声で『おいおいおい、相変わらずこの俺様を無視かよっ！』と言いながら、長い尻尾をふりふりしている。

『友達ができたからちょっとはマシになったかと思ったのに、相変わらずの無視無口無表情だなぁ、お前は』

「……ともだち？」

白い狐が放った単語のひとつに、ベリスフォードは首をかしげる。

『あの髪が紫のちっこい女のことだよ！　治癒能力者の！』

「まくらだよ」

あれはベリスフォードの枕である。ともだちなどという、得体の知れないものなんかじゃない。

一緒にいれば安心して身をゆだねられる、ベリスフォードだけの枕なのだ。

『枕って、お前、どんだけあのちっこいやつの人権を無視してんだよ……』

白い狐がドン引きした声を出したが、ベリスフォードの主張は一貫して変わらない。

『そういう思いやりのねぇー態度だと他人から嫌われるって、昔ウェルザが言ってたぞ。お前の母ちゃんの遺言のひとつだと思って、肝に銘じとけよ』

「………………」

『どうでもよさそうな顔すんな』

今日も相変わらずソレはお小言ばかり言う気のようだ。

ベリスフォードはベンチから立ち上がり、庭園の奥へ逃げることにした。

けれど白い狐はベリスフォードよりもよほど俊敏な動きでついてくる。

『ベリスフォード、友達ってのは大事にしてやるもんだぞ。枕とか言ったらダメだ。ちゃんと相手の名前を呼んでやることが肝心……』

「…………」

『おいコラ！　ちゃんと俺様のアドバイスを聞けって、おい〜！』

ごちゃごちゃうるさい、何が言いたいのかわからない、まくらのことはちゃんと大事にしている、とベリスフォードは思う。

だってあの少女はベリスフォードに無償の愛を与えてくれる。

ベリスフォードが神託の能力者じゃなかったとしても、最初から優しくしてくれる。

いっしょにいるとあたたかくて柔らかくて、触れているとホッとして、眠りたくなる。

ベリスフォードの大切なものなのだ。

第四章　ペトラ九歳と初めて名前を呼ばれた日

マシュリナさんにご相談して、乗馬のレッスンを受けることになりました。

治癒棟でのお仕事が終わったあとに週三回ほど、大神殿の敷地内にある馬場へ向かい、飼育員さんに乗馬を教わります。

最初は馬との接し方を教わり、飼育員さんがゆっくりと手綱を引いてくれる馬に跨《また》がって馬場を一周する、というところから始まりました。

馬に乗ってみるとものすごく視界が高くて、馬車とはまるで違う景色が目の前に広がり、とても楽しかったです。

ひとりで馬に乗れるようになるには、まだまだたくさん練習が必要ですけれど、いつか颯爽と遠乗りに出かける日が来ることを夢見て頑張ろうと思いますわ。

「それで、ベリーは何をしているのですか？」

馬と親しくなるために、わたくしは飼育員さんから渡された木桶を持って、厩舎の中に入りました。

木桶の中にはニンジンがたくさん入っています。馬のおやつです。子どもが持つには少々重たいですが、落とさないように慎重に持って歩いていきました。

そんなわたくしの前に現れたのは、ベリーです。

以前はわたくしのほうから探しに行かなければ会えない存在でしたけれど、わたくしの部屋へ突撃してきた夜以来、彼女はこうして自分から姿を現すようになりました。

ベリーはいつもと同じ見習い聖女の白い衣装を着て、木苺色の長い髪を腰まで垂らしています。わたくしが差し上げた青紫色の髪紐は、左手首にぐるぐると巻いてブレスレット代わりにしていました。彼女は絶世の美貌になんの感情ものせず、ただ馬房の前に立っていました。それだけなのに絵になる少女です。

馬房の前にある木の棒にベリーが手をかければ、馬が嬉しそうに彼女の手に鼻を寄せます。ベリーもそっと手を伸ばし、栗毛におおわれた首筋をゆっくりと撫でました。

「……ずいぶん、あなたになついているのですね」

ちょっと面白くない気持ちで、わたくしは唇を尖らせました。

わたくしはまだ馬との信頼関係ができていないので、馬はあんなふうに甘えた仕草を見せてはくれません。なのでベリーがとても羨ましかったのです。

「馬と仲良くなるコツってありますか?」

ベリーがどんなふうに馬と仲良くなったのか知りたくて、尋ねてみます。

でもこの子、ずっと大神殿で暮らしているので、長年馬場に通っていた可能性もあります。時間をかけて築いた信頼関係には、ちょっと太刀打ちできそうにないですわね……。

「コツ?」

わたくしの質問に、ベリーは不思議そうに首を傾げました。

「……もしかして馬場に来たのは初めてですの?」

「うん」

どうやらベリーは馬に好かれる天性の才能をお持ちのようです。

わたくしは溜め息を吐きました。

「まったく参考になりませんわねぇ」

地道に頑張るしかありませんわ。

わたくしはニンジンの桶を抱え直し、一番奥の馬房から順に馬におやつを配ろうと足を踏み出しました。

ぐにゅっ。

薄い革靴の裏で、泥のかたまりのようなものを踏んだ感触がした瞬間——ぐるんと視界が回って、厩舎の天井が目の前に広がりました。

わたくしは桶を両腕で抱えたまま、受け身を取ることもできずに転倒したのです。

「いっ、たぁぁ……っ！」

仰向けに転んだので、後頭部を地面にしたたかに打ちつけました。

あまりの痛さに自分で治癒することも思いつかず、頭を抱えてもだえてしまいます。

ぽてぽて、と小走りで近づいてくるベリーの足音が聞こえてきましたが、わたくしは「ううううぅぅぅ～……」と涙目で唸《うな》ったままでした。

「《Heal》」

ベリーの手から治癒の光がパッと輝きました。

おかげですぐに痛みはなくなったのですが、わたくしは地面に転がったまま唖然とベリーを見上げました。

「も、もしかしてベリーって、特殊能力をふたつお持ちなんですの……？　神託だけではなく、治癒も……？」

「……まえに、複合型って言われたことがあるかも？」

アスラー大神はいったいどれだけこの少女を愛しているというのでしょうか。

絶世の美貌に神託の特殊能力、初見の馬にもなつかれ、そのうえ治癒能力持ち。

この世界のヒロインであるシャルロッテよりも寵愛されているかもしれないチートっぷりですわ。

わたくしなんて悪役令嬢設定の治癒能力を根性でレベル上げしましたのに、恵まれている子は本当に恵まれているのですね……。

わたくしは転倒以上の衝撃を心に受けつつ、「……とにかく治癒していただき、感謝いたしますわ」とお礼を言い、体を起こそうとしました。

地面に手をつくと、ずにゅり、とした粘土のような感触がします。そういえば転倒した時も泥に足を滑らせたのでしたっけ……。

そう思って下を向けば、――それは泥ではありませんでした。

馬糞です。

「ひぃ……っ!?」

馬車や馬が当たり前のこのアスラダ皇国で、これまで一度も馬糞を見たことがないとは言いません。

けれどさすがに、素手で馬糞に触れたのは生まれて初めてのことでした。

手に、革靴の裏に、見習いの白い衣装に、べったりとついた汚れを見て、理解し、実感した瞬間。

公爵家育ちの軟弱なわたくしの精神は耐えきれず、そのまま意識を手放してしまいました。

＊　＊　＊

……なんだか、あたたかい。

硫黄の香りがする湯気と、何も纏わぬ体を包み込む熱い浮遊感。

額を滴り落ちる水滴がゆっくりとわたくしの鼻筋の横を通っていき、顎先から落ちてぽちゃりと音を立てるのを、ぼんやりとした意識の中で感じます。

わたくしが身じろぎすると、口の中にお湯が入ってきました。

「わぷっ……！」

びっくりして完全に目が覚めましたわ。

顔をあげれば、わたくしは温泉に浸かっている状態でした。

「は、えぇ？」

まったく見たことのないお風呂場です。

湯気が充満しているので全体を見渡すことはできませんが、見習い聖女が使う大浴場よりもこじんまりとした浴室のようです。けれど、ハクスリー公爵家の浴室と同じくらい豪華な設備が見えました。

治癒棟の玄関ホールで見たのと同じ、古代の青いモザイク画が壁や床や天井に広がっています。浴槽の端にはアスラー大神の石像があり、そこから温泉が勢いよく流れ出ていました。白く濁った温泉は大浴場と同じもので、効能は疲労回復と美肌です。

外から水も引かれているらしく、黄金でできた蛇口もありました。

後ろを振り返れば明かり取りの窓があり、そこに嵌め込まれているのは『ラズー硝子』のようです。透明ガラスと不透明ガラスを組み合わせて作られた窓は、氷のように美しく輝いていました。

そういえばこの間、シャルロッテから『ラズー硝子』のヘアピンが無事に届いたことへのお礼の手紙をもらいました。一緒にアーヴィンお従兄様やリコリスやハンスからも手紙が届き、少しだけホームシックのような気持ちになったものです。

「それにしても、いったいここはどこなのでしょう……？」

厩舎の馬糞で転んだことは覚えています。ショックを受けて気を失ったことも。

まさかお風呂場で目覚めるとは思いませんでしたけれど、馬糞にまみれたわたくしを哀れに思った誰かが、わたくしを清めてくださったのでしょう。石鹸の甘い香りが身体中に残っています。

いったい誰が洗ってくださったのだろう、と考えたところで、白い湯気が少しだけ晴れました。

壁に凭《もた》れるようにして温泉に浸かっているベリーの姿が現れます。

「ベリー⁉」

「………………」

彼女が一緒に浴槽に浸かっていたことにまったく気付いていなかったので、わたくしはギョッとしました。

ベリーは白い温泉に胸の辺りまで浸かりながら、青紫色の瞳でこちらを観察するようにじっと見つめていました。

「もしかして、わたくしをお風呂に入れてくださったのは、あなたなんですか？」

「うん」

「髪も体も洗ってくださったの？」

「うん」

「まぁ、本当にありがとうございます、ベリー。おかげですっかり綺麗になりましたわ。このお風呂場までわたくしを運んでくださったのもベリーなのかしら？」

「ちがう」

さすがに厩舎からわたくしを運ぶだけの腕力はベリーにはないようです。

ここから見える彼女の裸の上半身は、わたくしよりずっと小さくて、うすっぺらで、肋骨の形が浮き出ていました。完全に発育不足です。公爵家育ちのわたくしのほうがずっと筋肉がありました。

きっと馬場の飼育員あたりがここまで運んでくださったのでしょう。

「それで、ここはどこのお風呂なんですの？　わたくし、見習い用の大浴場しか知らないのですけれど……」

この質問には、ベリーはなんの反応も返しません。

「わたくしが着ていた服はどこでしょうか？　まだ洗濯係に渡していないのなら、先に汚れを落としておきたいのですけれど」

馬糞まみれの衣装を洗濯係にそのまま渡すだなんて、あんまりですから。予洗いだけでも済ませておきたいですわ。

そう思って尋ねると、ベリーは浴室の隅を指差しました。

「まぁっ！」

脱ぎ捨てられた衣装が、浴室の隅でべしゃべしゃに濡れて丸まっています。こんなに美しい浴室にはそぐわない異物でした。

わたくしは慌てて浴槽から立ち上がりました。

こんなに綺麗な浴室でアレを洗濯するわけにはいきません。一度外の洗い場に出て、徹底的に汚れを落とさなくては……!!

「すみません、ベリー、桶をお借りしますわね。あと、脱衣場にわたくしの使えるタオルや衣類はありますか？」

ベリーは不思議そうにわたくしの裸を見上げていましたが、質問の意味を理解したのか、一度だけ頷きました。

わたくしはベリーにお礼を言うと、浴槽の側に置かれていた木桶に衣装を入れて、浴室から飛び出しました。

衣装を入れた桶を抱えて浴室を出れば、これまた贅を凝らした脱衣場が現れました。

艶々の白亜の床が広がり、一面鏡張りの壁が特徴的です。

今はまだ火の灯されていないランプにも贅沢な装飾が施されておりますし、タオルや替えの衣類がたくさん積まれた棚も、貴族が使っていてもおかしくないほど上質な造りでした。

桶を一度床に置き、体を拭くためにタオルをお借りします。

このタオルも、見習い用の大浴場に用意されているものより、数段肌触りがいいです。

……もしかしてここって、大聖女用のお風呂場ではないでしょうか？

聖女のアンジー様でさえ聖女用の大浴場を使われているので、大神殿の中で『それほど広くはないけれど豪華なお風呂』があるとしたら、大聖女用の個人風呂しか思い浮かびません。

そして、このお風呂場を日常的に使っているのはベリーなのでしょう。棚にたくさん置かれている着替えが、子ども用サイズですもの。

「さすが神託の能力者ですわ。大切にされているのですねぇ。ということは、ここは上層部の居住区域ということですわね。今まで来たことはありませんでしたけれど……」

上層部の居住区域は大神殿の最奥部にあります。

一介の見習いがここまで足を運ぶことはまずありません。何か特別な用事があれば別ですが、大聖女や大神官のお世話をする人は他にもたくさんいるからです。

それに『始まりのハーデンベルギア』が秘蔵されているので、セキュリティーが厳しいのです。見習いがふらりと立ち寄れる区域ではありませんでした。

「ここからどうやって、外の洗い場に出ればいいのかしら？」

わたくしは悩みつつ、ベリーの着替えをお借りします。

やはりベリーのほうが体が小さいので、肩や胸周りが窮屈《きゅうくつ》です。スカート丈もいつもより短いですが、文句は言えません。

さすがに下着を借りるわけにはいかないので、「スカートが決して捲れませんように」とアスラー大神にお祈りしました。

シャルロッテからもらったリボンも棚の上に無造作に置かれていたので、それでまだ濡れたままの髪を結い、わたくしは脱衣場を出ました。

＊　＊　＊

行けども行けども、外に出られません。

いいえ、何度か屋外には出ることができたのですが、あれはどう考えても大神殿の外ではなくて……、ええと……。

自分の思考がこんがらがってきたので、わたくしは一度深呼吸をし、脱衣場を出てからのことを順を追って思い出すことにしました。

ベリーの服に着替えたわたくしは、木桶を抱えて脱衣場の扉から出ました。

その時は、きっと廊下かリビングか寝室か、とにかくベリーのお部屋のどこかに出るのだろうとわたくしは予想しておりました。

けれどまったく想定外なことに〝砂漠〟に出ました。

「えぇぇ……!?　どういうことですのっ!?」

本当になぜ砂漠に出たのかわかりません。

大神殿の敷地内にはもちろん砂漠はありませんし、それどころかアスラダ皇国に存在しません。

それなのにわたくしの目の前には、照りつける灼熱の太陽によって焼けた砂の大地が広がり、吹きつける風の向きによって形をゆっくりと変えていく巨大な砂山があります。砂山の下に伸びる影の色は濃く、刻々と形を変化させていきます。

あまりの日差しの眩しさに、わたくしは満足に目を開けることもできませんでした。

砂漠に来る予定などなかったものですから、ローブも着ていませんし。ジリジリと焼かれるお魚の気分です。

熱風が吹きつける度に砂粒が素肌に当たるのも、地味に痛いですわ。

ここは危険だと思い、わたくしは先ほど出たばかりの脱衣場の扉に駆け戻りました。

「とにかく脱衣場に戻って、ベリーと合流いたしましょう……!!」

そんなわたくしの考えを嘲笑うように、扉はわたくしをまた別の空間へと誘《いざな》いました。

次に訪れた場所は、天井も壁も床もすべてが真っ黒い水晶でできた小部屋です。

黒水晶をよく見てみると、鉱石の中に水を含んでいました。ウォーターインクォーツです。黒水晶の中で気泡がキラキラと輝き、まるで宇宙のようでした。

黒水晶の壁には、表面に刻み込まれた文字のようなものが緑色に輝いています。それが『浄化石』

に彫られていた紋様と似ていることに、すぐに気が付きましたけれど、わたくしの混乱は増すばかりです。

「いったいどうすれば、このファンタジー展開から抜け出せるのかしら……？」

とにかく浴室に戻って、ベリーに会いたい。

そう思って扉に戻る度に、全然違う場所へと出てしまいます。どこでもすぎるドアですわ。

例えば、吸血鬼が住んでいそうな蔦の生い茂った古城に辿り着きました。

天には稲妻が走り、古城からは何か聞きなれない音が聞こえてきます。

前世で聞いたサイレンの音のようにも、囚われた女神が甲高い声で絶望の歌を歌っているようにも、幻の神獣が永久の夢を見て鼻息を立てている音のようにも聞こえます。

……いえ、わたくしは本当に音が聞こえているのでしょうか？

もしかしたらただの風鳴りかもしれませんし、わたくしの頭の中だけで音が響いているのかもしれません……。

……わたくしは本当に正常でしょうか？

次々と現れる異界を目の当たりにして、だんだん正気を失いつつある気がします。

これがすべて夢でしたらいいのに。

もう何度、脱衣場の扉を潜ったのでしょうか。思い出せません。

不思議な絵本だけが並ぶ巨大な図書館。

黄金の眠り椅子が置かれた小さな屋根裏部屋。

雪の降る大草原。

汚染され、真っ黒に染まった海。

今まさに大火に飲まれて燃える村。

蝋人形《ろうにんぎょう》だけがステージに立っている歌劇場。

しとしとと雨が降り続く熱帯雨林。

『始まりのハーデンベルギア』と思われる、大きな低木が咲く湖のほとり――……。

もう、この湖で衣装を洗ってしまおうかしら。

そんなやさぐれた気持ちで、わたくしは湖のほとりに座り込みました。

「今は何時なのでしょう……。このわけのわからない世界から、二度と抜け出せなかったら……」

どうしよう、と言葉にするのも恐ろしくて、わたくしは口をつぐみました。

扉を潜る度に次々と現れる場所は、どこもわたくしの知らない場所ばかりです。

知らない場所というだけでも怖いのに、『何かがいる』という気配はするのに生き物の姿がまったく見当たらないことが、わたくしの恐怖をさらに掻き立てます。

ここは一応大神殿の最奥部ですから、『いる』のは、もしかしたら人ではない可能性もあります。

神秘を体感している恐ろしさに、わたくしはぶるりと震えました。

「もうお部屋に戻りたいです。ベリー、わたくしを助けてくださいませ。アンジー様ぁ……ゼラ神官、マシュリナさん……」

堪えきれず涙が込み上げてきた時。

わたくしの後ろにある脱衣場の扉が、外側から開きました。

「……呼んだ？」

その声にびっくりして振り向くと、扉から顔を覗かせるベリーの姿がありました。

「え⁉」

とっくにお風呂から上がって着替えを済ませたベリーは、濡れた髪を背中に垂らしたまま、不思議そうに首を傾げています。

彼女のそんなとぼけた表情を見た途端、わたくしはぶわっと感情が込み上げてきて、泣きながら彼女に抱きつきました。

「こ、怖かったですわ、べりぃぃぃ……‼」

ベリーはわたくしの様子に戸惑ったように身じろぎましたが、わたくしがあまりにも泣くものだから、ぽんぽんと頭を撫でてくださいました。

「……だいじょうぶ、だいじょうぶ」

この子も他者を慰めるという行為を知っているのだと思うと、なんだかまた胸に込み上げてくるものがあります。

「わたくし、早くここから出たいですわ。ベリーは大神殿の庭園へ出る方法を知っていまして？」

「うん」

ベリーはこくりと頷くと、扉をもう一度開けました。

扉の向こうには、いつもの庭園の風景が広がっています。

ちゃんと大神殿で働く人々の声が聞こえてきて、わたくしはようやく安堵の溜め息を吐きました。

やっと、わたくしの居場所に戻って来られたのです。

「ありがとうございます、ベリー。さぁ、あなたも一緒に外の世界へ行きましょう？」

わたくしは木の桶を右側に抱え、左手をベリーに差し出しました。

ベリーは目を細めてわたくしを見つめ、

「……うん」

と、小さな声を出して頷きました。

わたくしは左手に滑り込んできたベリーの小さな手を握り返します。

初夏を迎えた大神殿の庭園はいつもと変わらず、生命の彩りに溢れておりました。

＊＊＊

ベリーに助けられたあと、わたくしは無事に外の洗い場で衣装の汚れを落とすことができました。

その後は洗濯係のところに行って、馬糞の臭いを取りたいことを伝えると、漂白消臭効果のある不思議な薬草でさらに綺麗に洗濯してもらえました。やはりその道のプロはすごいものですわ。

そして、マシュリナさんに大変心配されました。

「ベリー様のお部屋へ気絶したペトラ様を運んだと、馬場の飼育員からお聞きしたのですが……!?」

「まぁ、やはり飼育員さんがわたくしを運んでくださったのですね。あとでお礼を言いにいかなければなりませんわ」

「ベリー様にお風呂場へ連れていかれたとも、お聞きしたのですけれど……!? まさか……っ!?」

「ええ。気が付いたらベリーと一緒に温泉に浸かっておりましたわ。気を失っている間に、ベリーがわたくしを洗ってくださったんですの」

「そんな……まさかそんな……」

マシュリナさんは真っ青になって頭を抱えました。

「もしかして大聖女のお風呂は、見習いが入ってはいけない場所でしたか……？」

「そうではないのですが!!!」

恐る恐る尋ねると、マシュリナさんは苦悶の表情を浮かべます。

「ではやはり、迷子になって、大神殿の最奥部をいろいろ見てしまったことが問題なのですね。申し訳ございません」

「ベリー様がペトラ様をお部屋にお招きされた時点で最奥部に立ち入ることは許可されておりますから大丈夫ですわ特に問題ありません!!!」

マシュリナさんは息継ぎなしで言い切ると、わたくしにズイッと顔を近づけました。

どんな表情の変化も見逃さないという真剣な眼差しで、こちらを見つめてきます。

「ど、どうされましたの、マシュリナさん？」

「……見ましたか……」

『始まりのハーデンベルギア』のことでしょうか？」

「……ベリー様のお体を見ましたか？」

なんだ、そんなことですか。

「ええ、まぁ」

わたくしが頷くと、マシュリナさんの顔色は青を通り越して紙のように白くなってしまいました。

慌ててわたくしは弁解します。

「湯気が充満していましたし、温泉も白い濁り湯ですから、ベリーの胸の辺りまでしか見えませんでしたけれど。まだ改善の余地は残っていると思いますわ！　確かに肋骨が浮いていて発育不足ですが、あれくらいなら今後の食事次第でもっと年相応の女の子らしい体に成長できるはずです！　ですから、そんなに気を落とさないでくださいませ、マシュリナさん！」

今はガリガリですけれど、頑張ればちゃんと大きくなれるはず。

そう思って、わたくしはマシュリナさんを励ましました。

「……あ、ああ、なるほど……!!　そっ、そうですね、ペトラ様のおっしゃるとおりです!!　ベリー様はまだ女の子として成長できますわね!?」

わたくしの励ましが効いたのでしょうか。マシュリナさんはお顔に生気を取り戻し、晴れやかな表情でそう言いました。

「そう思いますわっ」

わたくしは何度も力強く相槌《あいづち》を打ちます。

マシュリナさんはいつものほがらかな表情に戻ると、

「ベリー様が許可された時点で、ペトラ様が『始まりのハーデンベルギア』を見てもなんの問題もありませんよ」

と、もう一度おっしゃいました。

「ただ、今後はベリー様と一緒にご入浴するのはやめてくださいね」

「わかりましたわ」

ベリーは最高位の大聖女となる『神託の能力者』ですから、いくら同性とはいえ他人と一緒にお風呂に入るのは問題があるのかもしれません。

マシュリナさんはそのまま職員室へと去っていかれました。

＊＊＊

大神殿の最奥部で迷子になってから、わたくしは気付けばベリーのことばかり考えてしまいます。

午前の授業を受けている時、治癒棟でアンジー様のお手伝いをしている時、乗馬のレッスンを受けるために馬場へ向かって歩いている時、大好きな温泉に入っている時。

ふとした瞬間に大神殿の奥の異界を思い出し、ベリーはとても難しい環境で生きてきたのだな、と考えてしまうのです。

わたくしは『神託の能力』がどのようなものなのか、よく知りません。神様の声が聞こえるということはアスラダ皇国民なら誰しもが知っていますが、それ以上詳しいことは神殿側が秘しているのです。

ベリーの目の前に、神様が現れるのかしら。

それともベリーの体に神様が乗り移って、彼女の口を通してお話になられるのかしら。

神様の世界に連れていかれて、実際に神様とお話しするのかもしれません。——そこは、わたくしが迷子になった、あの不可解な世界のどこかかもしれません。

どんなふうに神託をするのかはわかりませんが、その能力を持って生まれたベリーが、ふつうの人と同じような人生を歩めないことを、わたくしはあの最奥部で理解してしまいました。

神様に愛されるということは、人を人成らざるものにしてしまうのでしょうか？

だからベリーはあのように言葉をあまり発さず、表情もなく、人として当たり前の食欲や睡眠欲が減退してしまったのでしょうか？

「……わたくしが考えても、神様のこともベリーのこともよくわからないのですけれど」

自嘲ぎみに呟いた声が、小さなランプを灯しただけの自室に虚しく響きます。

時刻はすでに深夜を回っていました。答えなど出るはずもないのにうだうだとベリーのことを考えていたら、こんなに遅い時間になってしまったようです。

九歳の体なのですから、もう眠らなければいけません。

「あっ。明日の朝の水を汲むのを忘れていましたわ」

神殿内にある洗面場は朝は大混雑します。わたくしは見習い聖女の中でも、一番下っ端で、一番爵位が高いという面倒な存在なので、見習いの先輩方を混乱させないように朝は洗面場に近づきません。

代わりに夜のうちに水差しに水を汲んで、盥と一緒にベッド脇に置いておくのが、わたくしのナイトルーティーンでした。

「今から水を汲みに行きましょう」

わたくしは片手にランプ、片手に水差しを持って、洗面場に向かうことにしました。

陶器でできた水差しにたっぷりと水を汲み、溢さないように慎重な足取りで白室へ戻ります。

その途中で、廊下の窓からまんまるい月が見えていることに気が付きました。

満月の明るさに負けてはいますが、星もたくさん天に昇っています。皇都の空とはまた違った星座がラズーの空に広がっていました。

「……きれいですわ」

思わず足を止めて夜空を見上げておりますと。

満月に照らし出された庭園の中を歩いていく小さな子どもの姿が、影絵のように見えました。ベリーです。

「ベリーは本当に夜を眠らずに過ごしているのですね……」

昼間わたくしと会う時だけ、ベリーは眠りにつきます。ですが、こんなふうに夜通し起きていたら、多少の昼寝などあってないようなものです。

眠れなくてもせめてベッドの中で大人しく過ごしてくれれば、少しは体力も回復するでしょうに。

ただでさえ発育不足ですのに、ますます不健康になってしまいます。

――何よりこんな夜をひとりで過ごしていたら、彼女の孤独が深まる一方でしょう。

仕方のない子です。

わたくしは水差しとランプを握り直し、自室へ向かって慎重に歩き出しました。


「こんばんは、ベリー」

自室に水差しを置いてきたわたくしは、庭園の外れの切り株に腰かけていたベリーを見つけると、声をかけました。

彼女が振り向いた途端に、側にいた白いふくろうが飛び立ちます。

ふくろう自体はそこまで珍しくはないですけれど、白いふくろうはこの世界では初めて見ますわね？

そんなことを考えつつ、わたくしはベリーに近寄りました。

「こんなところで何をしているのですか、ベリー？」

「……ぼんやりしている？」

「それなら、ベッドでぼんやりしたほうがいいわ。眠くならなくても、目を瞑って横になっているだけで、一日の回復が違いますから」

一応正論を言ってみましたが、ベリーはまったく興味がなさそうです。

こんな台詞はマシュリナさんあたりから耳にタコなのかもしれません。

「……もし、眠れなくて、どうしようもなく寂しくなったら、わたくしの部屋に来てもいいですわよ」

わたくしはそう言って、部屋の合鍵をベリーに差し出しました。

安易に鍵を他人に渡すことの危険性はちゃんと理解しています。前世では大学入学と同時にアパートでひとり暮らしをしていましたから。

けれどベリーはわたくしの部屋の貴重品など興味がないでしょうし、暴れて物を壊すこともなさそうです。

それに、わたくしのもしもの時の損失について考えるよりも、小さな女の子が眠れずに庭園で夜を過ごすことのほうが、ずっと悲しいことですから。

ベリーは不思議そうに合鍵を見つめていましたが、何かを合点したのか、鍵を大事そうに握りしめました。

「なくさないでくださいね、ベリー。大事な鍵なんですから」

「うん。わかった」

ベリーは鍵を仕舞おうとポケットを探しますが、見習いの衣装にはポケットがついていません。

彼女は困ったように視線をさ迷わせます。

「あっ、そうですわ、ベリー。髪紐を貸してくださる？」

わたくしはベリーの左手首に巻かれている青紫色の髪紐を指差しました。

ベリーはおとなしく髪紐を差し出します。

「こうすれば合鍵をなくしませんわ」

鍵を髪紐に通して、ペンダント状に結びます。それをベリーの首から下げれば、立派な鍵っ子の出来上がりです。

ベリーは自身の胸元に揺れる鍵と髪紐を手に取り、じっくりと眺め、満足そうに頷きました。

「すてきだね」

そう呟いたベリーの表情は、ちょっと微笑んでいるようにも見えました。

＊　＊　＊

合鍵を渡してから、ベリーは夜中にわたくしの部屋へとやって来るようになりました。

わたくしはたいてい眠っているので、ベリーの来る頻度はよくわかりません。ほんのたまにやって来るだけなのか、実は毎晩わたくしの部屋に訪れているのか。

ただ、たまにわたくしの眠りの浅い日があって、その時にふと暗い部屋の中を見回すと、ベリーがいます。

彼女は大人しくわたくしのベッドの中に入って、天井を見上げていることもあれば。窓際に椅子を置き、カーテンの隙間から夜空を見上げているだけの日もあります。……正直、ちょっとホラーチックで驚きます。

彼女はやはり、夜はあまり寝付けないみたいです。

昼間のベリーはわたくしに触れるとストンと眠ってしまうので、試しに夜も手を繋いだままベッドに寝かせてみましたが、昼ほどの強い効力はないようです。

ベリーは少しだけウトウトと目を瞑るのですが、わたくしのほうが先に熟睡モードに入ってしまうので、彼女が寝付いたかはわからずじまいでした。

朝起きると、ベリーはたいてい帰ってしまったあとです。

時々まだ部屋にいてくれる時は、ベリーと一緒に朝食を取るようにしました。

乳母のマシュリナさんがおっしゃっていたように、ベリーは本当に少食です。おいしそうな食事を目の前に並べても、すごくどうでも良さそうにしています。

けれどわたくしが食事を始めると、じっとこちらを観察し、時折わたくしが食べているものをほしがります。まるで幼児が大人の食べている物を真似っこして食べたがるのに似ています。……というか、まさしくその状態です。

ベリーも少しずつですが、心が成長し始めているのだなぁと、わたくしは思いました。

まぁ、食べ物を求めて人の唇に齧りつこうとしたり、口の中に指を突っ込もうとするのは、やめてほしいのですけれども。


そうやってベリーと過ごし、治癒棟でのお仕事にも慣れてきた夏の昼下がり。

ゼラ神官に呼ばれて、アンジー様とともに所長室を訪れました。

所長室には豪華な執務机がドンと置かれ、その手前には応接用のソファーとテーブルが並んでいます。

室内にはゼラ神官の他にひとりの聖女がおり、ソファーでふんぞり返っていらっしゃいました。

「やだぁ、アンジーじゃなぁい。子連れで所長室になんの用なのぉ？」

センター分けされた黒く長い前髪を指先にくるくる巻きつながら、彼女――ドローレス聖女が婀《あ》娜《だ》っぽく笑いました。

ドローレス聖女は色気の塊のような女性で、その首元には『幽閉組』の証であるチョーカーが巻かれています。彼女の罪状は結婚詐欺だそう。

以前は男爵令嬢という身分で、次々と高位貴族の男性たちを手玉にとり、かなりの金額を貢がせたそうです。結局ドローレス聖女が結婚してくれなかったことに怒った侯爵家の次男が「裁判沙汰にするか、俺と結婚するか、どちらかを選べ！」と迫ってきたものだから、「アンタみたいな束縛男と結婚するとか、ホント無理ぃ」と言って、最終的に治癒棟で幽閉されているそうです。

ドローレス聖女本人が会う度にその話を武勇伝のようにされるので、わたくし、彼女の過去についてとても詳しくなってしまいましたわ。

ちなみにこのドローレス聖女が、マシュリナさんが恐れた『生活力のない貴族』のおひとりのようです。

「あたしとペトラちゃんはゼラさんに呼ばれただけ～。ドローレスはなんでここでくつろいでんのー？」

「アタクシ？　アタクシは書類を提出しに来たついでに、ゼラ神官のおやつを食べてるのよぉ。ペトラ、こっちにいらっしゃいな。おやつを分けてあげるわよん。今日はカットフルーツなのぉ」

『おいで、おいで』とドローレス聖女が手招きをします。赤く塗られた爪が扇情的《せんじょうてき》でした。

どうしようかと、わたくしはアンジー様とゼラ神官に視線を移しました。ふたりとも仕方なさそうに笑います。

「では、我輩がお茶を淹《い》れましょうか。アンジー殿とハクスリー殿とは、お茶を飲みながらお話ししましょう」

「ドローレスの隣に座ってあげて、ペトラちゃん」

「はい、承知いたしましたわ」

わたくしがドローレス聖女の隣に腰をかけると、彼女はわたくしをうっとりと眺め回しました。

「はぁぁぁん。ハクスリー公爵家直系の娘とか、ホント最高だわぁん。お金持ちの匂いがするぅ」

「ごめんね、ペトラちゃん。ドローレスはお金が大好きだからさぁ、ペトラちゃんが公爵令嬢ってだけでメロメロなんだよ。あ、ドローレスに貢いじゃダメだからね？」

「ペトラァ、いくらでもアタクシに貢いでいいのよぉ！」

「本当になんでドローレスって、お金大好きなのに侯爵家に嫁がなかったわけ～？」

「お金は大好きだけれどぉ、男に縛られて生きるのはシュミじゃないわぁん」

「幽閉もあんま変わんなくない？」

「全然違うわよぉ。だってここには『俺のこと愛してる？　愛してるって言わなきゃ殺す』とか言う男はいないもの」

「あー、そういう男はあたしも無理だー」

「でしょでしょぉ～」

「じゃあ、まともなお金持ちを狙えば良かったのに」

「まともなお金持ちはね、アタクシのような三流なんて相手にしなくてよ。アタクシ、自分が求められる市場はきちんとわかっているものぉ」

「地頭《じあたま》はいいのに残念な子だよね、ドローレスは」

楽しげに話し込むおふたりを眺めながら、カットフルーツが盛られた皿からマンゴーをひと切れいただきます。ラズーは暖かい地域なのでフルーツがよく育つのですわ。

アンジー様とドローレス聖女のお話を聞きながら、わたくしはふと、皇太子殿下のことを思い出しました。

乙女ゲーム『きみとハーデンベルギアの恋を』のメイン攻略対象者であり、悪役令嬢ペトラの婚約者でもあった皇太子は、独占欲の強いキャラクターでした。それこそ「僕のことを愛さなければ殺す」とヒロイン・シャルロッテに迫るような、過激な一面があるのです。

悪役令嬢ペトラと皇太子は十歳の時に婚約しました。つまり来年です。

もしかすると来年、シャルロッテが皇太子と婚約するかもしれません。

邪魔者の悪役令嬢ペトラもいませんから、きっと素敵な婚約になることでしょう。

「皆さん、お茶を入れてきましたよ」

「わーい、ゼラさんありがとう！」

「ありがとう、ゼラ神官。アタクシのカップはこれね？」

「ありがとうございます、ゼラ神官」

お盆の上のカップをそれぞれ取り、みんなでお茶にします。

「アンジー殿、ハクスリー殿にお伝えしたいことがありましてね」

お茶でひと息ついたゼラ神官が、仙人のようにゆったりと喋り出しました。

「以前おふたりには、鉱山の中毒患者の治癒に当たってもらいましたね。その鉱山の有毒ガスの浄化がようやく終わりまして、鉱山が再開されることになりました」

「へぇ～、良かったですねー」

アンジー様がのんびりと頷きます。

「鉱山の方々がおふたりにお礼を申し上げたいそうで、大神殿側とラズー領主館側で話し合った結果、おふたりへ特別功労賞が贈られることに決まりました」

「まぁぁぁぁ!! 特別功労賞って、金一封なのかしらぁ!?」

「いいえ、違いますよ、ドローレス殿。記念品の贈呈と食事会だそうですぞ」

「なぁ～んだぁ。シケてるのねぇ」

ドローレス聖女は興味を一気に失ったようで、だらりとソファーに凭れました。

「というわけで二週間後、表彰と食事会があるので、アンジー殿とハクスリー殿は領主館へ行ってください。その間の仕事はドローレス殿に割り振りますから」

「領主館に行くの久しぶり～。了解した！」

「承知いたしましたわ、ゼラ神官」

ドローレス聖女が「うっそぉぉぉ、サイアクぅぅ」と嘆くと、「今サボっている罰ですぞ」とゼラ神官はのほほんと言いました。

ラズー領主館へ行くのは初めてです。なんだかドキドキいたしますわね。

わたくしは所長室の壁に貼られたラズーの地図に視線を向け、領主館の位置を確認しながら、胸を押さえました。

＊　＊　＊

「……ねぇ～、アンジジィィ～」

「若干あたしの名前違わない？　ドローレス？」

所長室を出たところで、アンジーはドローレスに捕まった。

ちらりと視線を廊下の先に向ければ、ペトラはすでに廊下を去ったあとだ。ペトラの勤務時間は二時間なので、もう治癒棟の玄関に向かっただろう。

ドローレスという幽閉聖女はアンジーよりずいぶん年下だが、いつも気安い態度で接してくる。そんな彼女の性格をアンジーは図々しいと嫌うより、豪胆だと好意的に受け止めることにしていた。

「領主様には気をつけてねぇん」

ドローレスは赤く引かれたルージュがアンジーの頬にくっつきそうになるほど顔を近づけて、嫌な笑みを浮かべる。

「何が～？」

「ペトラよ、ペトラ。きっと領主様に狙われてるわぁん。ゼラ神官は初恋の女性以外の人間がどうなろうと知ったこっちゃない方だから、なんにもおっしゃらなかったけれどぉ。……あらぁん？　初恋の女性はすでに亡くなっているから、ゼラ神官はもうすでに全人類に興味がないのかしら？」

「ゼラさんのことは置いといてー。ペトラちゃんが領主様に狙われてるって話を続けてよ。領主様ってロリコンだったっけ？」

「そぉいう話はアタクシも聞いたことはないけれどぉ。まぁ、アタクシは『幽閉組』で外の情報は一部しか知らないから、そぉいうこともあるのかしらん？」

「ええっ、ちゃんと具体的に忠告してよー、ドローレスぅぅー。アンジーお姉さん、そういうの苦手だからさぁ～」

「仕方のないお姉様ねぇ、あなたったら」

ふぅ、とドローレスは蠱惑的《こわくてき》な溜め息を吐いた。

「ペトラはまだ見習い聖女だから、実家のハクスリー公爵家と繋がりがあるでしょぉ？」

「ふむふむ、なるほど。続けて」

「だから領主様は、ふたりいるご子息のどちらかをペトラに勧める気なのよぅ」

「え？　それって別に問題なくない？　聖女は結婚できるし」

「領主様は皇帝陛下の弟君なのよ？　つまり皇族よ。ペトラが領主様のご子息と結婚したら、さすがに聖女の仕事は続けられないわよぉ。そこらの平民と結婚するんじゃないんだからぁ」

「はぁ～、なるほどねぇ。貴族って面倒だね」

朱色の瞳をくりくりと見開いて驚くアンジーに、ドローレスは再び詰め寄った。

「だからいいこと、アンジー？　ペトラがお見合いを強制されそうになったら止めるのよ？」

「うん、任された！　……でもドローレスって、結構本気でペトラちゃんを気に入ってるんだねぇ」

「だってあの子なら、才能も若さもあって、大聖女の位も夢じゃないでしょぉ？」

ドローレスは甘く笑う。

「治癒棟から大聖女が出るのは何十年ぶりかしらぁん？　ペトラが大聖女になってくれたら、きっと治癒棟の予算は爆上がり。『幽閉組』の地下牢ももっと快適になるわぁん。アタクシ、地下牢に黄金でできたプールがほしいのぉ♡」

「例え予算がアップしても、それは無理だとアンジーお姉さんは思うな～」

＊　＊　＊

ラズー領主館に向かう日がやって来ました。

アンジー様とともに大神殿の馬車に乗り、騎乗した神殿騎士に守られながら出発します。

馬車窓から外を覗くと、空模様はあいにくの曇りです。まだ雨粒は落ちてはきませんが、空気が生ぬるく、これからやってくる大雨を予感させます。

ラズーはアスラダ皇国の南に位置する海沿いの地域で、冬は雪が滅多に降らないくらい気候が穏やかなのですが、夏から秋にかけて台風がやってきます。

この天気では今夜は土砂降りになるかもしれません。早く帰れたらいいのですけれど。

「アンジー様、今日は何時ごろ大神殿に帰ることができそうですか？」

なんだかいつもより気合いの入ったご様子のアンジー様にお尋ねします。

アンジー様は「フンスッ」と鼻息を荒くします。

「今日は領主様と戦って勝利し、ペトラちゃんを大神殿に早々にお帰ししますっ！」

「……今日は特別功労賞の授与と食事会ですよね？　戦闘の必要はありませんよね？」

戦闘の必要があったとして、アンジー様に勝てるのでしょうか？　領主館にも騎士がおりますわよ？

「ドローレス曰く、領主様のご子息とペトラちゃんのお見合いが本当の目的だって！」

「あらまぁ。そういうことでしたの」

聖地ラズーを治めているのは、現皇帝陛下の弟君であらせられるパーシバル一世様です。ご子息はおふたりいらっしゃって、八歳の長男がパーシバル二世様、六歳の次男がパーシバル三世様だったはず。……ひとつのご家庭に三人もの『パーシバル』様がいらっしゃるのは大変ですわね。

このパーシバルご兄弟は、皇太子殿下の次に皇位継承権の高い方々なので、ハクスリー公爵家直系であるわたくしと結婚することで勢力を強めたいというお考えがあるのかもしれません。

せっかく大神殿まで逃げてきたというのに、貴族社会からの完全脱却はなかなか難しいようですわ。

「一応聞くけれど、ペトラちゃんってお貴族様と結婚して大神殿を辞めることとって考えてるぅ〜？」

「いいえ。そのようなことはまったく考えておりませんわ」

「そっか、そっかぁ」

神官聖女には結婚の自由が許されています。大神殿にも既婚者はたくさんいて、普段は神殿内で寝泊まりしていても、休暇になればそれぞれのご家庭に帰宅されます。

わたくしはまだ九歳なので、結婚について具体的なことはまったく考えていません。

けれど、既婚者が休暇になると「家族の顔を見てくるわ」と嬉しそうに帰っていくのを見て、羨ましい気持ちにはなります。

たぶんわたくしは結婚がしたいというより、自分だけの家族がほしいのかもしれません。

現世の母はすでに亡く、前世の家族も記憶の中にしかいません。

シャルロッテやアーヴィンお従兄様とは手紙で連絡を取り合うくらいには溝が埋まりましたが、『わたくしだけの家族』とまでは思えません。

一緒にいると安心できて、自分を取り繕わなくても良くて。相手に優しくしたいと心から思えて、相手から優しくされているとちゃんと信じられる。そういう家族ができるのなら、わたくしも結婚してみたいですわ。

ただ、そのお相手に貴族の方は想定していませんけれど。

「じゃあ、ペトラちゃんがお見合いを無理強いされないよう、あたしが防衛に務めましょう！」

「ありがとうございます、アンジー様」

そういえばアンジー様はご結婚は、と話の流れで口にしそうだった台詞を、わたくしは飲み込みました。

前世の世界と違って結婚について聞いてもセクハラ扱いはされませんが、見た目はお若いアンジー様の実年齢が四十二歳だったことを思い出したからです。

それに以前ラズーの街で飲み物を売っていた店主が、アンジーさんが独身であることをほのめかしていた記憶がありますが、わたくしから尋ねてはいけませんわね。

「おっ、そろそろ領主館が見えてくるよ〜」

ラズーの市街地を抜けますと、遠くに高い石壁が見えてきました。

石壁の向こうにある領主館は、かつてこの地が都であった頃に皇族が暮らしていたお城です。

当時の建造物のすべてが残っているわけではありませんが、役人たちが働く領主館と、領主パーシバル一世様のご家族が暮らす住居部分は当時のままのようでした。

現在の皇都トルヴェヌにある皇城は豪華絢爛《ごうかけんらん》な造りをしていますが、ラズーの城は戦いに備えた造りをしていて、巨大な堀がありました。堀にかけられた桟橋を渡ると、門のところで守衛たちが馬車の誘導をしてくれます。

誘導された場所で馬車から降りると、領主館の使用人がわたくしとアンジー様を待ち構えておりました。

「ようこそ、アンジー聖女様、ペトラ・ハクスリー見習い聖女様。領主パーシバル一世様が住居でお待ちです」

「え？　使用人さーん、今『住居』って言った？『住居』って言ったよね？　あたしたち、特別功労賞を授与されるって聞いてきたんだけれど、ふつう、領主館の応接室とか執務室とかでしょ。今日の用事って公用じゃなくて私用なんですかぁ〜？」

アンジー様、わたくしのためにめちゃくちゃ喧嘩腰《けんかごし》になっておられますわ……。

「住居へご案内いたします」

「いたいけな女の子を初っぱなから自宅に呼ぶ男って、がっつきすぎてると思うな〜。使用人さんもそう思うでしょー？」

「パーシバル一世様のご命令ですので」

「まずは第三者の多いところで話し合おうよ。うちの娘を紹介するのはそれからでも遅くはない。ジューキョはむり」

「ハクスリー様は公爵家のご令嬢だと伺っておりますが？」

「ペトラちゃんは大神殿の娘なので、領主館の嫁にはやりません！」

「……あの、アンジー様、もう十分ですわ。それ以上はアンジー様が不敬罪になってしまわれますから……」

わたくしがアンジー様の腕にそっと手をかければ、「相手はまだ使用人だもん。相手に有利な陣地に引き込まれては、こちらの勝機が危ういぞっ！」と険しい顔でおっしゃいました。

「いい、ペトラちゃん？　お見合い戦争はすでに始まって……」

「ハーッハッハッ！　アンジー聖女、久しいな！」

アンジー様が使用人と火花を散らしている最中、城のほうからゾロゾロと護衛やメイドを引き連れて歩くふくよかな金髪の男性が姿を現しました。

男性のお腹の辺りがぽよんぽよんと揺れています。金銀宝石の装飾が施された衣装が未だにはち切れていないのが不思議なほどでした。

「うげぇ。領主様がもう来ちゃったじゃーん!!」

アンジー様ががっくりと肩を落とします。

やはりあの御方が……という気持ちで、領主パーシバル一世様の華々しいご登場をわたくしは眺めました。

「ペトラ嬢、ここが私の家だ！　ゆっくりと寛ぎたまえ」

領主様に連れてこられたのは、結局住居のほうの応接室でした。

使用人相手にごねていたアンジー様も、さすがに領主相手では無理だったようです。諦めてくださって本当に良かったですわ。

皇族の住居に相応しい格式の応接室には、すでにふたりのご子息と奥方様がいらっしゃいました。

領主様が豪快に手招きますと、三人がいそいそとこちらに近寄ってきます。同時にアンジー様の警戒レベルが上がりました。

「私の家族を紹介させてくれ、ペトラ嬢。これが私の家内だ」

「ようこそいらっしゃいました。私はイヴと申します」

「そしてこのふたりが私の自慢の息子たちだ」

「初めまして、ペトラ嬢。僕はパーシバル二世です。どうぞお見知りおきを！」

「ぼくはパーシバル三世です。よろしくおねがいいたします！」

ふくよかな領主様とは真逆に、奥方のイヴ様はとても背が高くてスレンダーな女性です。目鼻立ちがハッキリとした華やかなお顔立ちで、そこに立っているだけで場の雰囲気が明るくなるような美人でした。

ご子息のパーシバル二世様と三世様は、領主様とイヴ様の容姿のいいとこ取りで、くるくるの金髪とくりくりの水色の瞳が愛らしいお子様たちでした。将来はかなりの美青年になりそうです。

ちなみにアスラダ皇国の皇族には名字がありません。なので三人のパーシバル様にもイヴ様にも、ファーストネームに続いて長い長い長いミドルネームが存在するのですが、九歳のわたくしを思いやって端折《はしょ》ってくださったようです。

「領主様、ご家族様、お招きいただきありがとうございます。わたくしはペトラ・ハクスリー見習い聖女です」

ずいっと、アンジー様が前に出ました。

「領主様、イヴ様、ぼっちゃま方、お久しぶりです！　あたしとペトラちゃんに特別功労賞を頂けると聞いて領主館に来たんですけれど、まさか住居にお招き頂いた上にご一家お揃いでお出ましとは、これはこれは大変驚きましたっ！」

お願いです、アンジー様。もうわたくしを守ろうとするのは止めてくださいませ。いつ不敬罪で捕まってしまうのか、見ているこちらがハラハラいたします。

わたくしはアンジー様の服の背中を引っ張り、上司の暴走を止めようとしました。

するとアンジー様はわたくしのほうに振り返り『任せて☆』とウィンクします。

違うのです、そうじゃないですわ!!

領主様はそんなわたくしたちを見て、楽しげな笑い声をあげました。

「ハッハッハッ！　アンジー聖女は相変わらず愉快だな！　もちろん特別功労賞を授与するためにふたりを呼んだのだ」

慈愛の籠もった表情で領主様はこちらを見つめました。

「今回の鉱山事故で多くの領民が苦しんだと聞く。アンジー聖女とペトラ嬢の懸命な治癒活動のおかげで、幸いにして死者はひとりも出なかった。私の領民たちを治癒してくれたこと、ここに深く感謝しよう」

領主様の感謝の気持ちがしっかりと伝わってきて、胸がじ～んといたします。

大神殿の者として当然の活動をしただけですけれど、他人から感謝されるのはやはり嬉しいものですわ。

「これがソチラにやる勲章だ。鉱山の村の者たちからも、お礼に『アスラー・クリスタル』を渡してほしいと言われてな。研磨されたものを持ってきた。受けとると良い！」

領主様が目配せすると、横で待機していたふたりの使用人が進み出ました。

ひとりは黄金の勲章がふたつ載ったお盆を。もうひとりは『アスラー・クリスタル』をペンダントに加工したものを運んできます。

両方ともアンジー様が受けとりました。

「勲章をありがとうございます、領主様」

「これにて表彰式を終えよう。続いて食事会の予定だが、今はまだ昼を過ぎたばかりだな。夕方まで待つが良い。おぉっと、私としたことがっ！　夕方まであと四時間もあるな！　その間アンジー聖女には客室で酒でも振る舞おうではないか。しかしそうなると、ペトラ嬢が退屈するだろう。うむ、ではペトラ嬢には我が息子たちが話し相手になろう！」

……領民思いの素敵な領主様だと感動しておりましたのに、一瞬で狡猾な貴族に戻ってしまわれました。

「清々しいほど白々しいですよ、領主様！　やっぱりペトラちゃんとぼっちゃまたちのお見合いがメインじゃないですか！」

一生懸命お見合いを回避しようとするアンジー様に、今度はイヴ様がお声をかけました。

「あら、アンジー。私たち領主館の者は、心からあなたとペトラ嬢に感謝の意を示し、歓迎したいと思って本日お呼びしたのですよ。そのついでに私たちの息子とペトラ嬢が親しくなれば、さらに素晴らしいというだけのことですのよ、おほほほほ」

「そうそう。イヴの言うとおりだ！　ペトラ嬢と我が息子たちは年も近い。良い友人になれるだろう。ついでにその友情が永遠の愛に変わったとしても、我々は大歓迎だというわけだ！　ハーッハッハッハッ！」

おふたりのまったく悪びれない態度に、アンジー様は「ぐぬぬ……」と呻きました。

アンジー様はこっそり、わたくしに耳打ちされます。

「ペトラちゃん、お見合いをしても婚約は無理強いされない雰囲気だけれど、ほんとにヤだったら、ちゃんと言ってね。あたし、不敬罪で捕まって『幽閉組』になる覚悟はできたから……！　あたしが幽閉されたら、地下牢に黄金のプールを作ってね、ペトラちゃん！」

「黄金のプールってなんですの、アンジー様……」

プールの中に金貨をぎっしり敷き詰める感じでしょうか？　前世で『金運ペンダントを買ったら、宝くじに高額当選して、美女たちにもモテモテ！』という感じの見出しで札束の詰まったお風呂に入っている広告を見たことがありますけれど。

わけのわからない黄金プールはともかく。

大神殿の神官聖女は殺人などの凶悪犯罪で死刑にならない限り、捕まっても『幽閉組』になるだけなのだな、と気付きました。

もちろんアンジー様を『幽閉組』にさせるわけにはいきませんけれど。

「いえ、アンジー様が不敬罪で捕まってしまったら申し訳なさすぎますわ。ご子息とちょっとお話をするくらい、わたくし平気ですから」

「そーぉ？」

まだ心配そうにこちらを見つめるアンジー様に、大丈夫だと明るく笑ってみせます。

見た目は九歳ですが、自分のお見合い問題くらい自分で回避してみせますわ。

わたくしの意気込みが伝わったのか、アンジー様はしぶしぶ頷き、別室に案内されるわたくしとパーシバル兄弟を見送ってくださいました。

花柄の壁紙が美しい客室に通されたわたくしは、パーシバル兄弟の向かいのソファーに腰かけました。

ソファーの前のローテーブルには、すでにお茶の準備が整っております。香りからして紅茶ではなくラズーのお茶のようでした。皇族の方々もこのお茶がお好きなのですね。

「……あのぅ、ペトラ嬢」

兄であるパーシバル二世様が、天使のように整ったお顔を緊張に赤らめ、口を開きます。

彼の両手の拳はきつく握りしめられ、両ひざの上でぷるぷると震えていました。

「はい、二世様。なんでしょうか？」

わたくしが言葉の続きを促せば、二世様はごくりと喉を鳴らし、ずいっと体を前のめりにさせました。

「お父様とお母様からお聞きしたのですが……！　ペトラ嬢が僕の彼女になってくださるという話は、本当ですかっ……!?」

間《ま》。

「……いいえ、たぶん違いますわ」

「なんと！　違うのですね!?」

まさか違うだなんて、と二世様は驚きに目を丸くします。

その隣に座る弟のパーシバル三世様が「では！」と、続いて前のめりになりました。こちらも六歳児ながらとても美しいお顔立ちでいらっしゃいます。

「おにいさまの彼女にならないのでしたら、ペトラじょうはぼくの彼女になるということでしょーか!?　ついにぼくにも、春が!?」

「いいえ。三世様の彼女にもならないと思いますわ」

「「なんと!!」」

おふたりは息ぴったりに声を合わせて驚いたあと、「「なぁーんだ」」と肩を落としました。

それから急に、八歳と六歳の子どもらしい表情になりました。

「じゃあ、ペトラ嬢は僕たちのお友だちってことだね。わかったね、パーシー？」

「はいっ。ぼくらの春はまだ遠いということですね、おにいさまっ」

なんと言うことでしょう。先ほどまで緊張していたのが嘘のように、リラックスした態度を見せ始めました。

「ねぇねぇペトラ嬢、僕たちお友だちになったんだからさ、今日はまず何して遊ぶ？　本当はね、ペトラ嬢が僕かパーシーの彼女になってくれたら、宝物殿に行ってペトラ嬢にあげる国宝《ティアラ》を選ぶ予定だったんだけれど、彼女にはならないって言うし。あ、ばあや、僕、この上着を脱ぎたいな。肩周りが窮屈で、全力で遊ぶのには邪魔なんだよ」

「ぼくもです、ばあや。ぼくもぬぎますっ」

「彼女ができると思って、朝から頑張っておめかししたけれど。もういいよね、ペトラ嬢？　いつもの僕たちに戻っても？」

「どうぞ……、ご自由になさってくださいませ」

わたくしが笑いを堪えて答えれば、おふたりはいそいそと上着を脱ぎ、楽な格好になりました。最初のお見合いムードよりもずっと素敵です。

パーシバル兄弟はお茶とクッキーに手を伸ばし、わたくしにもすすめてくださいました。

「このクッキー、すごくおいしいんだよ。僕たちのお気に入りなんだ」

「シェフがいつもがんばって作ってくださるんですよ。おにいさま、ぼく、なんだかシェフにありがとうを言いたくなってきました」

「うん。そうだね、パーシー。僕も今日のお礼をシェフに言いたくなってきたな。……うん！　ペトラ嬢、おやつを食べ終えたら厨房に行こう！」

「ささっ、どうぞペトラじょう。たべてください！」

本当に大切に育てられてきたご兄弟なのでしょう。

傍で上着を畳んでいるメイドも、壁際に立っている護衛も、穏やかな表情でこちらを見つめています。きっとシェフとも日頃から仲が良いのでしょう。

おすすめされたクッキーはバターの味が濃く、とてもおいしかったです。


厨房へシェフにお礼の挨拶をしたあとは、三人で中庭へ出ました。

城壁に囲まれているというのに、広々として解放感があります。植物が美しく植えられていて、ここにもハーデンベルギアが紫やピンクの花を咲かせていました。折悪しく曇り空ですが、それでも十分素敵なお庭でした。

護衛とメイドに見守られながら周囲の景色を眺めていると、弟のパーシバル三世様が大きな声を上げます。

「おにいさま、ペトラじょう、見てください！　ぼくはさいきょうの剣を見つけてしまいました！」

落ちていた木の枝を拾い上げ、三世様はうっとりと言います。

「これはきっと、しょだいこうていへいかの伝説の剣にちがいありません」

「なんと！　素晴らしい剣を見つけたね、パーシー」

「はい。おにいさま」

「よし、僕も初代皇帝陛下がお持ちになったという、伝説の折れない剣を探そう。どうです、ペトラ嬢もご一緒に？」

「わたくしはここで美しいお庭を拝見させていただきますわ。どうぞ二世様は伝説の剣をお探しください」

「そう、わかった。きっと素晴らしき剣を見つけてみせるよ」

そう言ってパーシバル二世様は中腰になり、良い感じの枝が落ちていないか探し始めました。

三世様も一緒について回りながら、時折「アスラダこう国の地を、たみをまもるため、ぼく、パーシバル三世はせんそうに行かねばなりません。姫よ、どうかぼくの帰りを待っていてください。そしてけっこんしましょうっ」と死亡フラグを呟きながら、枝を振り回しています。なんだか和む光景ですわ。

枝を求めて歩くおふたりについて中庭を進んでいきますと、目の前に古い石碑が現れました。――ラズーの川の中洲にあった『浄化石』とよく似ています。

苔むした石碑に彫られた文字は、欠けたり、すり減ったりしてボロボロです。

一番上にある『アスラー・クリスタル』は、ひび割れてその輝きを失っていました。

「二世様、こちらの石碑はいったいどういうものなのでしょうか？」

わたくしが問いかければ、二世様はこちらに振り返りました。

「おお、ペトラ嬢はお目が高い。これはね、大昔には『天空石《てんくうせき》』と呼ばれていたらしいよ。なんでも、このラズーの地の天気を操ることができたらしい。日照りが来れば雨を降らし、長雨が続けば晴れ間を呼び、ラズーの人々を守っていたんだとか」

昔のアスラダ皇国には天候を操る力まであったとは、本当に驚きです。

今でもこれが機能していて、さらに複製可能であったなら、人々はどれだけ助かったのでしょう。

「『天空石』……。今はもう使用されていないのですね？」

「ご覧のとおり、壊れているんだ」

二世様は『天空石』に手を当てると、悲しそうに言いました。

「これを直してもう一度使えたら、きっとラズーの領民たちの暮らしに役立つのになぁ。けれど残念なことに、今の僕にはこれを直すだけの知識がないんだ。あぁ、僕、頭が良くなりたいなぁ」

「二世様……」

皇族として、次期領主として、英才教育をきちんと受けている二世様だからこそ、『頭が良くなりたい』という言葉には重みがありました。

「本当に直せたらいいのにな。なぁ、パーシー？」

二世様は無理矢理明るい声を出して、三世様に笑いかけます。

三世様は無邪気に答えました。

「きっとおにいさまなら直し方を見つけられますよ！　だってぼくのおにいさまは世界一ですから！

ぼく、信じています！」

「そうか、パーシー。お前の言葉は心強いよ」

そう言って優しく弟の頭を撫でるこの心優しい二世様が、将来どんな青年になって、ラズーの地を継承するのか。今からとても楽しみですわ。


わたくしとパーシバル兄弟はずいぶんと長い間、『天空石』の側におりました。

そのうち、朝から曇っていた空がどんどん暗くなり、大粒の雨が降り出します。

「パーシー、ペトラ嬢、城の中に戻ろう！」

「はいっ、おにいさま！」

「ええ、急ぎましょう」

メイドや護衛たちがわたくしたち三人にローブを被せて、雨粒から濡れるのを防いでくれました。

そして無事に城の中に戻った頃には、外はもう土砂降りの大雨になっていました。

これではもう、今日中には大神殿に帰れません。

わたくしとアンジー様はそのまま、領主館に泊まることになってしまいました。

＊＊＊

庭園でいつものようにペトラの訪れを待っていたベリスフォードは、乳母のマシュリナによって大神殿の最奥部へと連れて行かれた。

早くペトラの元へ戻りたかったベリスフォードは、マシュリナの手を振りほどこうと腕をバタバタ動かす。廊下の途中で立ち止まり、足裏に力を込め、『行かない。行きたくない。戻る』ということを懸命に全身で表現していた。

「まぁ……、ベリー様……！」

マシュリナは感動に瞳を潤ませた。

「いつもされるがままで何の主張もされなかったベリー様が、駄々《だだ》を捏《こ》ねていらっしゃるわ……！　なんという成長でしょう。自己主張の芽生えですわね。これもきっとペトラ様との交友のおかげでしょう。ばあやは嬉しくてたまりません！」

「…………っ」

マシュリナは喜びながらも、ベリスフォードの腕を逃がすことはない。乳母の名は伊達ではないのだ。

ベリスフォードの力が緩む隙をついてマシュリナはまた廊下を進み、『大会議場』と呼ばれる大きな扉の前に辿り着いた。

「上層部の方々がすでにお待ちですよ。私は中には入れませんが、お行儀良くなさってくださいね」

「…………」

「まぁ！　ベリー様の眉間にシワが寄っていらっしゃるわ。不機嫌というものを覚えられたのね。実に素晴らしいことです」

いやなのに、まくらが来るのを待っていたいのに。マシュリナは扉を開けてベリスフォードの背中を押してしまう。

ベリスフォードがしぶしぶ中へ進むと、背後で扉がパタンと音を立てて閉まった。

このいやな気持ちはなんなのだろう、とベリスフォードは思う。

せっかくまくらを待っていたのに。じゃまされた。

やりたいことをやりたいようにできないことへのムカムカ。

理解してくれないマシュリナへのプンプンする気持ち。

再び成長を始めた心は暴れまわり、ベリスフォードを激しく翻弄する。

「出入り口で立ち止まってどうしたのだい、ベリー？　きみの席はいつもの場所だろう？」

顔を俯かせていたベリスフォードに声をかけたのは、まだ二十代ほどの若い大神官だ。

獣たちと意思疎通し、従えることができる能力を持つ、大神官セザール。銀縁眼鏡をかけた、気弱そうな雰囲気の男である。

ベリスフォードは顔をあげた。一度セザールに視線を向けたあと、室内をぐるりと見渡す。

大会議場の真ん中には巨大な円卓が置かれている。そこには常に十二の席が用意されているが、現在座っているのは四人だけだ。そしてベリスフォードを入れて五人になる。

最盛期には十二人の大神官と大聖女が集ったという歴史のある円卓に、今その資格を有する者はひとりの大聖女と三人の大神官、そして神託の能力者として次期大聖女の位が決定しているベリスフォードだけだ。

獣調教の大神官セザールの向かいに座るのは、豊かな白髪をまとめた老婦人。豊穣の大聖女マザーだ。彼女が祈願した場所はすべて実り多い土地となるので、皇国中からその力を求められている。

大神官よりも山賊のお頭が似合いそうな大男ダミアンは、除霊の能力者だ。悪霊と名のつくものはすべて祓《はら》うことができる。

最後のひとりは千里眼の能力を持つ大神官イライジャ。元貴族出身のためか、神経質そうな雰囲気の三十代男性だ。

……というこれらの人物の情報を、ベリスフォードは断片的にしか持っていない。赤ん坊の頃からこの大神殿で暮らしてきたベリスフォードには見慣れた人々であるが、興味がないからだ。

彼らの名前を思い出せないことも多いが、そもそも名前を呼ぶこともないので問題はなかった。

「お座りなさい、ベリー見習い聖女よ」

「…………」

マザー大聖女の静かな声に、ベリスフォードはようやく諦めて椅子に座った。

早く庭でまくらを待ちたいな、とだけ思った。

「お、ベリー。なんだか見違えるほど顔色が良くなったじゃねーか」

除霊のダミアン大神官がしゃがれた声で話しかけてくるが、ベリスフォードにはすごくすごく、どうでもいい。

ベリスフォードは椅子の上で膝を抱えて丸まった。

「最近新しく入ってきた、ペトラ・ハクスリー見習い聖女のおかげでしょう。マシュリナから報告が上がってきていいます。年の近い子どもと触れ合ったことがベリー見習い聖女にはありませんでしたか

「ほぉ、なるほどなぁ。ガキがガキらしく過ごせる時間というもんは、実に貴重だ」

「良かったですね、ベリー。きみにお友達ができて、僕も嬉しいですよ」

マザー、ダミアン、セザールの順に喋ったあと、今まで黙っていた千里眼のイライジャがぎろりとベリスフォードを睨みつけた。

「良いかな、ベリー見習い聖女よ。ハクスリー公爵令嬢は公爵家直系のご令嬢だ。きみのような育ちの者にはわからんだろうがね、彼女は本来ならば皇太子の婚約者にもなれるほどの姫君なのだよ。決して失礼な真似をしないように」

「おやめなさい、イライジャ大神官。あなたはもう貴族社会から解き放たれた身なのですよ」

「ですがマザー大聖女、ハクスリー公爵令嬢はまだ見習いの身です。彼女がどちらの道を選ぶのかはまだわかりません。公爵家への敬意を忘れてはなりませんぞ」

「なぁーにが敬意だよ、イライジャ。お前のそれは貴族社会への未練だろうが。貴族のボンボンとして育ってきたお前には、大神殿の質素な暮らしはさぞかしつらかろう。俺は覚えているぞ。お前が掃除のやり方も知らず、一か月でベッドをカビさせて廃棄処分にしちまったことを……」

「ええっ!? そうだったんですか、イライジャ大神官。僕、その話は初めて知りましたね。イライジャ大神官が未だに魚の骨を取ることができないって話は知っていますけれど……」

「うるさいですぞ、ダミアン大神官！　セザール大神官！」

たいくつ、とベリスフォードは立てた膝に額を擦りつける。

ベリスフォードのその様子を見ていたマザー大聖女が、パンパンと両手を叩いて、会話の流れを変えることにした。

「さて、それよりもベリー見習い聖女よ。あなたから最近の報告が聞きたいのです。アスラー大神様のご様子はどうですか？」

「………………」

答えないベリスフォードに、四人は顔を見合わせ、仕方なさそうに溜め息を吐いた。

ベリスフォードが幼少期の頃はもっと無防備に垂れ流されていた神託だが、今はほとんどなくなっている。

それでも大きな出来事が起こる時には神託を伝えてくるので、答えがないということは当分は問題がないということなのだろう。そう解釈するほかなかった。

「どうやらアスラー大神様はお変わりないようですね」

「それだけで上々だと僕は思います」

「アスラー大神様の怒りには触れぬようにするのだぞ、ベリー見習い聖女」

ダミアン大神官はベリスフォードを眺め、心に浮かんだ疑問をそのまま口にした。

「つーか、ベリー。お前、そのだんまりスタイルで、どうやって新しい見習いと友達付き合いができてるんだ？　無理だろ？」

「マシュリナから伺っております。ベリー見習い聖女は、ペトラ見習い聖女の前では拙《つたな》くも会話をするそうです」

マザー大聖女からの情報に、ダミアン大神官だけではなく残りのふたりも驚きに固まった。

「どういうことだ、ベリー⁉　長い付き合いの俺たちは無視して、可愛い女子の前では喋るのかよ⁉」

「……えぇ〜っと。お喋りしたいくらい大切なお友達ができたんだね、ベリー」

「さすがはハクスリー公爵令嬢。ベリー見習い聖女の頑なな心をも溶かすとは、貴族令嬢の鑑ですな」

「そうじゃねぇだろ⁉　セザール、イライジャ⁉」

「落ち着きなさい、ダミアン大神官。結果として、ベリー見習い聖女が変わるきっかけを与えてくださったのですから」

「……マザーがそう言うんならこれ以上は言わねぇがな。ベリーの将来が心配だよ、俺は……」

話に区切りがついたところで、イライジャ大神官が手を挙げた。

「さて。続いて私からの報告ですぞ。私が千里眼で見たところ、西の領地で古代聖具がまたひとつ、稼働を停止いたしましたぞ。原因は不明ですな」

「由々《ゆゆ》しき事態ですわね」

「僕も同感です」

「あそこにあった古代聖具っていえば『豊穣石《ほうじょうせき》』か。確かあの辺りは穀倉地帯だったよなぁ。マザー、アンタ遠征できるのか？」

「遠征するしかないでしょう。ですが、私の能力では『豊穣石』が稼働していた時ほどの実りは保証できませんが……」

真剣な様子で話し合う大人たちを、ベリスフォードは目を瞑ることで遮断した。

私のまくらは今頃庭園に来ているだろうか。私を探してくれているだろうか。

ペトラのことを考えると、退屈せずに済んだ。


大人たちのよくわからない話が終わると、ベリスフォードはすぐに庭園に向かった。

外は大雨だったが、それでも庭園に出ようとすれば、ベリスフォードの目の前に白い牛蛙が現れる。

この存在はあまりにも頻繁に庭園に現れるので、もはや庭園の主のようだ。

『紫色のちっこいのなら、ここにはいないぞ。外には出るんじゃない、ベリスフォード』

「…………」

そうか。ならば、まくらの部屋に行こう。

ベリスフォードはふらりと大神殿の中へ戻った。

＊　＊　＊

「雨止まないねぇ～、ペトラちゃん」

「止みませんわねぇ、アンジー様」

いっこうに降り止まない雨のせいで、わたくしたちは領主館でもうふた晩も足止めされています。

領主様のご厚意に甘えて客室をお借りしていますが、早く大神殿に帰りたい気持ちでいっぱいでした。

この二日間は、パーシバル兄弟と室内で遊んで過ごしています。

粘土ときれいな小石で『天空石・改～勇者パーシバル二世の平和への祈りを込めて～』と『天空石・新～覇者パーシバル三世の勇気を称えて～』と『天空石・超～大聖女ペトラの癒やしの力を添えて～』を制作したり、まつぼっくりに絵の具を塗ったり、積み木で最強のお城を建造するのにご一緒させていただいたりしました。

ちなみに、わたくしが作った天空石に命名してくださったのは二世様です。

ハクスリー公爵家ではまったくやらなかったタイプの遊びですが、前世の幼少期を思い出して非常に楽しかったです。わたくし、九歳ですしね。

そうやって楽しく過ごしていると気が紛れますが、やはりベリーのことが心配です。

彼女と出会ってからこんなに長い間離れたことがなかったので、ちゃんと睡眠を取っているのか不安になってしまうのです。

もちろんマシュリナさんもおりますし、わたくしと出会う前のベリーは不眠症がひどくても生き延びていたのですから、問題はないのかもしれませんけれど……。

物思いにふけりながら窓から外を眺めていますが、雨の様子は変わりません。バケツをひっくり返したような雨が続き、時々雲の流れで小雨になるものの、また時間が経てば土砂降りに戻ります。

「こんなに大雨では、ラズーの川が氾濫《はんらん》してしまうのではないでしょうか？」

わたくしの質問に、アンジー様が「それは大丈夫」と答えました。

「前に『浄化石』を一緒に見に行ったでしょ？　あれが川の氾濫を抑えてくれているの」

「まぁ、川の氾濫を……」

「正確に言うと、川の氾濫を浄化でなかったことにしているらしいよ」

「すごい機能が備わっているのですわねぇ」

「問題は川より土地のほうだろうなぁ。降った雨水が川に流れ込めば浄化できるけれど、地面に染み込んだ雨水が地下から川へ流れ込む前に、土砂災害が起こると思う」

「『浄化石』も万能ではないのですね」

だからこそ、かつてこの地に『天空石』が存在したのかもしれません。

最初から天候を操ってしまえば、災害など発生しませんから。

『浄化石』で思い出した！　ペトラちゃんに特別功労賞の勲章と、『アスラー・クリスタル』のペンダントを渡しておくねー！」

「ありがとうございます、アンジー様」

アンジー様はご自分の荷物の中からわたくしの分の勲章とペンダントを取り出し、手渡してくださいました。

「『アスラー・クリスタル』は不思議な石ですわね。水晶の中が虹色に輝いておりますわ」

「ペトラちゃんのペンダントのクリスタルは、あの時ペトラちゃんが救ってあげた子どもたちが三人がかりで研磨したんだって。天使様にあげるって言って頑張ったらしいよ〜」

「まぁ、心温まるお礼の品ですわね。大切にいたしますわ」

子どもたちが後遺症もなく元気に過ごしていることを知ることができて、とても嬉しいです。

わたくしは勲章と一緒に、ペンダントを自分の鞄の中に仕舞いました。

そんなふうにアンジー様といろいろお話をして過ごしていると、部屋の扉がノックされました。

扉の向こうから「ペトラ嬢、僕らと一緒に遊ぼうよ！」「きょうはさいきょうのドミノをおにいさまと作る予定ですよ、ペトラじょう！」とパーシバル兄弟の声が聞こえてきます。お勉強の時間が終わり、遊びに誘いに来てくださったようです。

「ささっ、行っといでペトラちゃん。遊べるうちに遊ぶのも、健康な精神を保つのに大事だよ～」

「はい、アンジー様。失礼いたしますわ」

その日も一日中、雨は降り止みませんでした。


翌日、ようやく雨が上がりました。これでやっと大神殿に帰ることができます。

御者が馬車の準備をする間、わたくしたちは領主館の外に出て待つことにしました。

「ペトラじょう、もう帰ってしまわれるのですね。ぼく、じつにさみしいです」

「パーシー、ペトラ嬢にとっては大神殿がお家なんだ。パーシーも領主館から離れて何日もお泊まりするのはつらいだろう？」

「なんとっ。それはたいへんつらいです、おにいさまっ」

「だから僕たちは別れのつらさを嚙みしめて、ペトラ嬢を笑顔で見送ろうじゃないか。ペトラ嬢がいつか僕らのことを思い出した時に、僕らの笑顔を思い出して心が温まるように」

「はいっ、おにいさまっ」

相変わらず愉快なパーシバル兄弟が、見送りのためにやって来てくださいました。

「二世様も三世様も、大神殿へお越しの際はぜひまたお話ししましょうね」

「そうだね、ペトラ嬢。僕たち、大神殿へはよくお祈りに出かけるから、すぐに会えると思うよ」

「さいかいの時がたのしみですっ」

そうやってお喋りを楽しんでいますと、領主館の門前で何やら騒ぎが起こりました。

馬に乗ったひとりの使者が、門前の衛兵に誰何《すいか》されています。しかし使者はよほど急いで来たらしく、衛兵からの質問にも満足に答えられないほど疲弊している様子でした。

使者は衛兵から渡された水を一気にあおると、ようやく声が出るようになりました。そのまま大声で叫びます。

「大神殿へ向かう大通りの途中で、土砂崩れが発生！　巻き込まれた怪我人や死者はおりませんが、人の行き来ができない状況になっております！」

災害の第一報がもたらされ、辺りは騒然となります。

昨日アンジー様が恐れていたことが現実になってしまったのです。

「あちゃ〜……」

アンジー様が、お手上げだというように肩を竦めました。

「これは当分大神殿に帰れないみたいだぞぉ、ペトラちゃん」

「大神殿へ向かう道は他にありませんの？」

「他の道は道幅が狭くて、馬車は通れないかな〜。馬か徒歩で帰るという方法もなくはないけれど、大通りが使えないってことは、他の道に人が殺到している状況だと思う」

「そもそも他の道に被害がないかも、まだわかりませんわね」

「仕方がない。道が通れるようになるまで領主館でのんびりしよっか」

土砂崩れが起きた大通りの道が通行できる状態になるまで、かなり時間がかかるでしょう。

わたくしが留守の間も、ベリーがきちんと睡眠を取ってくだされぱいいのですが。大丈夫でしょうか……。

＊　＊　＊

大通りがなんとか再び通れるようになったのは、それから一週間後のことでした。

前世のような重機はありませんが、大神殿の神官聖女の中で土砂崩れに適した特殊能力者が何人も派遣されたおかげで、早く復旧できたようです。

すっかりお世話になった領主館の皆さんにお礼を言い、仲良くなったパーシバル兄弟に手を振って、わたくしたちはようやく大神殿へ帰ることができました。

「ちょっとした夏休みという感じで楽しかったですけれど、やはり自分の部屋が一番くつろげますわね」

アンジー様と一緒に治癒棟へ行き、皆さんに無事な姿を見せたあとで、やっと自室に向かうことができました。

部屋に戻ったらまず何をしようかしら。

予定を考えながら廊下を進んでいきますと、わたくしの部屋の前に何かが置いてあるのが見えました。

近づいてみると、それは布巾《ふきん》が被せられたお盆でした。

「これはいったい……？」

布巾を捲ってみますと、中には白パンやリンゴ、水の瓶が置かれています。

「他の部屋宛てかしら？」

まるで寝込んでいる病人に差し出す救援物資のようにも見えましたが、ここは大神殿です。治癒棟所属の者にちょっと治癒をかけてもらえば回復するので、病気で寝込む方はいません。

精神面には効果がないので、失恋のショックや仕事のストレスで寝込む場合はあるでしょうけれど。

取り敢えず、扉の開閉の邪魔なのでお盆を横にずらします。

そして鍵を開けて室内に一歩入れば――……。

「ぺとら！」

部屋の奥から駆けてくるベリーの姿がありました。

ベリーはわたくしにタックルするかのように飛び込んできました。

彼女の折れそうに細い体に驚きながらも、どうにか受け止めます。

わたくしの首にぎゅううぅぅっと回されたベリーの両腕に触れながら、問いかけました。

「ベリー？　どうしたのです？　合鍵を使って入ったのですね？」

「ぺとら、ぺとらっ、ペトラ！」

ベリーは質問にまったく答えてくれません。しかもとても興奮状態で、わたくしの名前を何度も呼

んでいます。

……え？　わたくしの名前？

「ベリー、あなた、ついにわたくしの名前を覚えてくださったのですね!?」

たまに近所の公園で見かける野良猫がようやく懐いてくれたかのような幸福感が、わたくしの胸に湧き上がりました。

わたくしにしがみつくベリーの顔を覗き込めば、目の下に濃いクマができております。

「ペトラ、迷子にならないで」

「ベリー……」

「私といっしょにいて。迷子になるなら、私もいっしょになるから」

ベリーが拙いながらも、わたくしに一生懸命訴えかけてきます。切実さが伝わってきました。

こんなにつらそうな彼女を見るのは初めてで、名前を呼ばれて嬉しい気持ちと、こんなにベリーを不安がらせてしまった罪悪感に心が二分割されてしまいそうです。

「ペトラといっしょがいいの」

「……はい。わかりましたわ、ベリー。一緒にいましょうね。長く留守にしてごめんなさい」

「うん。ずっとずっと、いっしょにいて」

よしよし、と彼女の頭を撫でているうちに、ベリーの青紫色の瞳が段々うつらうつらと瞬きを繰り返し始めました。

わたくしが領主館に寝泊まりしている間、まともに眠っていなかったのでしょう。ベリーならありえる、とわたくしは思いました。

「ベリー、ベッドで寝ましょうか？」

「ん……」

眠くて体が満足に動かせないベリーのことを、わたくしは一生懸命ベッドに引きずりました。

そしてどうにか、一緒にベッドに横たわります。

「でも、どうして急にわたくしの名前を覚えたのですか？」

覚えられなくて『まくら』と呼んでいたのか、初めから覚える気がなくて『まくら』呼びだったのかはわかりませんけれど。彼女の急な変化が気になります。

ベリーはわたくしのシルク地の枕に顔を埋め、どうにか薄く目を開けて答えました。

「名前を呼ぶのが肝心って、……に聞いたよ。……だからマシュリナに、教えてもらった……」

「まぁ、ベリー。つまり、わたくしを喜ばせようとしてくださったの？」

ベリーが小さく頷きます。

「ペトラ、名前を呼ぶと、うれしい？　なら、ずっと呼ぶ。だからずっと、私といっしょにいて……」

「とてもとても嬉しいですわ。ありがとうございます、ベリー」

「うん……」

彼女の顔にかかる髪を払ってやると、ベリーはそのままスゥスゥと寝息を立てて眠り始めました。

なんて愛らしい寝顔でしょう。

昼寝をするつもりはありませんでしたけれど、今日はこのままのんびりするのもいいでしょう。

「おやすみなさい、ベリー。よい夢を」

昼寝から起きたら彼女のクマが少しは薄くなっているといいな、とわたくしは思いました。


その後マシュリナさんから聞いたのですが、わたくしが大神殿を留守にしている間ずっと、ベリーはわたくしの部屋に立て籠もっていたのだそう。

部屋の前に食事の入ったお盆が置かれていたのは、ベリーがおなかが空いた時に少しでも食べてくれるようにと、マシュリナさんが用意したそうです。

「これからはわたくしがいない時でも、ちゃんと食事を取ってくださいね、ベリー」

わたくしがそう嗜《たしな》めても、ベリーはどこ吹く風という様子でしたが。

でも、以前と変わったところは確かにありまして。

「ずっとペトラといっしょにいれば、『ペトラがいない時』はないよ」

ベリーはわたくしの名前を呼び、今まで以上に意思の疎通を図ろうと言葉を尽くしてくれます。これは彼女にとって、とてつもない進歩でした。

この日を境にベリーはとても甘えん坊になってしまうのですが、この時のわたくしは、彼女がこのますますこやかに成長してくれればいいなと、暢気《のんき》に願っておりました。

第五章　ペトラ九歳と甘えん坊な美少女（本当は少年）

夏が終わり、ラズーの地に実りの秋がやって来ました。

木々の葉が赤や黄色に色付き始め、大神殿の景色もどんどん秋めいていきます。木の実がなる広葉樹のまわりには小さな動物や鳥たちがよく姿を現し、冬の準備をしていきました。

そんな移り変わる季節を堪能する暇もなく、わたくしは大声をあげます。

「ベリー！　いい加減離れてくださいませ！」

「やだ」

「わたくしはこれから歴史の授業ですのよ!?」

「私もいっしょに行く」

「ベリーにはベリーの授業があるのでしょう!?　ベリーの教師がお可哀想ですわっ！」

「ペトラと同じのに出る」

わたくしの名前を呼ぶようになったベリーは、なぜか甘えん坊大魔王に進化してしまいました。

最初のうちは『幼児やペットの後追いみたいで可愛らしいですわ』と頬をゆるめて、ベリーといっしょに食事をしたり、眠ったり、わたくしの入浴が終わるまで大浴場の前で待っている彼女を見て、微笑ましく思っていたのですが。

最近はわたくしの授業や仕事にもついてこようとするので困っています。

マシュリナさんはベリー至上主義者なので、今回のことに関しては話が嚙み合いません。

「本当にいけないことはお止めしますが、それ以外のことならベリー様の望むとおりにさせてあげてください」とベリーを甘やかしています。

がっちりとしがみついてくるベリーを引き離すこともできず、ゼラ神官たちに叱られる覚悟で彼女を治癒棟に連れていけば――大歓待が待っていました。

治癒棟の護衛にあたっている神殿騎士のおふたりは、最敬礼でベリーを迎え入れましたし。

職員たちも患者そっちのけで、ベリーのためにお茶やお菓子を用意し始めました。

いつも仙人のようなゆったりとした身のこなしのゼラ神官が、所長室から走ってきたのには本当に驚きましたわ……。

ベリーを連れてきたことをゼラ神官に謝罪すれば、

「次期大聖女である『神託の能力者』に、我輩ごときが逆らえるはずもありませんぞ」

と、大企業のご子息に逆らえない会社員のようなことを言っておられました。

ドローレス聖女など、「治癒棟への予算アップお願いしますぅ、未来の神託の大聖女様ぁ～」と、あからさまに媚《こ》びへつらっておりましたし。

アンジー様も大はしゃぎでした。

「これが噂のベリーちゃん!? うっわ、めちゃくちゃ美……え？ 美少……女？ うーむ、とりあえず可愛いね、ベリーちゃん!! うん？ ペトラちゃんのお仕事を見学したいの？ いいよ、いいよ～。ベリーちゃん、静かでおとなしそうだし。ペトラちゃんのお仕事の邪魔をしないんなら、見ていきなよ。仕事中のペトラちゃん、とってもかっこいいから！」

そういうわけで、その日ベリーは診察室の隅に用意された椅子に腰かけ、わたくしの治癒活動を見学し、執務室でもわたくしが書類製作をするところを見学していました。

そんなことを回想したわたくしは、こんなに甘やかしてばかりいてはベリーが立派な大人になれないのでは？　と危機感を抱いております。

「教授に叱られても助けませんからねっ、ベリー！」

わたくしが怖い顔をしてみせても、彼女はまったく気にしません。わたくしの腕にぎゅっとしがみつき、梃子《てこ》でも離れないぞという態度です。

このままでは授業に遅刻してしまうので、わたくしは諦めてベリーをくっつけたまま、歴史の授業に出席しました。


「これはこれはっ、神託のベリー見習い聖女様！　ようこそ歴史の授業にいらっしゃいました。さささっ、こちらのお席にどうぞ！」

歴史の授業を担当する教授さえ、この態度です。

わたくしはもはや悟りの境地に陥って、いつもの席に座りました。

ベリーは教授が用意した席から椅子だけをわたくしの隣に運び、べったりとくっつきます。

べったりベリー。語感がよろしいですわね……。

「では、授業を開始しましょう。かつて『始まりのハーデンベルギア』以外のすべてのハーデンベルギアが枯れるという凶事が、アスラダ皇国の長い歴史の中に三回起こりました。今日は一番最初の凶事についてお話ししていきます」

ハクスリー公爵家にいた頃に家庭教師から習った内容でしたが、あれは皇族側が語る歴史でした。今回教授がお話しされるのは神殿側から見た歴史なので、とても興味深いです。

わたくしは手を繋いでくるベリーのことをひとまず忘れて、教授の話に耳を傾けました。

「一番最初にハーデンベルギアが枯れたのは、今から約八百年ほど前のことです」

前世日本で考えると、鎌倉時代くらい前の出来事でしょうか。

それほど昔のことがきちんと伝承されて残っていることに、改めて驚きを感じますわ。

「後世では『廃人皇帝』と呼ばれたウルフリック皇帝陛下の世のことでございます……」

ウルフリック皇帝陛下は、あちらこちらの民族に戦争をしかけては勝利し、アスラダ皇国の領土を拡大させておりました。

負けた民族を奴隷《どれい》として国に持ち帰っていたのですが、ある時、その奴隷の中から『神託の能力者』が生まれました。

大神殿側はこの『神託の能力者』を保護しようとしたのですが、ウルフリック皇帝陛下は「それは自分の戦利品だ」と言って、その要請をはね除けました。

ウルフリック皇帝陛下は新たな『神託の能力者』を手中に収めることで、大神殿の力さえも押さえ込もうとしたのです。

大神殿と皇室の力関係はとても複雑です。

初代皇帝陛下が『神託の能力者』であったため、大神殿は皇室に敬意を払っています。ですが大神殿には多くの特殊能力者が神官聖女として勤めているため、皇室側も彼らを軽んじることができません。例えば病気の時に治癒能力者を派遣してもらったりしていますからね。

そういうわけでウルフリック皇帝陛下は大神殿に優位に立つために、『神託の能力者』であるその子どもを手に入れようとしたわけです。

ウルフリック皇帝陛下はその子どもを恐怖で支配することにしました。

まず手始めに奴隷の証である焼印を子どもの背中に入れようとして――突如、異変が起こりました。後光とともにアスラー大神が降臨なされたのです。

アスラー大神はおっしゃいました。

『私は失望した。私の愛し子を害そうとしたそなたに、私は万の地獄を与える』

その瞬間、ウルフリック皇帝陛下は気がふれてしまいました。白目を剝き、よだれを垂らし、もはや人語を解さぬ獣のように叫んで、暴れ回ります。

その同時刻に、皇国中のハーデンベルギアの花が枯れ落ちました。

ハーデンベルギアが枯れるということは、『アスラダ皇国のすべての植物を枯らし、生物の住めぬ土地にするぞ』という神からの警告です。人々にとってこれほど単純で恐ろしい警告もありません。

アスラー大神がウルフリック皇帝を見離したことは、こうしてすべての皇国民の知るところとなったのです。

ウルフリック皇帝陛下はそのまま廃人として幽閉されることになり、新たな皇帝がアスラダ皇国を治めることになりました。

この一件により、『神託の能力者』はアスラー大神の愛し子であり、『神託の能力者』を害せばアスラー大神の怒りに触れるということが判明しました。

「……それ以来『神託の能力者』は、大神殿の最上位として扱われるようになったのです」

どうして大神殿の皆さんがベリーに極甘なのか、とてもよく理解できる授業でした。

『神託の能力者』がアスラー大神の愛し子であるということは、公爵家では教わらなかったので、とても勉強になりましたわ。

アスラー大神がウルフリック皇帝の横暴にただ怒っただけではなかったのですね。ははは……。

わたくしは半笑いを浮かべながらベリーに視線を向けます。

ベリーはというと、わたくしの授業に無理矢理ついてきたわりに、わたくしの肩に凭れてぐっすりとお昼寝中でした。

「ベリー様のお好きなようにさせるのが、あなたの身を守る一番の方法でございますよ、ペトラ様」

「……ご忠告痛み入りますわ、教授」

けれど、ただ自由にさせるだけでは彼女のためにはならないでしょう。

アスラー大神の怒りを買わず、ベリーの心を優先しつつ、その上で一般常識を学ばせるのは、なかなか骨が折れそうだとわたくしは思いました。

幕間　いや、男の子だよね？【SIDEアンジー】

今日もあたしの執務室は『可愛い』でいっぱいだ。

部下のペトラちゃんがお淑《しと》やかな雰囲気で治癒棟にやって来る。それだけでもめちゃめちゃ可愛いというのに、最近はもうひとり可愛い子がペトラちゃんにくっついている。

――神託の能力者、ベリーちゃんだ。

「こんにちは、アンジー様。午後の勤務に参りました。本日もよろしくお願いいたします」

「…………」

「ベリー、アンジー様に挨拶なさって？　挨拶は人間関係の基本ですわ。もちろん、挨拶を返さない方も中にはいらっしゃるでしょう。挨拶が万能というわけではありません。けれど関係を円滑にする可能性を与えてくれる、偉大なマナーですの」

「こんにちは」

「偉いですわ、ベリー！　この調子で自分から挨拶できるようになりましょうね」

「うん」

「はいはい、ふたりともこんにちはー！」

ペトラちゃんとベリーちゃんが並んでくっついているのは、とっても可愛い。

薄紫色の髪と銀の瞳をした、育ちの良いペトラちゃんは、ラベンダーのお姫様みたいだし。

木苺色の髪と青紫の瞳をしたベリーちゃんも、童話の世界の妖精みたいに愛らしい。

ふたり並んでいると『可愛い』が爆発する感じだ。

ベリーちゃんが信頼しきったようにペトラちゃんに懐いているのを見ると、こちらもほっこりした気持ちになる。

ベリーちゃんの噂は、あたしも以前から耳にしていた。

神託の能力者がどこかの田舎で生まれ、大神殿が保護した、とか。

ご両親と引き離されて大神殿の奥で育てられた可哀想な子ども、だとか。

逆に、両親はすでに亡くなっている、とか。本当にいろいろ。

それだけ情報が錯綜するということは、きっと上層部が隠さなきゃならない何かがその子の背景にあるのだろうと、あたしはなんとなく察していた。

噂の張本人であるベリーちゃんは、昔から大神殿で暮らしている者たちもほとんど見たことがなくて、まるで神出鬼没の妖精みたいな扱いだった。

そんな不思議な子とペトラちゃんがなぜだか出会い、今こうしてベリーちゃんが大神殿の者たちの前にふつうに姿を現すようになったことは、とても感慨深い。

実際に見て知った、ベリーちゃんの肉体的にも精神的にも幼い様子に、あたしは最初打ちのめされた。

こんなに心を閉ざした子どもが大神殿の奥で暮らしていただなんて、気付いてあげられなくて申し訳ないとさえ思った。

ただ、ベリーちゃんがこんなふうに心を閉ざしていたのは、乳母のマシュリナさんだけが悪いのではないと思う。

神託の能力者は扱いを間違えればアスラー大神の怒りを買ってしまう存在だから、外界の悪意から守り育てるには、籠の鳥にしてしまったほうが簡単なのだろう。

そうして周囲の大人たちがベリーちゃんを守ろうとすればするほど、ベリーちゃんは孤独を感じて心を閉ざしてしまったのかもしれない。

そんなわけで、あたしだけじゃなく大神殿中の大人たちが、「ようやく人間に心を開いたんだね」と好意的にベリーちゃんを見ていた。

ペトラちゃんはそんな大人たちを「ベリーを甘やかしすぎですわ！　このまま甘えん坊に育ってしまったらどうするのです⁉」と、お姉ちゃん風を吹かせて一生懸命にベリーちゃんの面倒を見ている。

そんなペトラちゃんが一番ベリーちゃんを甘やかしていることに、たぶん本人は気づいていないんだろう。

無償の心で赤の他人――それも同年代の成長を見守り続けるなんて、簡単にできることじゃないのに。本当によくできた子だ。

今もベリーちゃんを褒めまくるペトラちゃんに、あたしは声をかけた。

「さて、本日のペトラちゃんの勤務内容なんだけれど～」

「今日は患者さんが多いのですよね？　わたくしの担当は何人でしょうか、アンジー様？」

「それ、変更になりましたー。患者さんたちはドローレスたちに割り振ったので、ペトラちゃんはこれから大神殿の衣装室に行って、『ラズー祈祷祭』の衣装を試着してきてくださーい」

『ラズー祈祷祭』、ですか……?」

「聖地ラズー最大のお祭りだよ～。大神殿でお祈りして、パレードで街を練り歩き、最後は海岸で上層部が祈祷して、漁師さんたちの船が一斉に沖に出て大漁旗を掲げるの。大地と海の恵みをアスラー大神様に感謝するお祭りなんだ～」

領主館と綿密な計画を立てて実施される『ラズー祈祷祭』は、聖地をあげてのお祭りだ。

領民も多く集まるが、一年で最も観光客が集まる時期でもある。

大神殿の本堂が常時解放され、一年で一度しか御開帳されない宝物も展示される。

街中はもちろん、海岸通りまで屋台や出店で溢れる。商人たちの稼ぎ時でもあるのだ。

あたしたち聖女や、ペトラちゃんのような見習いもパレードに駆り出される。代々大切に継承されてきた祭り衣装を着て、幌なしの馬車や馬に乗り、道を練り歩くことになっている。

観客から一番求められているのは上層部だけれど、きっと、幼くて愛らしい見習い聖女ペトラちゃんも、今年は注目のひとつになるだろう。

「アンジー様、そのお祭りにベリーも参加いたしますの?」

「うーん、どうだろうねぇ。今までベリーちゃんは参加しなかったけれど……」

「ペトラが出るなら、私も出るよ」

ベリーちゃんがきっぱりと言う。

ペトラちゃんはぱぁっと明るい笑顔を浮かべた。

「ベリーと一緒なら、きっととても楽しいお祭りになりますわ。……そうですわ、アンジー様!

せっかく衣装室に行くのですから、ベリーも衣装の試着をしてもよろしいでしょうか？」

「うーん。それはダメかなぁ」

一緒に試着してサイズを選んでもらうほうが、効率がいいのはわかっている。

でも、絶対にダメだ。

「ベリーちゃんのことはマシュリナさんに聞いてからじゃないと決められないのよ」

「そうですのね。失礼いたしましたわ」

ペトラちゃんは「では、試着はわたくしだけですね」と言いながら、衣装室へ移動するためにベリーちゃんの手を取る。

ベリーちゃんはぎゅっとペトラちゃんの手を握り返した。

「では、衣装室に行ってまいります」

「試着の時はちゃんと衝立《ついたて》の向こう側で、衣装係の人とふたりきりでやるんだよ～」

「承知いたしましたわ」

暗に、ペトラちゃんが着替えているところをベリーちゃんに見られないようにね、とあたしは忠告しておく。

……まぁ、ペトラちゃんは絶対に気付いてないと思うんだけれど。

執務室からふたりが退出し、あたしはひとりごちた。

「ベリーちゃんって女の子の格好をしてるけれど、絶対男の子だよねぇ……。そのことをマシュリナさんは隠したいみたいだから、安易に一緒に衣装の試着をしておいでなんて、言えないなー」

かつて息子を生み育てた経験があるからか、ベリーちゃんがどんなに美少女顔をしていても性別が男の子であることを、あたしはなんとなく察していた。

上層部がベリーちゃんの性別を必死に隠そうとしているのなら、衣装係にバレるわけにはいかないだろう。

あとでマシュリナさんに相談しておこう。ベリーちゃんが祭りに参加するもしないも、マシュリナさんが対応してくれるはずだ。

「でも、ベリーちゃんがいたほうがペトラちゃんも嬉しいだろうから、一緒に参加できる方向だといいな～」

あたしはそう呟いてから、気持ちを切り替え、今日の予約分の患者の資料に目を通すことにした。

第六章　ペトラ九歳とラズー祈祷祭

「祈祷祭が楽しみですわねぇ、ベリー」

「そう？」

「ベリーもパレードに参加できるといいですわねぇ」

「ペトラが出るなら、私もいっしょに出るからね」

衣装室でのサイズ確認も終わり、まだ勤務時間が残っていたので治癒棟で働き、退勤時刻になったので今はこうして庭園でベリーとのんびり過ごしております。

初めて大神殿の衣装室に行きましたが、大広間のように広いお部屋に長年大切に保管されてきた煌《きら》びやかな祭り衣装や装飾品がずらりと並んでいて、まるで博物館のようでした。

そんな歴史的価値のある祭り衣装を、大神官大聖女から見習いまで着用し、パレードを行うのですから、それを見るためだけに観光客が集まるのも納得です。

わたくしは衣装係の方に採寸してもらい、見習い聖女用の衣装を何着か試着して、ちょうどよいサイズの衣装を見つけることができました。

衣装はお祭りの前日まで衣装室で保管してくださるそうです。

当日は臨時の更衣室ができるので、そこで着付けやお化粧をしてもらい、お祭りに参加する、という流れのようです。

その日は朝から大浴場が混むことも教えてもらったので、わたくしも早めに身を清めてから更衣室に向かおうと決めました。

わたくしが試着している間、ベリーは衝立の外で待機……は「やだ」と拒否して聞いてくれず、中で椅子に座って待っていました。

アンジー様は「試着は衣装係とふたりで」とおっしゃっていましたけれど、ベリーは女の子ですから問題ありませんよね？

わたくしは公爵家育ちなので、他人に着替えや入浴を手伝ってもらうことに抵抗がありません。

ベリーとは以前お風呂も一緒に入りましたし、なんなら気絶したわたくしの体も洗ってもらいました。だから今さらスリップ姿で試着しているところを見られても、どうということはありません。

でも、どうせならベリーの試着に付き合ってみたかったですわ。

ベリーは美少女ですから、どんなお祭り衣装でも素敵に着こなしたでしょう。

「そうですわ、ベリー。今からマシュリナさんのところへ行って、お祭りに参加できるか聞きに行ってみませんか？　許可が下りたら、そのまま衣装室に行ってお祭り衣装の試着ができるかもしれませんわ」

「ペトラが望むなら」

こくりと頷くベリーの手を取り、マシュリナさんがいるであろう職員室へ向かいます。

庭園から建物内に入り、廊下をふたりで歩いておりますと。タイミング良く、廊下の向こう側からマシュリナさんが現れました。

……マシュリナさんはベリーに気がつくと、恐ろしい表情でこちらに近づいてきます。この方がベリーに怒るのはとても珍しいので、よっぽどのことをベリーがやらかしてしまったのでしょう。

「ベリー様！　今日は上層部の集まりがあると、朝にお伝えしたじゃありませんか！」

「……やだ」

「まぁっ、ベリー様が言葉で意思を伝えましたわ！　なんと素晴らしい……！　ですがベリー様、その『やだ』は受け取り拒否いたします。さぁ、『大会議場』へ行きますよ！」

「やだやだやだやだ。私、ペトラといる」

「イヤイヤ期のなかったベリー様が、こんなに駄々を捏ねられるなんて……！　私は今、とても感動しておりますわ。でも、ダメです」

「やだぁぁぁ!!」

乳母と養い子の壮絶な戦いを前に、わたくしはただおろおろすることしかできませんでした。

こんなに嫌がっているなんて、ベリーが可哀想です。でも、上層部の集まりは大事に決まっています。ベリーは神託の能力者なのですから。

どちらの言い分も理解できるために、わたくしは何も言うことができません。

「私はペトラと離れない……っ！」

ベリーは眉間に深いシワを刻みながらそう叫ぶと、わたくしの体をぎゅうぅぅぅっと強く抱き締めました。こんなに小さく細い体のどこに、これほどの力があるのでしょう。結構痛いです。

マシュリナさんが溜め息を吐きました。

「仕方がありませんね。ペトラ様、ひとまずベリー様と一緒に『大会議場』まで足を運んでいただけないでしょうか？　そこでどうにかベリー様を切り離しますので」

「は、はい……。承知いたしましたわ」

「ペトラ、ペトラっ」

この状態のベリーに上層部の集まりへ出席してもらうには、それしか方法がないようです。

『大会議場』は上層部以外立ち入り禁止なので、部屋の前に着いたあと、どうにかしてベリーをわたくしから引き離さなければなりませんけれど。きっとマシュリナさんに何かお考えがあるのでしょう。

わたくしはベリーにしがみつかれたまま、マシュリナさんのあとを追うことにしました。


「『ラズー祈祷祭』に、ベリー様も参加したいのですか？」

道すがら、わたくしはマシュリナさんにお祭りのことを話しました。

驚いたように目を丸くするマシュリナさんに、ベリーは「ペトラといっしょに出るの」とハッキリ答えます。

「私の一存ではお答えできませんわねぇ。ベリー様に関しては、上層部のご意見もお聞きしませんと……」

やはり存在を秘匿されている神託の能力者を表舞台にあげるのは難しいのでしょうか。

神託ではなく他の能力者だと偽っても、駄目なのでしょうか……。

「ちょうどこれから上層部の方々にお会いしますから、会議後にでもお尋ねしてみましょう」

「ありがとうございます、マシュリナさん」

話しているうちに、『大会議場』の大きな扉の前へ辿り着きました。

ここへ来たのは初めてですが、廊下にも扉の中にも人の気配がまったくしないので、ちょっぴり怖いですわ。たぶんどこかに神殿騎士がいるはずなんですけれど……。

「マシュリナです。ベリー様をお連れいたしました」

ノックをしたあと、マシュリナさんが用件を伝えます。すると中から「お入りなさい、ベリー見習い聖女よ」と女性の声が聞こえてきました。

その声が聞こえたあとに起こったことは、一瞬でした。

マシュリナさんが扉をさっと開けたかと思うと、わたくしにくっついていたベリーをベリッと引き剝がして部屋の中に押し込み、扉を閉めたのです。すごい力業ですわ。

「ふぅ、これでよしです」

「……まぁ、すごいのですね、マシュリナさん」

「乳母ですから」

一拍置いて、事態が飲み込めたらしいベリーが、扉の内側をこぶしで叩く音が聞こえ始めました。

「やだやだやだやだやだぁぁぁああ!!! ペトラといっしょにいるって、私、言ったぁぁぁああ!!! マシュリナぁぁぁああ!!!」

「会議が終わるまで頑張ってくださいませ、ベリー様」

「あけて！　ここ、あけてよぉぉぉ！　やだぁぁ、ペトラっ、ペトラ、いる!?　そこに本当にペトラはいるの!?」

「……おりますわ、ベリー。わたくし、ここであなたをお待ちしていますから、ちゃんと会議に……」

「会いたいよぉ！　私、ペトラに会いたいぃぃぃ!!!」

ベリー、パニック中です。幼児が母親から離れたくなくて泣き叫んでいる状況にそっくりですわ。わたくし、前世で妊娠出産した記憶はまったくないのですけれど、そんな例えが浮かびました。

扉の向こうのベリーがあまりにもわたくしを求めて大声をあげるので、彼女をひとりにしてしまった罪悪感で胸が痛いです……。

かつて、わたくしのことをここまで全身全霊で求めてくれた人が他にいたでしょうか？　いるわけがありません。

前世も現世もひっくるめて、ベリーが一番純粋な愛情でわたくしを求めてくれています。

どうしましょう。ほだされてしまいそうですわ。

……いえ、これはベリーが乗り越えなければならない試練です。

人生には多くの別れがあるものです。これはそれを乗り越えるための、最初のハードルですわ。わたくし、心を鬼にしなければ……！

「うるせぇぇぇ!!!　ベリー、お前、女子の前で喋るようになったって聞いてたが、なんか俺が思ってたのと全然違うぞ!?」

「ベリー見習い聖女よ、実に見苦しいぞ。淑女らしくしたまえ。四肢をバタつかせてはならない」

「……これでは会議を始められませんわね。皆さん、いかがいたしましょうか」

「ベリーがこれだけ望むのですから、ハクスリーさんをこちらに呼んでみてはどうですか？」

「そいつぁ、面白ぇな」

「私はハクスリー公爵令嬢にお会いする準備はいつでもできておりますぞ、マザー大聖女よ」

「仕方がありませんわね」

扉の奥からそんな会話が流れてきて――、『大会議場』の扉が内側から開かれました。

同時にベリーが走りだし、わたくしにがっちりとしがみつきます。彼女から「もう二度とペトラと離れない」という固い決意が滲んでいました。

「ベリーと一緒に『大会議場』においで、ハクスリーさん」

薄茶色の髪と黄緑色の瞳、そして銀縁眼鏡をかけた優しそうな若い男性が、そう言ってわたくしに微笑みかけました。

思わず隣のマシュリナさんに視線を向ければ、いってらっしゃいませ、というように首肯しています。

「さぁ、どうぞ」

まるで大学院生のような雰囲気の大神官に招かれて、わたくしはベリーとともに『大会議場』へ足を踏み入れることになりました。

大神官大聖女のみが足を踏み入れることができる『大会議場』は、ちょっとしたパーティーが開けそうなほど広い部屋でした。

床にはアスラダ皇国古代の青いモザイクタイルが敷かれ、奥の壁には大神殿を表す紋章入りの大きな旗が飾られています。天井には『ラズー硝子』で作られた巨大な天窓がありました。

贅を凝らして作られたその部屋にあるのは、赤く塗られた巨大な円卓と、十二個の椅子だけです。

円卓と椅子は磨き抜かれて艶を帯び、公爵家で贅沢品に慣れたわたくしでさえ触れるのをためらうほど上質な品でした。

「ペトラ、会いたかった……」

皇都トルヴェヌの皇城もかくやというほどの内装に内心動揺しているわたくしに、ベリーはべったりとしがみついたままです。

ほんの少し扉で隔てられただけで、十年ぶりの再会レベルで喜んでくれるのは嬉しいのですが、周囲の視線が大変痛いですわ。

一番近くでわたくしとベリーを観察しているのは、『大会議場』の扉を開けてくださった男性でした。

まだ二十代ほどの若い大神官は「ふふふ」と柔らかく目を細め、わたくしとベリーのことを微笑ましそうに見つめています。

「初めまして、ハクスリーさん。僕は獣調教の能力を持つ大神官、セザールだよ。よろしくね」

まぁ、獣調教の特殊能力者！　確か、すべての動物と会話し、手懐《てなず》けることができる能力です。

土地を荒らす害獣たちと対話をするだけで人里から離れさせることができたり、動物を使って情報収集などの隠密行動ができたり。大神殿に所属しなくても、使い方ひとつで色んな職業に就くことができる素晴らしい能力です。

かつてアスラダ皇国が最も領土拡大の戦争を繰り広げていた時代には、獣調教の能力者が動物だけで作った軍隊で敵国を滅ぼしたという逸話が残っているほどです。

わたくしはベリーにしがみつかれたまま、なんとか最敬礼いたしました。

「お初にお目にかかります。治癒棟所属、ペトラ・ハクスリー見習い聖女と申します。どうぞよろしくお願いいたします」

「じゃあハクスリーさん、こちらの椅子へ座ってくれるかな。ベリー、さすがに座る時は彼女から離れるんだよ？　いいね」

「……うん」

上層部しか座ることの許されない椅子に腰かけるのは、なかなか勇気が要ります。けれどベリーがごく普通に椅子に座ったのを見て、わたくしも腰をかけました。

わたくしが視線をあげますと、グレーがかった白髪を美しく結い上げた大聖女とちょうど目が合いました。

気品に満ちあふれたその女性は、落ち着いた眼差しでわたくしとベリーを見つめています。

「私は豊穣の大聖女マザーです。ハクスリー見習い聖女よ、ベリー見習い聖女が大変お世話になっていると、乳母のマシュリナから聞いております。上層部からもお礼を申し上げます。本当にありがとう」

「とんでもないことでございます、マザー大聖女」

豊穣の大聖女は、正確には祝福の能力者です。

祝福の能力者には人々に祝福の祈祷を与える方と、自然界に祝福を与える方がおり、後者の方を

〝豊穣〟とお呼びしているのです。

マザー大聖女の祈祷は土地に祝福を与え、農産物の収穫量を左右します。アスラダ皇国においてとても重要な御方なのです。

続いてわたくしに声をかけてくださったのは、水色の髪と瞳をした三十代ほどの紳士です。前髪をきっちりと七三に分けているところに、神経質さをうかがわせています。

「初めまして、ハクスリー公爵令嬢。私は元アベケット伯爵家長男のイライジャ大神官です。どうぞお見知りおきを。アベケット伯爵領では曾祖父の代から銀細工が盛んでしてね。ハクスリー公爵家から何度もご注文をいただいたことがあるのですよ。ハクスリー公爵家の家紋が入った銀のカトラリーを、ご令嬢はもちろん覚えていてくださっていますよね？　あの特殊加工は特に難しいものだったと、私の父が工房長から聞いておりまして……」

「イライジャ、てめぇの実家の話はもういい！　いつも話が長すぎんだよっ!!　スプーンの話なんか、九歳の女児が興味を持つことじゃねーぞ！」

イライジャ大神官の話を遮ったのは、とてもガタイの良い男性でした。大神官の衣装の上からも、腕や肩の筋肉の発達がよく伝わってきます。

焦げ茶色のモジャモジャの髪やお髭のせいもあり、聖職者よりもマタギが似合いそうな方でした。

「俺は除霊の大神官ダミアンだ。ちなみにイライジャは千里眼の能力者だ。よろしくな、お嬢ちゃん」

「こちらこそよろしくお願いいたしますわ、ダミアン大神官、イライジャ大神官」

前世の世界で、ダミアンという名前の悪魔憑きの子どもが出てくる映画があったような気がします。

ダミアン大神官はご自分で除霊ができるのでとても安心だなと、どうでもいいことをわたくしは思いました。

イライジャ大神官の千里眼は、かなり稀有な能力です。神託の能力者が世代ごとに必ずひとり生まれるのと違って、千里眼の能力者は長い歴史の中でもほんの数名ほどしか確認されていません。

その能力の希少さゆえに大神殿から使者が来て、貴族社会から引き抜かれたのでしょう。

伯爵家の長男だとおっしゃっていましたし、跡継ぎとして大切に育てられたあげく大神殿に引き抜かれては、いろいろこじらせても仕方がないような気がいたします。

きっと、見習いから神官へ上がるか、貴族社会に戻るかの選択の時に、もう伯爵家に戻る場所がなかったのでしょう。

ひと通り挨拶を終えると、「では」と一番年上のマザー大聖女が声を発しました。

「ベリー見習い聖女よ、最近のアスラー大神様のご様子はどうですか？　お変わりはありませんか？」

「ふつう」

「うおおおぉぉぉ、ベリーが久しぶりに神託を下したぞ……!!!　何年ぶりだ!?」

「偉いよ、ベリー！　やっとお話しする気になったんだね！」

「やるではないか、ベリー見習い聖女よ！」

「アスラー大神様、この子の成長に感謝いたします……っ」

ベリーがひと言喋ったただけで、スタンディングオベーションが巻き起こりました。

ダミアン大神官が興奮し、セザール大神官が慈愛の微笑みを浮かべ、イライジャ大神官が歓喜し、マザー大聖女が祈り出します。

ベリー、あなた、皆さんにどれだけご心配をおかけしていたのですか？

あと、アスラー大神のご様子なんて、見習いのわたくしが聞いても良い内容なのでしょうか？

ベリーは続けて発言しました。

「ねぇ、私、ペトラといっしょにお祭りに出る。出てもいいよね？」

「おいおいおいおいおいおいっ、ベリーが俺たちに初めておねだりをしたぞ……!!!」

「すごいよ、ベリー！　自分のしたいことを言えるようになったんだね！」

「見直したぞ、ベリー見習い聖女よ！」

「アスラー大神様、この子の自我の芽生えに感謝いたします……っ」

まさかこの調子で上層部の会議が進行するのかと内心ハラハラしていましたが、マザー大聖女が椅子に座り直したことにより全員が着席され、大会議場の空気に緊張感が戻りました。

「祭りってあれだろ、『ラズー祈祷祭』だろ。あれなら俺たち上層部も全員出席するんだから、目の届く範囲にベリーを置いとけばいいんじゃねーか？」

「ベリーは僕たちと出席したいのではなく、ハクスリーさんと一緒に出たいのでしょう。それなら見習いとしての参加が希望のはずです」

「そもそもベリー見習い聖女が神託の能力者であることは、まだ秘匿のはずであろう。上層部に紛れ込ませるわけにはいきませんぞ」

「ベリー見習い聖女に対する護衛の問題がありますね……。神殿騎士団と話し合わなければ決められないでしょう。この子の安全が確保できない限りはどうしようもありません」

マザー大聖女が護衛の問題から難色を示します。

アスラダ皇国中から観光客が溢れるお祭りで、見習いであるベリーを完全に守りきるのはとても難しそうです。マザー大聖女の意見はもっともでした。

「まぁな。マザーの言うとおり、騎士団の連中に相談しなきゃ結論は出せねーけれどよ。俺は大人として、ガキのささやかな願いくらい叶えてやりたいと思うぜ。なにせベリーがこんなふうに何かを望むのは初めてだろ？」

ダミアン大神官は楽しそうにベリーのことを見ています。

ベリーは我関せずというように、わたくしの肩に頭を寄せていましたが。

「僕もダミアン大神官と同じ気持ちです、マザー大聖女。ベリーは大神殿内のことしか知りません。そろそろ自分の目でラズーの地を見るのも良い経験だと思います」

セザール大神官も賛成のようでホッとします。

「だが、ベリー見習い聖女の身に万が一のことがあれば、大神殿どころか皇国が終わりますぞ。これは慎重に議論を重ねるべき問題だ」

「私もベリー見習い聖女に外出の機会を与えたいとは思いますが……。もし万が一、この子の本当の身分が皇国に知られてしまえば、大神殿はどうなるのです？　神託の能力者なき大神殿など、王なき玉座と同じですよ」

イライジャ大神官とマザー大聖女のおふたりは慎重派のようでした。

ですが、マザー大聖女の言い方が妙に気になります。

わたくしには、まるで、皇国側がベリーをほしがる未来が決まっているかのように聞こえました。

少なくとも、大神殿側はそう信じているようです。

ウルフリック皇帝陛下の件で、神託の能力者に手出しすることがどれほど危険なことなのか、皇室も理解していると思うのですけれど……。

「我々大神殿にとっての王はアスラー大神様だぞ、マザー」

「ですが、マザー大聖女の言い分もわかります。神託の能力者なくして、どうやって我々徒人《ただびと》がアスラー大神様の御心に触れるというのですか」

「うーむ。しかしベリー見習い聖女の外出に関しては、成長に合わせていずれ出る問題だったと私は思いますな。この機会に本腰を入れて決めねばなりますまい」

四人の大人たちはそうやって話し合い、――結局、神殿騎士団の意見なしには結論は出せないというところに話が戻って、その日は決めることができませんでした。


それから一週間ほど経ってからようやく、マシュリナさん経由で結果を教えてもらいました。

ベリーは今回の祈祷祭に無事参加できるとのことです。

「よかったですわね、ベリー。祈祷祭が楽しみですわ」

「ペトラがお祭りに行くなら私も行くよ」

今からお祭りが非常に楽しみですわ。

＊＊＊

小さな羊の群れのようなモコモコの雲が広がる秋の晴天。一週間の終わりである休息日の今日、『ラズー祈祷祭』が開催されます。

街の中心部は先週あたりからすでに観光客でごった返し、当日の今日はますますの人出が予想されています。ていうそうです。安全を第一に、ラズーの経済が潤えばいいですわね。

わたくしは気合を入れて早起きすると、見習い聖女用の大浴場に向かいました。

ここはベリー専用のお風呂と違い、とてもシンプルな作りをしています。白いタイルが壁や床に敷き詰められ、設置された鏡も小さく、数も少ないです。

壁の一部に巨大な凹みが作られ、そこにアスラー大神の大きな石像が飾られているところが唯一の大神殿らしさでしょうか。

けれど、浴槽がちょっとしたプール並みに大きいのが自慢です。

聖女用の浴場はもっと豪華絢爛ですが、これほど大きな浴槽はないそうです。

アンジー様曰く「見習いのうちに堪能したほうがいいよ～。あたしはもともと町のほうの小さな神殿所属で、大神殿所属になったのも聖女になってずいぶん経ってからなんだよね。だから見習いのお風呂に入ったことがないんだぁ。本当に残念」とのこと。アンジー様にはそのような経歴がおありだったのですね。

その他にサウナと水風呂も設置されていて、わたくしは毎日極楽な入浴タイムを送っております。

お祭り当日の朝風呂は混むと聞いていたので早めに来ましたが、すでに五、六人ほどの先客がおりました。

けれど洗い場はまだ空いていたので、ささっと自分の身を清めます。

石鹸はいつも数種類用意されています。今日はきっとたくさん汗をかくと思うので、レモンの皮とハーブが練り込まれた石鹸を選びました。

レモンの爽やかな香りのおかげで、少し残っていた眠気も完全に飛んでいきます。

それから浴槽に浸かりました。温泉は大聖女用のお風呂と同じ白い濁り湯です。

今頃ベリーもあの大聖女用の素敵な個人風呂で身を清めているのかしら？

マシュリナさんに禁止されてしまったので、ベリーと一緒にお風呂に入るのは今後難しそうですが、でもあの豪華なお風呂にはもう一度入りたかったですわねぇ……。

考え事をしているとついつい長湯になってしまいますが、今日ばかりはそうもいきません。混雑する前に浴槽から上がります。

脱衣場はちょうど人数が増え始めていました。やはり早めの時間を選んで正解でしたわね。

これまた数種類用意されている化粧水や香油で肌と髪を整え、いつもの見習い用の衣装に着替えます。どうせこれから臨時更衣室で着替えるのですが、さすがにバスローブ姿で大神殿内を歩くわけには行きませんからね。

本格的に大浴場が混んできたので、九歳の小さな体を使ってお姉さん方の間をすり抜け、わたくしは臨時更衣室に向かいました。

「去年の見習いの最年少の子は十三歳で可愛かったけれど、今年は九歳のペトラ見習い聖女様がいるからさらに微笑ましいパレードになるでしょうね～!!」

「……そうでしょうか？」

お祭り用の化粧を施してくださる化粧師のテンションの高さに、現在わたくしは困惑中です。

——遡《さかのぼ》ること三十分前。

臨時更衣室に行けば、それぞれの名前が書かれた紙が貼られたお祭り衣装がずらりと並んでいました。職員に手伝ってもらいながら衣装に着替えている方が十名ほど。すでに着替え終わった方は、壁際にずらりと用意された鏡の前で、化粧師にお祭り用の化粧をされていました。

この化粧師の方々は普段は街の化粧品店などで働いているそうで、お祭りの時にだけ臨時で雇われるのだそうです。

わたくしが更衣室に入った途端、職員や化粧師の方々が叫びました。

「ペトラ見習い聖女様の着付けは私が担当するから！」

「ちょっと、ズルいでしょ？　私もやりたいっ」

「言ったもん勝ちよ」

「せめてジャンケンで！」

「今年はこんなに小さな子がお祭りに参加するの⁉　ぜったいに可愛いじゃない‼」

「私、聞いたことがあるわ。鉱山事故の時にすごく小さな女の子が大神殿所属として治癒活動に来たって」

「小さくてもご立派なのね～」

お姉さんたちがいっぱいいるところに小さな子どもが現れるとなぜか猫可愛がりされるという、よくある現象が起こりました。前世でも経験したことがあります。

けれど、現世では公爵令嬢のため周囲から気安く話しかけられてこなかったわたくしは、どう反応すればいいのかわからず返答に困りました。

大神殿に住み込んでからも身分の壁が大きかったのか、治癒棟の方々以外からは気安く話しかけられませんでしたし。

わたくしの身分を知らない化粧師はともかく、職員はお祭りの雰囲気に飲まれてはっちゃけてしまっている感じがしました。

そうやってわたくしが困惑している間に職員に着替えさせてもらい、気付けば鏡の前で化粧師におしろいをはたかれていました。

「小さい子って本当にお肌がスベスベだよねぇ。あ、まぶたをちょっと閉じててね～、目尻に紅を引くから～。あとお口も。お嬢ちゃん、目も大きいねぇ。鼻の形も唇の形もきれいで、逆に化粧のし甲斐《がい》がないわー」

「…………」

「もう目も口も開けていいよ。わぁ、すごくきれい!!」

「あら、まぁ……」

鏡に映るわたくしは、非日常な彩りに溢れていました。

目尻と唇には紅を差し、まぶたや頬に薄く金粉が散らされています。それだけでもゴージャスですのに、希少な植物で作られたインクを使って、額に不思議な紋様が描かれています。『浄化石』や『天空石』に彫られた文字と似ている気がしました。まさしく神の使いらしい、神秘的な雰囲気です。

お祭り衣装はいつも着ている見習い用の衣装に似た古代風ワンピースですが、黄金のビーズやクリスタルが縫い付けられ、袖や裾に赤や金の糸で細かな刺繍が入っています。

丁寧に編み込まれた髪には、色とりどりのハーデンベルギアと、黄金の髪飾りが五つも六つも飾られていました。……非常に頭が重いです。

ちなみに見習い聖女が使う黄金の装飾は銀製で、上から純金を被せたものだそう。聖女や大聖女の位になると、本物の黄金製を使うらしいですわ。

「きれいにお化粧してくださってありがとうございました、化粧師さん」

「どういたしまして。あ、お嬢ちゃん、朝食はこれからだよね？　口紅落ちちゃうと思うから、これ持って行きな」

化粧師は口紅を少しだけ取り分けて、蝋引き紙に包んでくださいました。

「重ね重ねお礼を申し上げます」

「私もこんなに可愛い見習い聖女様のお支度ができて楽しかったよ!!　お祭りがんばってね！」

「はい」

今日は一日この格好なので大変ですけれど、こんなふうにお祭りに参加できるのは現世初です。ベリーも一緒ですし、とてもわくわくいたしますわ。

今頃ベリーは自室でお着替えかしら？

彼女のお祭り衣装もとても楽しみです。

朝食を取りに食堂へ向かえば、すでにお祭り衣装に着替えた神官聖女がたくさんいらっしゃいました。黄金の装飾品や金糸の刺繍が目立ち、食堂が華やかです。

ベリーは今日の朝食は自室で取る予定だとマシュリナさんから聞いていたので、ひとりで注文口に向かい、日替わりの朝食を受けとります。

食堂で働いている職員が「とてもお綺麗ですね、ハクスリー見習い聖女様」と声をかけてくださったので、わたくしも微笑んでお礼を言いました。

食堂の窓際にあるひとり用のカウンター席に座り、ありがたく朝食をいただきます。

今日はお祭りなので、いつもよりちょっと贅沢です。

白身魚のフライを挟んだ白パンと、具だくさんの魚介スープ、サラダ、そして大きめのクッキーです。

「このクッキーはラズーの祝い菓子でな、結婚式やお祭りの時には必ず食べるんだよ」

「へー。昔ながらの風習なんですね」

近くのテーブル席で朝食を食べていた神官たちがそんな話をしていらっしゃいました。なるほど、それでデザートに珍しくクッキーがついていたのですね。

クッキーの中には木の実とシナモンが練り込まれたキャラメルが入っていて、とてもおいしかったですわ。

食事が終わると案の定、口紅が剝げていました。

廊下の窓に近寄り、ガラスにぼんやりと映り込む自分の顔を見ながら、化粧師からいただいた蝋引き紙を開きます。薬指に紅を馴染ませてそっと唇をなぞれば、お直し終了です。

今度ラズーの街で手鏡でも買おうかしら、と考えていると、廊下の奥からわたくしのほうに向かって駆けてくる足音が聞こえてきました。

「ペトラー！」

アスラー大神の愛し子というのも納得の、神々しい美少女が現れました。

木苺色の髪を複雑に結い上げ、色とりどりのハーデンベルギアの生花とともに簪《かんざし》型の髪飾りをジャラジャラと差し込み、まるで幼い天女様のようです。

廊下ですれ違う方々も、彼女の幼いながらに完成された美しさに目を奪われていました。

本人はおしゃれなど興味がないというように、裾を振り乱して走っています。黄金の装飾品が飛び跳ね、ぶつかり合っていました。

……たぶんベリーのは鍍金ではなく本物の黄金製でしょう。金は純度が高ければ高いほど柔らかく傷付きやすくなるので、状態がとても心配ですわ。

「ベリー、その格好で走るのは良くないと思いますわ」

「ペトラっ、会いたかった！」

わたくしの小言など聞いちゃいないという態度で、ベリーはわたくしに抱きつきます。わたくしは彼女の小さな背中をポンポンと叩きました。

ベリーはくっついたまま、わたくしの顔をじっと見上げました。

「どうなさいましたの、ベリー？」

「……あかい」

「赤い？」

「ペトラの唇、赤いね」

「ああ、口紅ですわ。ベリーはつけなかったのですか？」

彼女の顔をまじまじと見れば、ほとんど化粧をしていません。額に紋様を描いただけでした。

まぁ、ベリーはお化粧などしなくても綺麗なので、問題はないのですけれどね。

ベリーは首をふるふると横に振ります。

「マシュリナが、なんかベタベタするのを口にくっつけようとしたから、私、嫌だった」

「抵抗したのですね。たぶんそのベタベタするやつが口紅ですわ」

「ふーん」

ベタベタするのが嫌と言うわりに、ベリーは熱心にわたくしの唇を見つめてきます。

やはりベリーもテクスチャーが好みの口紅だったら、お化粧をしたかったのでしょうか？

しかしアスラダ皇国は前世とは違い、塗り心地で選べるほど化粧品の種類が豊富ではありませんし……。

　そんなことを考えていると、ベリーがすっと指を伸ばして、わたくしの唇にふにっと触れました。

　そして自分の指に付着した赤い口紅を見て、不思議そうに首をかしげます。

「赤いの、私のゆびに移った」

「口紅は触るとすぐ落ちてしまうものなのですわ」

「残念だね。ペトラの口、赤くてきれいだったのに、ごめんね……」

　しょんぼりするベリーに、わたくしは再び蝋引き紙に包まれた口紅を取り出しました。

「これでお化粧直しができますのよ」

「へー」

　指にとって塗り直そうとすれば、ベリーが「私がする！」と言い出しました。

「私がペトラをきれいにするよ！」

「……では薬指の腹のところに、少しだけ口紅を馴染ませてみてください」

「こう？」

「もっと少なくて大丈夫ですわ。ええ、それくらいです。それを優しくわたくしの唇に塗ってくださいませ」

「うん」

　ベリーがやりたいと言うのなら経験させてあげたほうが彼女の情操教育に良いだろうと思い、わたくしはベリーに口紅を塗らせてあげることにしました。失敗したら直せばいいだけですし。

口紅を塗りやすいように少し口を開けて待機すると、ベリーはとても真剣な顔つきで、わたくしの唇にゆっくりと薬指を近づけます。

指先に取った口紅の、ぬるりとした感触を唇で感じました。

ベリーはとても丁寧にわたくしの下唇を辿り、上唇をスーッスーッと撫でました。時折「はみ出ちゃった……」と言って、別の指ではみ出た口紅を拭い取ってみせます。

「できたよ」

「ありがとうございます、ベリー」

「ペトラの口、また赤くてきれいになったね」

窓ガラスで確認すれば、とてもきれいに口紅を塗ってくれたようです。塗り直しの必要はなさそうでした。

「上手にできましたね、ベリー」

「うん。また赤くなくなったら、私が塗ってあげるね」

「ええ、ありがとう」

「ふふふ」

ベリーが嬉しそうにわたくしを見上げて言いました。

「今日はずっとずっと、ペトラのことを見ていてもいい？　こんなにずっと見ていたいもの、初めてだ」

「えぇ……!?」

今日はすでに化粧師や職員からたくさんのお褒めのお言葉をいただき、ありがたく受け取ってきました。

なのにベリーのその言葉は、ふつうに「綺麗ですね」「可愛いね」と言われるよりも胸に来ます。嬉しくて恥ずかしくて、なんだか顔がポッポッと熱くなってきました。

「ん？　ペトラ、顔まで赤い……？」

「……ベリーのせいですわ」

「私、何かした？　ペトラが嫌なこと？」

「嫌なことではありませんけれど……」

こういう時は仕返しに相手を褒め殺して差し上げましょう。わたくしばかり照れているのも悔しいですから。

それにわたくしはまだ、祭り衣装のベリーを褒めていませんでしたし。

「今日のベリーは、いえ、今日のベリーもとっても綺麗で可愛くて素敵ですわね!!　口紅を塗らなくても、すごくすごく可愛くて……」

「本当？」

イマイチ語彙《ごい》力のないわたくしの褒め言葉に、ベリーは青紫色の瞳を輝かせました。

「この格好、重くて好きじゃないけれど、ペトラが気に入ったなら頑張る。だからペトラ、私のことをずっとずっと見ていて。私から目を離さないでね」

「……善処いたしますわ」

「ぜんしょ？」

ただ無邪気に喜んでくれるベリーには、褒め殺しという方法では勝てないのだと、わたくしは悟りました。

わたくしひとりで照れるしかないのですね……。

「ではそろそろ時間ですから、移動しましょうか」

「うん」

わたくしとベリーは手を繋ぎ、いつもより重たい衣装をジャラジャラと鳴らしながら、大神殿の本堂へと向かいました。


『ラズー祈祷祭』は、まず大神殿の本堂で大神官大聖女による祈祷から始まります。

本堂にはすでに多くの信者が詰めかけており、特等席には領主館の方々や貴族、大商家など、ラズーの重鎮たちが腰かけていました。

遠目ですが、パーシバル兄弟の姿もありました。あとでご挨拶したいですわね。

わたくしたち大神殿の人間は、一度控え室に集まってからそれぞれの階級ごとに本堂へ入場します。

今日のベリーは『治癒能力の見習い聖女』という肩書きで、わたくしと一緒に入場です。ベリーは治癒能力も使えるので、そこまで嘘ではありませんし。

他の見習い聖女のお姉さんたちに交じって本堂に入場すれば、信者たちがわたくしとベリーを見て、興奮気味に言葉を交わすのが聞こえてきました。

「見て、とても小さな見習い聖女様たちがいらっしゃるわ」

「あんなに幼いうちに大神殿所属になるなんて、将来有望なんだなぁ」

続いて見習い神官、聖女、神官の順に入場します。

聖女の階級でアンジー様を見つけました。見習い聖女のものよりも格式高い衣装を着込み、堂々と通路を歩くお姿はとても凛々《りり》しいものでした。アンジー様はオレンジ色の髪と朱色の瞳をしていらっしゃるので、黄金の装飾がとてもよく映えます。太陽の化身のようでした。

本当に蛇足ですけれど、ゼラ神官やドローレス聖女たちはお祭りに参加できません。治癒棟から離れると首輪が爆発してしまうので……。

そして最後に、豊穣のマザー大聖女、除霊のダミアン大神官、千里眼のイライジャ大神官、獣調教のセザール大神官が現れました。

信者たちの熱気は最高潮で、四人のお姿を一目見た途端泣き出す方もいらっしゃいました。

四人ともお祭り衣装でさらに神々しさがアップしておりますものね。

「これより、『ラズー祈祷祭』を始めます」

本堂の祭壇には、一際大きなアスラー大神像が置かれています。

筋肉隆々の男性の姿で形作られたアスラー大神は、とても雄々しいお顔立ちをされていました。

アスラー大神像の周囲にはハーデンベルギアが飾られ、今年ラズーの地で収穫できた農作物や加工品、今朝獲れたばかりの大きな魚、お酒などが美しく並べられています。

その祭壇の前で、上層部四人が声を合わせて祈祷を始めました。

それに合わせてわたくしたちも頭を下げ、両手を組んで祈りを捧げます。

横目で確認すると、ベリーもわたくしの動作に合わせて手を組みました。偉いですわ！

ラズーの恵みを神々に感謝し、これからも土地やそこに住まう人々の平穏を願う、という内容の長い長い祈祷が終わると、次はいよいよ街に繰り出してのパレードです。

ここからはベリーを守るために、職員のマシュリナさんと神殿騎士たちに護衛されることになっています。

「ベリー様の護衛ではなく、ハクスリー公爵家ご令嬢のペトラ様をお守りするというのが建前になっております。どうかよろしくお願いいたしますね、ペトラ様」

「ええ。わたくしの身分でベリーを守れるのでしたら、とても嬉しいですわ」

ベリーの安全のためなら、いまだ貴族社会から完全に抜けきることのできないこの身分も、たまには役に立つじゃない、という気持ちです。

マシュリナさんの案内で本堂から大神殿前に移動すれば、わたくしたちが乗る幌無しの馬車や馬がたくさん用意され、神殿騎士がずらりと勢揃いしていました。

大神殿の正門の向こうには、本堂に入ることのできなかった信者や観光客、ラズーの領民たちが街道に沿って並んでいました。前世でも、有名なお祭りはこんなふうにたくさんの人で溢れていましたっけ。

マシュリナさんとともに幌無しの馬車に乗り込めば、ベリーが不思議そうに椅子や背もたれに触れました。

「私、これ、初めて座った。ずいぶんと揺れる椅子だね、ペトラ」

「これからもっと揺れますわよ。ほら、馬車と繋がっているあの馬たちが引っ張ってくれるのですわ」

「ふーん」

馬車に乗るのも初めてなら、大神殿の外を見るのも初めてのベリーです。きっと今日は彼女にとっても忘れられない一日になるのでしょう。

パレードに参加する全員がそれぞれの乗り物に乗ると、先頭に立つ銀の鎧兜姿の神殿騎士たちが動き始めました。

神殿騎士も今日はお祭り仕様で、鎧やマントをフル装備しています。秋とはいえ今日のような快晴の日はまだまだ暑いので、大変そうですわ……。

大神殿の旗を掲げる騎士、太鼓や笛を鳴らす騎士が続き、わたくしたち見習いの馬車が動き始めます。それに合わせて周囲に配置された護衛の騎士も歩き出しました。

街道沿いに立ち並ぶ人々に、わたくしたちは手を振りました。

神官聖女の中には特殊能力を披露される方もおりました。

雨乞いの聖女が雨を降らせて虹を作り、祝福の神官が手のひらにのせた植物の種を発芽させて花開かせます。

とても楽しく美しいショーで、観客たちを湧かせました。

「……人がいっぱい」

ベリーは街道の人々を見ながら、ぽかんと口を半開きにしました。

こんなに多くの人間が同じ場所に集まるのは珍しいですし、大神殿でも信者や観光客の立ち入り禁止区域でばかり過ごしてきたベリーには、驚きの連続なのでしょう。

「人がたくさんいるのが怖いのですか、ベリー？」

怯えもあるのかなと思って尋ねれば、彼女は首を横に振りました。

「ううん。……ただ、大神殿の外がこんなふうだってこと、私、初めて知った……」

「この人出は今日のお祭りだけですわよ。明日になれば、ここにいるたくさんの人々もそれぞれの家に帰って、また日常に戻るのですわ」

「そうなんだ。不思議だね」

ベリーはわたくしに寄りかかり、肩の辺りに頭をぐりぐりと擦りつけてきます。まるで猫のようですわ。

「ペトラといっしょなら、どこでも平気。私、ペトラといっしょに出かけて、いっしょに帰るよ」

「そうですわね、ベリー。今日はお祭りを楽しんで、楽しい気持ちのまま一緒に帰りましょうね」

パレードの列はラズーの中心地を通り、だんだんと海岸沿いの道に入っていきました。

少し生臭い潮風が流れてきて、波の音も聞こえてきます。

海沿いでも出店がたくさん出ていて、ソースの焼ける香ばしい匂いとともに、お酒に酔った人々の楽しげな声が聞こえてきました。

「わぁ……っ！　見てください、ベリー！　海ですわ!!」

「うん。ほんとだ」

大神殿の丘からよく海を見下ろしていましたが、海岸に来るのは今日が初めてでした。

砂浜は白く、どこまでも美しいエメラルドグリーンの海が広がっています。浅瀬では珊瑚礁《さんごしょう》のようなものが見え、沖にはすでにたくさんの漁船が浮かんでいました。上層部による海への祈祷が終われさんごしょうば、漁船は大漁旗を掲げて近くの海域を周回する予定だと聞いております。とても迫力のある光景になるのでしょう。

パレードの列が次々に海岸に到着し、馬車や馬から神官聖女が降ります。

わたくしとベリーはマシュリナさんと騎士に守られて、見習いの列で待機しました。

波打ち際には新しい木で作られた祭壇があり、ハーデンベルギアで飾られ、供物が用意されております。

上層部が砂浜に現れ、マザー大聖女が祭壇の前に立ちました。

これから豊穣の祈祷が始まるのです。

「聖地ラズーの青海原の恵みをアスラー大神様に感謝し、机上の供物を天に捧げ、永年の豊穣を祈りましょう。――――《Fertility》!!!」

マザー大聖女が海に向かって両手を掲げますと、エメラルドグリーンだった海が波打ち際から水平線まで一気に発光し、ネオンブルーに輝きました。

あまりにも海が眩しく輝くので、昼間の空のほうが暗く見えるほどです。

光り輝く海の中を魚の群れが泳ぎ、珊瑚が呼吸し、見たことのない不思議な生き物たちが海底を這う様子まで見えました。沖のほうでは亀やイルカの影も見えます。

常識では考えられないような神々しい光景に、集まっていた者たちは皆、歓声をあげました。

「こんなにすごい光景を見たのは初めてですわ!!」

わたくしも思わずテンションが上がり、ベリーの腕を引っ張ってしまいました。

「私もはじめて」

ベリーも一応同意してくれましたが、彼女のテンションはいつもどおりでした。

光は徐々に収まり、また普段と変わらぬ海の姿に戻っていきます。そしてそれを合図に、漁船がたくさんの大漁旗を掲げて周回を始めました。

赤や黄色や青、オレンジや緑といった、ビビッドな色合いの旗がとても美しいです。

美しい祈祷の余韻《よいん》に浸りながら海を眺めているわたくしと、それに付き添うベリーに、マシュリナさんが声をかけてきました。

「ベリー様、ペトラ様。無事にマザー大聖女の祈祷が終わりましたので、これより一時間ほど自由行動になります。大人には祝い酒が振る舞われますが、子どもにはジュースが配られますよ。海岸沿いの出店を覗く時間もあります」

「まぁ、出店! ぜひ見てみたいと思っておりましたの。ベリーはどうしたいですか?」

「私はペトラについていくよ。それが私のしたいこと」

「では、さっそく出店のほうへ参りましょうっ」

わたくしはベリーと手を繋ぎ、護衛の騎士に守られながら出店を見に行くことにしました。

海岸沿いの道には、たくさんの出店が並んでいます。

網の上で焼いた魚介に甘辛いタレをかけたものを売る出店や、食べ歩きしやすいように串で刺したカットフルーツを売る出店。熱々の鉄板で海老と麺を炒め合わせた焼きそば風の食べ物を作っている出店からは、鼻孔をくすぐるスパイスの香りが流れてきます。

食べ物関係の出店の他に、布製品や『ラズー硝子』で作られたアクセサリー、子ども向けの玩具の出店などもあります。

多くの人で溢れ、楽しそうにお買い物をする光景が目の前に広がっていました。

「これらの出店は深夜まで開かれるのですよ」

「きっと夜の時間帯も素敵なのでしょうね」

マシュリナさんの説明に頷きながら、通りを進みます。

お祭り衣装のわたくしたちが通れば、道行く人々が足を止めて声をかけてくださったり、拝まれたりしました。

出店の方にも「サービスするよ」と呼び込まれたので、ついでに治癒棟でお留守番をしている『幽閉組』や職員のためにお土産を選びました。甘いものがお好きな方用に繊細な飴細工を、しょっぱいものがお好きな方用に魚介の入ったお焼きみたいなものをたくさん買いました。

自分用にも、木の実の蜂蜜漬けの瓶やドライフルーツがいっぱい入った焼き菓子、ハーデンベルギアの形の砂糖菓子。食べ歩き用にはイカ焼きと、揚げたサツマイモの蜂蜜がけを買いました。とても満足です。

あと、綺麗な手鏡も見つけたので購入しました。

わたくしばかりお祭りを楽しんでいる気がして、横にいるベリーに視線を向けます。

ちなみに、イカ焼きと揚げたサツマイモの蜂蜜がけを味見してみるか彼女に尋ねて、断られたばかりでした。

ベリーに気になったものはないか、問いかけてみます。

「今日はベリーの初めてのお買い物ですからね、なんでも買っていいのですよ？　何かほしいものや、気になったものはありませんの？」

「……うーん。ない」

ベリーは物欲まで薄いようです。

お金を使う機会のないベリーにお買い物の仕方を学ばせる良い機会でしたが、ほしいものがなければどうしようもありません。

こうなったら、わたくしが「あれを買ってきてください」と頼んで、ベリーに初めてのおつかいをさせる方法しかないでしょうか……。

では、何か適当においしそうな食べ物でも……と、わたくしが周囲の出店を観察していると。

ベリーが声をあげました。

「あれ！」

「どうしたのですか、ベリー？」

「あの赤いやつ、私、ほしい！」

ベリーが指差したのは化粧品の出店でした。

近づいてみると、大きな木の台の上に化粧水やおしろい、口紅や香水などが並んでいます。

店先は女性たちで溢れていましたが、お祭り衣装のわたくしたちに気が付くと「大神殿の方々だわ」と場所を開けてくださいました。

「これ。これがほしい」

ベリーが熱心に見つめているのは、木製の小さなケースに入った赤い口紅でした。

「やっぱり口紅をつけたかったのですか、ベリー？　女の子ですものねぇ」

「ううん。私じゃなくて、ペトラに塗るの」

「わたくしに？」

「これを買えば、私、毎日ペトラに赤いのを塗ってあげられるよ」

「まぁ、ベリーったら……」

自分のものはほしがらないのに、わたくしのためのものはほしがるだなんて……。

思わず、じ～んと感動してしまいました。

「ですが、毎日派手な口紅は、わたくしにはちょっと使いづらいですわ」

わたくし、九歳ですし。勤め先は清潔感が大事な治癒棟ですし。

「そう？　じゃあこっち？」

真紅以外にも、三色ほど色がありました。

仕事中でも使いやすそうな色の口紅を手に取ります。桜貝のように綺麗な薄ピンクでした。

「ベリー、わたくし、こちらの色の口紅にいたしますわ。今お金を渡しますから、ちょっと待ってくださいね。そのお金をお店の方に渡すのですよ」

「ううん。いらない。ねぇマシュリナ、私のお金ちょうだい」

わたくしがお財布を取り出そうとしている間に、ベリーはマシュリナさんからお金を受け取ってしまいました。

「ベリー様、この口紅にはこの銀貨を一枚支払うと、銅貨三枚のおつりが来ますからね。店員にお渡しください」

「うん。わかった」

「ベリー、わたくしの口紅なのですから、お金はわたくしが出しますわ！」

「ううん。ペトラは出さないの」

ベリーはふるふると首を横に振り、頑固として言います。

「これは私がペトラに塗るものだから、私のもの」

「ですが……」

「ペトラはニコニコしてくれればいいよ」

そこまで言われてしまえば、ベリーのお言葉に甘えるしかありません。

ベリーが無事にお店の方に支払いするのを見守り、彼女が無事に初めてのお買い物を終えると、わたくしはお礼を言いました。

「ベリー、わたくしのために口紅を買ってくださってありがとうございます」

「どういたしまして」

ベリーは自分が塗るのだと言い張っていたので、彼女はそのまま口紅を自分の衣装のポケットに仕舞いました。


自由時間が終わり、また馬車や馬に乗ってパレード状態で大神殿へ戻ると、次は宴会です。

大神殿の関係者の他に、ラズー領主館をはじめとした街の重鎮たちが参加するのですが、お昼から深夜まで開催されるとのことです。

わたくしやベリーはまだお酒は飲めませんから、食事をしたらすぐに退散する予定です。治癒棟へお祭りのお土産も届けたいですし。

本堂の近くにある大広間が宴会会場として用意されており、今日のためにテーブルや椅子がセッティングされていました。

職員として忙しいマシュリナさんとは入り口で別れ、ベリーと空いたテーブルを探して会場内を歩きます。

すると、すでに着席しているパーシバル二世様と三世様に出会いました。

「やぁ、ペトラ嬢！　久しぶりだね。その衣装、最高にきれいだよ」

「おひさしぶりです、ペトラじょうっ。今日もびじんですね。おおむかしのお姫さまってかんじがします」

前にお会いした時と変わらない薔薇色のほっぺたに、手入れされて艶々の金髪、そして愛情たっぷりに育てられた子ども特有のキラキラ輝く笑顔を浮かべて、おふたりが声をかけてくださいました。

ご兄弟でお揃いの衣装を着ていて、相変わらず仲良しのようです。

「お久しぶりですわ、二世様、三世様。お褒めいただきありがとうございます。おふたりの今日の装いも素敵ですわね」

「うん。今日のために母上がデザインしてくださったんだ」

「おにいさまとおそろいのお洋服で、ぼく、とっても幸せなんです」

「良かったですわねぇ」

「……だれ？」

パーシバル兄弟と挨拶をするわたくしの後ろから、ベリーがひょっこり顔を覗かせます。彼女はそのままわたくしの肩に頭を押しつけて、そう尋ねました。……地味に髪飾りが当たって痛いですわ。

わたくしが紹介する前に、パーシバルご兄弟が揃って椅子から立ち上がりました。息ぴったりの動きです。

「初めまして、美しいお嬢さん！　僕はラズー領主パーシバル一世の長男、パーシバル二世です！　こちらは弟のパーシバル三世！　どちらも運命の女性を募集中です！」

「三世ですっ！　どうぞお見知りおきを、うつくしいおじょうさんっ。ぼくのことは気がるにパーシーとお呼びください!!」

「お嬢さんのお名前はなんとおっしゃるのでしょうかっ？　お嬢さんも見習い聖女なのですね!?　所属はどこでしょう？　あの、あのっ、ところで、もしよろしければ、僕か弟のパーシーと結婚する未来について、考えていただいても……!?」

「おにいさまっ、まずは結婚をぜんていとした交さいからですよ!」

「おっと、そうだったね、パーシー。僕としたことが気を急いてしまったよ。……んんっ、では美しいお嬢さん、第一印象からあなたに決めていました!!　僕かパーシーの彼女になってください、よろしくお願いします……!!」

「よろしくおねがいします……っ!!」

パーシバル兄弟がお見合い番組のように手を差し出しました。相変わらず結婚願望が強いご様子です。

ベリーはどうでもよさそうにパーシバル兄弟から視線を外すと、再びわたくしの肩に頭を擦りつけます。

「私、この人たちが何を言ってるのかわからないや。ペトラ、早く部屋に戻ろう？」

最近ようやく他人と会話するようになったばかりのベリーには、さらに他人と深い関係になる『交際』や『結婚』について考えるのはまだ難しいようです。

わたくしはベリーの背中をそっと撫でました。

「まだお食事をしておりませんわよ、ベリー？　お部屋に戻るのはそれからですわ」

「んー」

「パーシバル二世様、三世様。彼女の名前はベリーです。ベリーにはまだ結婚願望がないようなので、お友達として接してあげてくださいませ」

わたくしがベリーの代弁をすれば、おふたりはがっかりしたように肩を竦めました。

「なんと、非常に残念だね。ペトラ嬢といいベリー嬢といい、美しい人が結婚願望を持たないことは、アスラダ皇国の損失だよ」

「ぼくもそう思います、おにいさま。ひじょうにざんねんです」

ベリーはすでに誕生日を迎えて十歳になっておりますが、ふつうの十歳でも切実な結婚願望などないと思いますわ。

あったとしても「素敵な人のお嫁さんになりたーい」くらいの緩《ゆる》さなので、こんなふうに出会い頭に交際を求められても、応えられないと思います。

「ではペトラ嬢、ベリー嬢、お友達として一緒に食事をしようじゃないか。空いている席に座ってよ」

「ありがとうございます、二世様。ではお言葉に甘えて失礼いたしますわ」

椅子に座るとちょうど最初の食事と飲み物が運ばれてきて、上座にいらっしゃる上層部と領主様が労《ねぎら》いの挨拶を始めました。

除霊のダミアン大神官が大ジョッキのエールで乾杯の音頭を取り、ようやく宴会が始まります。

遠くの席でアンジー様がさっそく酔っぱらっているのが見えました。というかアンジー様は、海岸での振る舞い酒の時点で出来上がっていた可能性があります。

出店で買い食いしてしまいましたが、ダイエットは明日からにして、今は目の前のローストビーフをおいしくいただくことにしました。

「やぁ、お小さい方々。食事は進んでいるかい?」

楽しく食事をしていると、領主様がわたくしたちのテーブルにやって来ました。

どうやらすべてのテーブル席に回って、挨拶をしているようです。

「久しぶりだな、ペトラ嬢よ。今日の祈祷祭は楽しめたかね？」

「はい、領主様。たくさんの人々が集まっていて、とても驚きましたわ。大神殿の者として、祈祷祭を盛り上げることができて大変嬉しいです」

「そうか、そうか。ペトラ嬢の評判もかなり良かったぞ。やはり小さな少女が祭り衣装でパレードに出席するのは、美女が出席するのとはまた違う愛らしさで目を引くからな」

「恐縮ですわ」

「それで、そちらのお嬢さんの評判も良かったのだが、彼女と挨拶をさせてもらってもいいかね？」

領主様はニコニコと笑って、ベリーに視線を向けました。

ベリーの顔がよく見えるようにと腰をかがめ、彼女の顔を覗き込んだ途端——領主様の笑顔が消えました。

「その、顔は……」

領主様はまるで亡霊でも見たかのように青ざめています。

いったいどういうことでしょう？

絶世の美少女を見ての反応にしては、奇妙でした。

「領主様？　ベリーのお顔に何か？」

「……いや、なんでもないぞ、ペトラ嬢よ。この子があまりにも美しくて、驚いてしまったようだ。

……お嬢さん、私はこのラズーの地の領主パーシバルだ。きみの名前と年齢を私に教えてもらえるかね？」

「…………」

答えないベリーに、わたくしがそっと促しました。

「ベリー、領主様にご挨拶しましょう？」

「……ベリー。十歳。こんにちは」

「そうか。きみの名はベリーで、年は十か……。教えてくれてありがとう、ベリー嬢よ」

それから領主様は少しだけお話しすると、次のテーブルへと向かわれました。

わたくしたちは食事を続けます。

「お父様、ベリー嬢を見た時になんだか変な顔をしたね」

「そうですね、おにいさま。ぼくもお父さまのへんなお顔、たしかに見ましたっ」

「一瞬でしたけれど、なんだったのでしょうね？　……あらベリー、もう少し食べませんと」

「うーん。めんどう……。じゃあペトラが食べさせて」

「仕方がないですわね。ほらベリー、あーん？」

「あーん」

この日の領主様の不自然な反応について、九歳のわたくしは確かに引っかかりを覚えました。

けれど年月を重ねるうちに忘れてしまい、――次にわたくしが思い出したのは、皇城に監禁された十七歳の時でした。

＊　＊　＊

「執事よ、調べてもらいたいことがある」

「なんなりと、領主様」

領主パーシバル一世は帰宅すると、上着を脱ぐ間もなく執務室へ向かう。そして付き従ってきた執事に向き合うと、ようやく固い口を開いた。

「十年前に亡くなった大聖女ウェルザに関する情報を、できる限り集めてくれ」

「大聖女の位ですと、皇族が使える影の者たちを動員しても難しいかもしれません……。すでに亡くなられた方なら尚更、情報が隠蔽されている可能性が高いでしょう」

「わかっておる。だができる限りの情報が欲しいのだ」

「いったい何があったというのでしょうか、領主様？」

「今はまだ、お前にも言えん……」

額に分厚い手のひらを押し当てて俯く領主に、執事は静かに頭を下げた。

「やれるだけやってみましょう」

「頼む」

「承りました、領主様——我がパーシバル皇弟殿下」

執務室から退室する執事の背中を見送ったあと、領主はソファーに深々と沈み込み、両手で顔を覆った。

目を閉じれば瞼《まぶた》の裏に、今日出会ったばかりの小さな少女の顔が浮かび上がってくる。

ベリーという名の少女は、十年前に亡くなったウェルザ大聖女と瓜ふたつの美しい顔立ちをしていた。

彼女が大聖女就任の挨拶のために一度だけ皇城へ訪問した際に、パーシバル一世は偶然皇城におり、彼女を見かけた。一度見たら忘れられないほどの美貌であった。

そしてベリーという少女の、あの髪と瞳の色……。

今は理解することができなくなってしまった兄と同じ赤髪、青紫色の瞳をしていた。

「十歳、か。逆算すると、皇帝陛下が皇后と結婚する直前になってしまうが……」

あの少女の存在を、兄は知っているのだろうか。

いや、まだそうだと決まったわけではないが……。

侍従がやって来て着替えを促すまで、領主は思考の底に沈んでいった。

ペトラ十五歳と口紅の話

書き下ろし短編

皇都トルヴェヌのハクスリー公爵家から聖地ラズーの大神殿へ移り住み、もう六年が経ちました。

十五歳になったわたくしは治癒棟のお仕事にもすっかり慣れ、乙女ゲーム『きみとハーデンベルギアの恋を』の悪役令嬢ペトラの運命とはまったく異なる生活を送っております。

今年の秋も無事に『ラズー祈祷祭』が開催されることになりました。

今日はお祭り当日なので、朝から大神殿全体が慌ただしい様子です。

もちろんお祝い事なので喜びに満ちた明るい慌ただしさでしたが、どこへ行っても混雑しており、人熱《ひといき》れがしました。

清々しい空気が恋しくなったわたくしは、お祭りの支度を終えるとすぐに庭園へ向かうことにしました。

「本堂での祈祷まで、まだ時間がありますもの。庭園で少しのんびりいたしましょう」

わたくしはひとりごちながら、いつもの東屋へ向かいます。

するとそこには先客がいらっしゃいました。

甘い木苺のようにピンクみがかった赤髪に、キラキラと輝く黄金の髪飾りやハーデンベルギアの生花を重ね付けし、華やかな刺繍が入ったお祭り衣装を身に着けた絶世の美少女――ベリーでした。

「まぁ。どの女神様がご降臨なされたのかしら、と思いましたら、ベリーでしたわ。今年もとても綺麗です」

わたくしが声をかけると、ベリーが顔を上げます。

彼女は青紫色の瞳を細めて微笑みました。

「おはよう、ペトラ。私よりもペトラのほうが女神様みたいに綺麗だよ。今年の衣装もよく似合うね」

「ふふふ、ベリーは相変わらず優しいのですね。ありがとうございます。あと、おはようございます」

年々見た目が悪役令嬢化していくわたくしを、それでもベリーは褒めてくださいました。なんて心優しい大親友なのでしょう。

この衣装なんて、胸元がこれしか入らなかったので消去法で選ばれただけですのに。

悪役令嬢は無駄にスタイルが良いキャラクターが多いですが、実際に転生すると衣装選びが大変ですわ……。

ふと、自分の衣装からベリーの衣装に視線を移しますと、彼女の衣装も衣装で、妙にダボダボな気がします。

幼い頃のベリーは実年齢よりも小柄なくらいでしたのに、今ではわたくしよりも背が高く、スレンダーなモデル体型をしています。そんな彼女も体型に合う衣装がなかなか見つからないのかもしれません。

お互い、衣装選びには苦労しますわねぇ……。

わたくしが共感の眼差しでベリーを見つめていると、彼女は不思議そうに首を傾げました。

いいのですよ、何も言わなくても。わたくしにはあなたの苦労がわかっておりますからね。

「……あら。ベリーは今回もお化粧はしなかったのですね」

「興味がないから」

ベリーの顔は額に描かれた紋様だけで、ほかはすっぴん状態でした。

彼女はわたくしより先に十六歳になりましたが、未だに自分の美貌に無関心で、女性的に装うことに興味がありません。

前世でもそういう女性はいましたし、周囲を不快にさせないように清潔感をキープできれば、集団生活上は問題ないと思うのですけれど。

でも大親友として、一度くらいお化粧をした最高に可愛いベリーが見てみたいですわ……！

「今年は口紅だけでも塗ってみませんか……？　どうしても嫌なら、断ってくださっても構わないのですけれど」

お節介だと思いつつも、誘惑に負けてしまいました。

わたくしはポケットから取り出した口紅を、ベリーの前におずおずと差し出します。

前世で定番だったスティックタイプの口紅は、まだアスラダ皇国にはありません。木製や陶器製のケースに入った、指で塗るタイプの物が主流です。

「それ、私がペトラに買ってあげた口紅とは入れ物が違うね？」

「ええ。これは今年のお祭り用に購入したものなんですの。毎年お化粧直し用に口紅を分けていただくのも、ちょっと申し訳ないと思ったので……」

普段使っている薄桃色の口紅は、未だにベリーがプレゼントしてくださいます。

ベリーも成長したせいか、わたくしの唇に口紅を塗りたがることはなくなりました。ですが、誕生日やイベントの度に口紅を贈ってくださるのです。

自分のお化粧にはまったく興味がないのに、他人のお化粧には興味があるというのも不思議な感じがいたしますが。ベリーは妙に律儀なのですよね。

「すでに一回使ってしまったのですけれど、ここら辺はまだ未使用ですし。わたくし、ベリーに口紅を塗って差し上げたいですわ」

ケースの蓋を開けて、中の赤い口紅をベリーに見せると、彼女はちょっと困った表情をしました。

ベリーもずいぶん表情豊かになったものですわ。

「やっぱりお化粧はお嫌ですか、ベリー？　それとも使いかけが問題でしょうか？」

「ペトラが望むのならお化粧は構わないし、ペトラの使いかけが嫌なわけではないのだけれど……。

私の唇に口紅を塗るという行為が、いつの日か、ペトラを困らせてしまうかもしれない」

「ベリーが口紅を塗って、わたくしが困る？　そんな日が来るはずがありませんわ！」

「そうかな？　それならいいのだけれど、……うーん」

まだちょっとお悩み気味のベリーですが、わたくしはもうすでに彼女から口紅を塗る許可をもらったつもりになっていました。

薬指は、紅差し指とも呼ばれます。昔の人はこの指を、他の指と比べて使用頻度が少ないので清潔だと考えて、薬や紅を扱う時に使用されていたのが所以《ゆえん》だとか。

わたくしは薬指の腹に口紅を馴染ませ、ベリーの唇に触れました。

「ちょっとじっとしていてくださいね、ベリー」

「ん……」

ゆっくりとベリーの唇に口紅をのせれば、彼女の形の良い唇が赤く艶めきました。赤髪ともよく合っています。

「とっても似合いますわよ、ベリー！　本当に綺麗ですわ！」

「そう？」

ベリーに手鏡を渡してみましたが、彼女自身は口紅を塗った自分の顔に特に思うこともないようで、「ふぅん」と呟いただけでした。

ベリーにお化粧への興味は芽生えませんでしたが、まぁ、いいですわ。わたくしが綺麗なベリーを見たかっただけですもの。

「きっとたくさんの観客たちが、今日のベリーに見惚《みと》れますわねぇ」

「私はペトラが喜んでくれるなら、それでいい」

「もちろん、わたくしも喜んでおりますわ！」

「それなら嬉しい」

そう言ってベリーが微笑みますと、普段とは異なる色気が彼女からぶわっと溢れました。

ただ口紅を塗っただけですのに、この破壊力とは……！

同性のわたくしでも思わずドキドキしてしまうほどでした。

「どうしたの、ペトラ？　なんだか急に顔が赤くなったけれど？」

「……いいえ、なんでもありませんわ！」

「ふぅん？」

頬に手を当てて熱が冷めるのを待っておりますと、ベリーはわたくしの口紅のケースを手に取りました。

「ベリー、どうかされましたか？　あっ。子どもの頃みたいに、わたくしに口紅を塗りますか？」

「ペトラから私に触れるのも本当はよくないと思うんだけれど、私はついつい受け入れてしまう。でも、私からペトラに触れるのはもっといけないことだから、もう塗ってはいけないんだよ」

「ええっと。神託の能力者の規則の話とかでしょうか……？」

ベリーの言葉は時々難解ですわ。

彼女はかなりの天然さんですし、神託の能力者なので、わたくしと見えている世界が全然違ったりします。

「規則じゃないよ」

ベリーはそう答えると、口紅をわたくしに返しました。

「ペトラの唇に触れることが許される誰かが羨ましい、という話だよ」

「え？　ですから、ベリーもわたくしに口紅を塗っても構わないですわよ？」

「もうこの話はおしまい。……お祭りの自由時間になったら、今年も出店を回ろうね。またペトラに似合う口紅が売っているといいな」

そう言ってベリーは話題をずらしました。

説明不足でモヤモヤしますが、これ以上ベリーの話に踏み込んではいけないのでしょう。彼女の立場上、下手に突っ込むと守秘義務に抵触してしまいそうですし。

けれど消化不良といった感じで気分が晴れないので、ちょっとした意趣返しをしたくなりました。

「そういえば知っていますか、ベリー？　男性が女性に口紅を贈るのは、『少しずつ取り戻したい』という色っぽい意味があるのですよ。女性同士の場合はどうなのでしょうね？」

わたくしは意地悪にも、ベリーにそんなふうに問いかけました。

ベリーは化粧にも興味はありませんが、恋愛事にも興味が薄いようです。

彼女は絶世の美少女なので、神官や職員、神殿騎士たちのあいだでかなり人気です。

けれどどんな男性から熱い視線を向けられても、ベリーは歯牙《しが》にもかけません。

わたくしが「一度くらい男性とデートなさったら？」と尋ねると、「……ペトラはデートしたい男性がいるの？」と逆に質問を返してきます。

わたくしも恋愛に興味がないわけではないのですが、ベリーと過ごすほうが楽しいのですよね。

あら？　わたくしもベリーのことをとやかく言えないほど、女子力が低いですわ……。

まぁ、それはともかく、口紅の話です。

わたくしの質問に、ベリーは青紫色の目を大きく見開きました。呆然としています。

「……私、口紅を贈ることにそんな意味があるなんて、全然知らなかった……」

「うふふふ。ベリー、今のは冗談ですのよ。女性同士にはそんな色っぽい意味はありませんの。『もっと綺麗になってね』や『素敵な恋愛をしてね』などの応援の意味があるだけですわ」

「……男性から女性に贈る場合も冗談なの？」

「いいえ、そちらは本当ですわ」

「……そうなんだ」

わたくしはすぐ答えを教えたのですが、ベリーは驚いた表情のままです。

どうしてでしょうか？

「あの、ベリー？　わたくし、揶揄《からか》いすぎてしまいましたか？　気を悪くしたのなら本当にごめんなさい」

「ううん。ペトラが悪いわけじゃないんだ。悪いのは私のほう」

「どうしてベリーが悪いのですか？」

「自分の気持ちも、贈り物の意味も知らなかったくせに、ほしがることだけは一人前だった自分が浅ましいんだ」

よくわかりませんが、ベリーは何か苦いものを飲み込んだかのような表情をして、落ち込んでしまいました。そのまま東屋のベンチの上でちょこんと膝を抱えてしまいます。

わたくしはベリーの丸まった背中にぴっとりとくっつくと、「何に落ち込んでいらっしゃるのか、よくわかりませんけれど」と前置きし、彼女を励まします。

「わたくしはベリーに口紅を贈っていただける度に、とても嬉しかったですよ？」

「……ほんとう？」

「本当ですわ！　またベリーから贈り物をいただけるのなら、口紅が嬉しいですわ」

「……そうだね。ペトラは嘘は言わないもんね」

ベリーは気持ちが少し復活したらしく、顔を上げました。

「ペトラがまだ望んでくれるなら、また私から口紅を贈るね。でもいつの日か、ペトラが負担に感じるようになったら、やめるよ。他の物にするから」

ふふふ、なんだか妙に念押しをされますわねぇ。

ベリーからの贈り物が負担だと思う日が来るわけがありませんのに。

だってわたくしたち、大親友ですもの。

そんなことを思いつつ、わたくしは頷きました。

「ではベリー、そろそろ祈祷の時間ですわ。移動しましょう」

「うん。……ペトラ、私はきみが一等大好きだよ」

「わたくしもベリーが一等大好きですわ」

まさかこの二年後に、ベリーが幼い頃から隠し続けた本当の性別が明らかになるとは露ほども思わず、十五歳のわたくしはただ暢気に彼女と手を繋いで、祈祷祭に向かうのでした。

《了》

あとがき

サーガフォレストの読者の皆様、初めまして。三日月さんかくと申します。

この度は『悪役令嬢ペトラの大神殿暮らし　～大親友の美少女が実は男の子で、皇室のご落胤だなんて聞いてません！～』の１巻をお手に取っていただき、本当にありがとうございます！

本作は第３回一二三書房ＷＥＢ小説大賞にて金賞をいただき、書籍化させていただくこととなりました。

コミカライズも決定しておりまして、ペトラとベリーが漫画で読めるのを、私自身とても楽しみにしております。

この物語は、悪役令嬢に転生してしまったペトラがゲームシナリオに抗い、大神殿の見習い聖女になった矢先にベリーという美少女に出会う、というところから始まります。

この美少女の正体はいったい……？　という謎の答えが、サブタイトルですでに明らかになっている安心仕様です。ベリスフォードという名前の今作のヒーローになります。

ベリスフォードは学生の頃から書きたかったキャラクターでした。ですが当時の私には長編を書く力がなかったので、私の中でずっと眠ったままになっていました。

二〇二一年にようやく彼の半身であるヒロイン・ペトラを思いつき、二〇二二年にＷＥＢサイトへ投稿、二〇二三年に受賞、そして二〇二四年の今年に出版となりました。

そんな思い入れのある作品のイラストを担当してくださった二反田こな先生、お忙しい中、可憐でお淑やかなペトラと麗しいベリーを描いていただき、本当にありがとうございました！

義妹のシャルロッテもヒロインらしい愛らしさで、聖女アンジーも私の頭の中にいた彼女の姿がそのまま飛び出してきたかのような完璧なキャラデザで、とても嬉しかったです。

表紙イラストの色使いや光のコントラストもめちゃめちゃ大好きです！

聖地ラズーは南方の地域なのですが、「ペトラの背後から差し込む白い光の眩しさ、現実の真夏に見たことがある……！」と思いました。

どのイラストも素敵なので、読者の皆様もじっくりご覧になってくださいね！

さて、ようやくあとがきが埋まってきましたので、締めくくらせていただきます。

担当編集者様、二反田こな先生、本書に関わってくださったすべての皆様、この書籍をお手に取ってくださった皆様、WEB版を応援してくださった皆様、この場をお借りしてお礼申し上げます。本当にほんとうにありがとうございました！

今後も、ペトラとベリーのいずれ恋になる物語を見守っていただけますと幸いです。

2巻でまた皆様にお会いできますように。

三日月さんかく

バッド PRESENTED BY BAD
揚 茄子央 ILLUSTRATION BY AGE NASUO
アースウィズダンジョン
~固有スキル《等価交換ストア》を駆使して
世界救済を目指します~
EARTH WITH DUNGEON
スキルを駆使して ダンジョン経済《けいざい》を牛耳《ぎゅうじ》り、
終末世界《しゅうまつせかい》を救《すく》え!
1~2巻発売中!
©BAD

元農大女子には
悪役令嬢はムリです！
早田 結
ill. 桶乃かもく
婚約破談から始まる
何も知らない
転生リケジョと
ベタ惚れ
残念王子の
溺愛ロマンスファンタジー！
1～2巻発売中！
©Yuu Hayata
Motonodaijoshi niwa akuyakureijo wa muridesu

唯一無二の最強テイマー
～国の全てのギルドで門前払いされたから、他国に行ってスローライフします～
原作：赤金武蔵　漫画：田村紘一
キャラクター原案：LLLthika
異世界還りのおっさんは終末世界で無双する
原作：羽々音色　漫画：ダンタガワ
ジャガイモ農家の村娘、剣神と謳われるまで。
原作：有郷　葉　漫画：たぢまよしかづ
キャラクター原案：黒兎ゆう

雷帝と呼ばれた
最強冒険者、
魔術学院に入学して
一切の遠慮なく無双する
原作：五月蒼　漫画：こばしがわ
キャラクター原案：マニャ子
どれだけ努力しても
万年レベル0の俺は
追放された
原作：蓮池タロウ　漫画：そらモチ
モブ高生の俺でも冒険者になれば
リア充になれますか？
原作：百均　漫画：さぎやまれん　キャラクター原案：hai
COMIC
NOVA
ノヴァ
https://www.123hon.com/nova/
話題の作品
続々連載開始!!

悪役令嬢ペトラの大神殿暮らし 1
～大親友の美少女が実は男の子で、皇室のご落胤だなんて聞いてません！～

発 行
2024年5月15日　初版発行

著 者
三日月さんかく

発行人
山崎　篤

発行・発売
株式会社一二三書房
〒101-0003　東京都千代田区一ツ橋 2-4-3 光文恒産ビル
03-3265-1881

印 刷
中央精版印刷株式会社

作品の感想、ファンレターをお待ちしております。

〒101-0003　東京都千代田区一ツ橋 2-4-3 光文恒産ビル
株式会社一二三書房
三日月さんかく 先生／二反田こな 先生

Printed in Japan, ISBN 978-4-8242-0172-0 C0093
※本書は小説投稿サイト「小説家になろう」（https://syosetu.com/）に
掲載された作品を加筆修正し書籍化したものです。